LES GÉNIES, LES FEMMES ET LA MORT

Jean-Marc Epinoux collabore régulièrement avec Pierre Bellemare. Spécialiste d'art et d'histoires rocambolesques, on lui doit notamment *Le Carrefour des angoisses*, *Ils ont vu l'au-delà*, *Instinct mortel*, *Issue fatale*.

JEAN-MARC ÉPINOUX

Les Génies, les femmes et la mort

ALBIN MICHEL

AVANT-PROPOS

Est-il possible de définir un être génial ? Se résume-t-il au simple dépassement des facultés ordinaires d'un individu ? Faut-il qualifier les génies ou doit-on renoncer à rechercher ce qui peut les rassembler ?

Jean-Marc Épinoux semble avoir une réponse. Les trente-six portraits qu'il nous brosse ont en commun la volonté de l'absolu et la recherche inlassable de la jouissance charnelle. Ces perpétuels dépassements physiques et moraux entraînent souvent le génie aux portes de la mort et de l'enfer.

Le bonheur serait-il ordinaire ?

Pierre BELLEMARE.

TOULOUSE-LAUTREC

Court mais bon

Nous sommes en 1914, au manoir de Boussagues, à la limite des Cévennes. Comme chaque soir, sœur Delphine dit un dernier chapelet avant de se mettre au lit. Demain elle aura encore fort à faire avec les marmots du jardin d'enfants de la commune. Soudain, sœur Delphine entend un bruit bizarre dans le bureau voisin de sa chambre, comme si on traînait une chaise sur le plancher. Il ne devrait pourtant y avoir personne, à part elle, dans le manoir. Alors, sœur Delphine saisit la bougie et ouvre la porte qui donne sur le bureau. Quelqu'un est là, qui lui tourne le dos. Un personnage étrange, presque un nain. Un adulte en tous les cas. Grimpé sur une chaise, il est très occupé à manipuler les aiguilles de la grosse horloge à balancier du bureau. Quand l'inconnu se retourne vers sœur Delphine, elle voit qu'il est barbu et qu'il a revêtu le costume d'un enfant de chœur, soutane surplis et calotte inclus. Sœur Delphine garde son sang-froid et demande, avec une pointe d'agacement :

— Que faites-vous ici ?

— Je suis venu remettre la pendule à l'heure...

Il ajoute :

— J'ai soif, pourriez-vous me donner quelque chose à boire ?

L'individu a de grosses lèvres violettes sur lesquelles il passe une langue monstrueuse. Il précise :

— ... de l'absinthe, s'il vous plaît.

Sœur Delphine fait la grimace. Pour qui la prend-on ?

— Voulez-vous de l'eau ? D'ailleurs, je n'ai que de l'eau à vous offrir !

Le petit barbu n'est pas content. Il attrape le balancier de métal de la pendule et l'arrache avec fureur. Puis il étend les bras en croix et... disparaît comme un fantôme. Sœur Delphine se signe en tremblant.

Le lendemain, elle raconte son aventure inexplicable aux habitants du village qui font la moue. Pourtant, de toute évidence, le balancier de la pendule a été tordu par quelqu'un de bien plus fort que la petite sœur Delphine. Alors elle écrit aux propriétaires du manoir, le comte et la comtesse Alphonse de Toulouse-Lautrec. Ceux-ci reconnaissent dans la description du petit barbu Henri de Toulouse-Lautrec, leur fils, mort depuis treize ans. Sœur Delphine ignorait tout de son existence. On apprend qu'il est venu plusieurs fois dans le manoir. Et qu'il existe une photographie sur laquelle, à l'occasion d'une fête, Henri figure... déguisé en enfant de chœur. Mais comment s'étonner : avec Henri de Toulouse-Lautrec, tout était possible...

Comme ils ont été heureux le comte et la comtesse Alphonse de Toulouse-Lautrec Monfa, si beaux, si élégants, lorsque le Bon Dieu a bien voulu bénir leur union en leur donnant un enfant adorable, arrivé par une nuit d'orage ! On l'a prénommé Henri, comme le comte de Chambord, prétendant légitimiste au trône de France. Il est ravissant et tout le monde s'en réjouit car les nombreux mariages entre cousins qui depuis des générations ont entrecroisé les Toulouse-Lautrec et les Tapié de Céleyran, famille de la comtesse Adèle, pourraient bien jouer de méchants tours. Toute la famille est là : le grand-père Toulouse, un fameux chasseur que l'on surnomme le « Prince noir ». « Prince noir » qui glisse à l'oreille de sa voisine :

— Chez nous, on baptise, et « en selle ».

La jeune Adeline qui vient d'être nommée nourrice du petit Henri-Marie Raymond le trouve adorable :

— C'est un vrai « petit bijou ».

Le surnom lui restera. Les paysans du domaine ne sont pas en reste d'admiration pour « Bébé lou poulit » : « Bébé le joli ».

« Bébé bijou » est en effet ravissant : joli teint, jolis cheveux, joli sourire. Avec les années on le trouve un peu fragile, mais il met tellement d'entrain à courir, avec ses nombreux cousins et cousines, dans le parc de l'hôtel du Bosc à Albi... Il sait de quelle race il descend et s'écrie un jour : « Le roi est mon cousin ! »

Henri sera-t-il, comme son père, un cavalier émérite ? Alphonse Charles de Toulouse-Lautrec est aussi un original : il abreuve ses faucons avec de l'eau bénite, il se déguise en Écossais, en Circassien, en croisé, en danseuse ou en cow-boy. Henri, lui, aime déjà beaucoup dessiner les chevaux, et il est sportif, ce qui est naturel dans cette famille de cavaliers et de peintres amateurs. La grand-mère dit que la chasse procure trois plaisirs : « le coup de fusil, le coup de pinceau et le coup de fourchette ». Car les Toulouse-Lautrec aiment aussi tout « ce qui fait queue de paon en bouche ! »... Très tôt, Henri apprécie les sauces longuement mitonnées et connaît les vins. Il se dit « gourmand comme une chatte d'évêque ». C'est à lui que l'on devra le fameux « steak à la Lautrec », facile mais coûteux : on fait griller trois steaks empilés les uns sur les autres et l'on mange... celui du milieu, le seul à être cuit à point !

Et puis, un premier drame survient. Une chute, idiote, à quatorze ans, sur le parquet glissant : le fémur gauche est brisé. Avec le temps, tout cela devrait rentrer dans l'ordre.

Hélas, un an plus tard, c'est, au cours d'une promenade avec sa mère, une seconde chute, dans un fossé cette fois, près de Barèges. La jambe droite est à son tour brisée. À partir de ce moment, le destin d'Henri est scellé : les os se ressoudent mal, la croissance de « Petit

Bijou » est stoppée. Il mesurera en tout et pour tout 1,52 mètre. Un nabot !

Les Toulouse-Lautrec sont des gens qui ne se laissent pas abattre. Ils ont d'ailleurs les moyens de lutter contre l'adversité. Désormais, sous la houlette de sa chère maman, Henri va de ville d'eaux en ville d'eaux. Les séjours à Nice alternent avec les longues périodes au château de Céleyran, dans l'Aude.

Mais l'unique frère d'Henri, Richard, de trois ans son cadet, lui aussi marqué par le destin, meurt. Le comte alors ne peut supporter d'avoir un « avorton » pour seul héritier. Il accuse son épouse d'avoir apporté des tares familiales même si, en son for intérieur, il sait que ce sont les Toulouse-Lautrec qui portent en eux des marques de dégénérescence. Il décide de s'étourdir entre ses deux passions : les chevaux et les femmes. Ni les uns ni les autres ne lui sont trop farouches : il est excentrique mais beau. Il amuse les enfants d'Albi en faisant voler des cerfs-volants japonais autour de la cathédrale Sainte-Cécile, jusqu'à parvenir à la hauteur du clocher. Captivé par les animaux, il aime les baraques foraines. Il prend même des notes pour en faire des modelages dans la glaise. Il approche les artistes du cirque, devient leur familier et leur donne même des conseils. Un jour, il tient la corde de sécurité de la fille du patron du cirque. Elle fait un numéro d'acrobatie équestre. Aussitôt après, le comte entre en scène et exécute la même attraction avec, à la place de la fillette, un cousin, baron aveyronnais. Quand la chaleur l'incommode, il se promène parfois, entièrement nu dans les rues d'Albi.

Henri, lui, condamné à de longues heures d'immobilité, se console avec son talent de dessinateur. Il croque tout ce qu'il voit, la famille, les chevaux, les domestiques, les visiteurs. La comtesse Adèle l'encourage. Même le comte qui, à ses moments perdus, modèle des statuettes de chevaux, n'est pas contre ce passe-temps.

À Paris, où le comte et la comtesse s'installent séparément, Henri intègre le lycée Condorcet. Le « petit bonhomme », comme le nomment ses camarades, est un bon élève. À dix-sept ans, il obtient son baccalauréat. Et quand il demande au comte la permission d'approfondir son talent de dessinateur, celui-ci donne son accord d'un haussement d'épaules. Pour ce qui concerne la peinture il décide :

— Tiens, tu vas aller chez Princeteau. C'est un ami de longue date...

Princeteau peint à Paris. Il est sourd-muet de naissance et spécialisé dans la représentation des sportifs. Il est distingué et connaît parfaitement les chevaux. Il monte à la perfection et expose au Cercle Volney : une référence...

Les contacts entre les deux infirmes sont excellents. Les premières œuvres d'Henri étonnent même son comte de père. Alors, Henri émigre chez Bonnat, un peintre de portraits mondains, puis, après les vacances, quand Bonnat ferme son atelier, chez un autre « pompier » : Cormon, spécialiste des « scènes préhistoriques ». Henri s'y rend chaque matin en boitant et en s'appuyant sur sa canne qu'il nomme « crochet à bottines ».

Le délicieux bambin du Bosc n'a pas embelli. Son nez est devenu énorme, ses lèvres sont épaisses, de couleur « violet rose ». Et il voit l'univers à travers un lorgnon qui voile un peu ses beaux yeux. À vingt ans, si l'on s'attache aux canons de la beauté grecque, il est devenu très laid avec sa barbe d'« Auvergnat » hirsute et noire. Il est toujours coiffé d'un melon car, issu d'un sang dégénéré, les os de son crâne ne se sont pas refermés. Ses bras semblent ceux d'une marionnette. Il se trouve lui-même un physique de « demi-bouteille »...

Un ami charitable lui met alors dans les bras une gamine facile : Marie Charlet. Elle ne s'intéresse qu'au prix de l'amour. Henri vacille en découvrant la sensualité. Marie lui fait connaître aussi les bals pleins de déclassés qui étalent au grand jour leurs tares personnelles. Est-ce à cette époque qu'Henri, ex-« Petit Bijou », se décide à demander en mariage une de ses cousines, compagne de jeux de l'enfance ? La cousine, Jeanne d'Armagnac, qui a son franc-parler, lui rit au nez :

— Mais c'est impossible, vous êtes trop laid !

Il est temps cependant pour lui de s'éloigner un peu de l'Hôtel Perey, où il partage l'appartement de sa mère. Il s'installe chez un ami au pied de la butte Montmartre. La comtesse veille à ce qu'il vive au moins confortablement. Henri est libre, il a vingt et un ans.

Il peint dans le jardin du père Forest, patron d'un café champêtre, et celui-ci lui indique un modèle, une jolie fille originaire du Centre : Marie Clémentine Valadon. Elle se vante d'avoir posé pour tous les personnages couronnés de laurier du *Bois sacré* de l'illustre maître Puvis de Chavannes. Elle néglige de dire que Puvis l'emmenait dîner chez Maxim's, qu'il s'intéressait « paternellement » à elle. Elle dessine aussi. Au bout de quelques jours, elle confie qu'elle est la mère d'un petit Maurice — le futur Utrillo — dont le père, ma foi, est Dieu sait qui... Mais Marie est tellement gaie. Un jour, conviée à dîner par Henri elle n'hésite pas, entre l'apéritif et le potage à... se mettre entièrement nue. Léontine, la vieille domestique d'Henri, est tellement choquée qu'elle manque renverser la soupière... Henri suggère à Marie de prendre le prénom de Suzanne puisqu'elle « pose nue au milieu des vieillards », comme la Suzanne de l'Ancien Testament. Dès lors, Suzanne Valadon, encouragée aussi par Degas, le maître vénéré par Henri, commence à voler de ses propres ailes. Mais elle pose encore pour le vicomte qui en fait « Gueule de Bois ou la Buveuse ». Il est amoureux d'elle jusqu'au jour où il surprend une conversation entre elle et sa mère. Marie dit en riant :

— J'ai fait semblant de me suicider pour que le vicomte me refile un peu d'oseille !

Toulouse-Lautrec, les yeux pleins de larmes, rompt toute relation charnelle avec cette fille trop rusée...

Henri, sur le plan gastronomique, ne se contente pas de potage. Il a découvert les consolations du vin et de l'alcool. L'absinthe, poison mortel, a ses préférences... Il adore inventer des cocktails. Et, comme la comtesse est généreuse, Henri a toujours « de quoi » pour que l'alcool coule à flots.

Il loue un atelier au coin de la rue Caulaincourt. On y discute des mérites comparés des « impressionnistes » et des « pointillistes ». Un rouquin à l'accent étranger se glisse parfois dans la compagnie. Il est timide : c'est un certain Vincent Van Gogh. Toulouse-Lautrec en fera un véritable ami ; un jour, il lui conseillera de partir pour Arles à la conquête du soleil. Le soir « M. Henri », comme on le nomme, va dans les maisons closes, les « maisons vertes » selon l'expression japonaise, après avoir bu quelques absinthes au *Moulin de la Galette*. Dans le jardin, le Pétomane, « le seul artiste qui ne paie pas de droits d'auteur », fait hurler de rire la foule avec son répertoire intestinal.

Henri de Toulouse-Lautrec a découvert ses modèles préférés. Il dessine sans relâche les danseurs des bals populaires, les clients de cabarets, les pensionnaires des maisons closes. Maisons qu'il fréquente assidûment en compagnie de son ami Maurice Guibert, représentant en champagne et trop joyeux luron. Ah ! les filles des maisons closes ! Elles ne font pas de chichis. Comme lui, elles ont « quelque chose à tuer dans la vie ! ». Là, il se sent au chaud, en famille, il oublie qu'il est infirme... Il enveloppe ces pauvres filles dans le manteau de son immense tendresse. Henri est court sur pattes mais bon... Désormais, tout son génie sera consacré à la description ironique d'un monde totalement urbain. Et non seulement urbain mais artificiel : celui de la fête et celui des déclassés de tous ordres. Henri fréquente le *Mirliton*, cabaret du célèbre Aristide Bruant qui reçoit des « clients qui aiment se faire engueuler et se faire traiter de charogne, de gras-double ou de grande saucisse ». En 1888, il peint une mystérieuse « Rosa la Rouge ». Il en garde un souvenir impérissable : la syphilis qu'elle vient de lui communiquer. Il fréquente aussi des cabarets de vieilles lesbiennes, *Le Hanneton* ou *La Souris*. Il y fait le portrait d'une borgnesse surnommée « Gambetta », comme le tribun énucléé.

Durant l'été, Henri rejoint les domaines familiaux. Il passe de longues semaines à Arcachon, sur son petit yacht, le *Cocorico*, au château de Malromé, en Gironde. Il se livre aux joies de la photographie et multiplie les portraits de lui-même en n'hésitant jamais à se rendre ridicule... quand il n'est pas carrément scatologique. Normal pour le créateur des *Choux-fleurs à la merde* dédié à un ami dont il a à se plaindre.

Le 4 octobre 1889, Henri de Toulouse-Lautrec est au premier rang pour la grande fête donnée à l'occasion de l'ouverture du *Bal du Moulin-Rouge*. Tout le Boulevard est là et toutes les danseuses du quadrille : la Goulue et son amie inséparable la Môme Fromage, Grille d'Égout, Rayon d'Or, Nini Patte-en-l'air, Trompe-la-Mort, Marie Casse-nez et Valentin le Désossé. Henri dessine frénétiquement. Il en tirera ses plus grands chefs-d'œuvre. Il est gai et passionné par la « tek-nik ». Technique dont il refuse de parler avec les béotiens. Il coupe les discussions en lançant :

— Tout ce qui m'intéresse c'est la gargouille.

La gargouille, c'est-à-dire le visage. En 1890, à Bruxelles, pour l'Exposition des XX, Henri se prend de querelle avec un peintre qui dénigre Vincent Van Gogh. Notre petit vicomte n'hésite pas et... provoque son adversaire en duel ! En 1891, la Goulue figure comme sujet d'une affiche pour le Moulin-Rouge. Le *Bal* voit la foule affluer. Henri est lancé comme affichiste. Avec ses cadrages inspirés des mises en page japonaises, il lance un style nouveau... Il tombe entre les bras de la Panthère qui vit de ses charmes. Puis il espère un mariage bourgeois avec une jeune fille de bonne famille, Honorine. Sans suite.

Il aime alors passionnément Jane Avril, qu'on surnomme « Mélinite », Irlandaise et chanteuse névrosée qui l'aime aussi beaucoup et apprécie sans doute l'énormité de la virilité du petit Henri... De plus en plus en quête de sensations nouvelles, celui-ci se lance dans de nouvelles activités. À la demande de femmes aux mœurs saphiques qui se réunissent au cabaret du *Rat mort*, il n'hésite pas à prêter son concours à des « parties » multiples où ses attributs hors norme font l'étonnement des participantes. Ne le surnomme-t-on pas « la Cafetière » ou « le Trépied » ?

Il y a déjà longtemps qu'il a dû soigner, souvenir de Rosa, un chancre soudainement apparu sur le bec de « la Cafetière » : rémission mais non pas guérison après des soins au mercure. L'alcoolisme ne peut qu'aggraver les conséquences de ce mal funeste. Et souvent, quelques années après la contamination, la paralysie se trouve au rendez-vous...

En 1892, Henri participe au Salon des Indépendants. Ses œuvres surprennent ou rebutent. On parle d'un art « d'amertume, de fièvre et d'impudeur ». Le cercle de ses amis s'agrandit pourtant : son cousin Tapié de Céleyran, son ami d'enfance Maurice Joyant sont parmi les fidèles. Il peint beaucoup, il boit au moins autant. Et l'on voit sa silhouette « boitecaillante », comme il dit, pousser la porte des « maisons closes » où il devient pratiquement pensionnaire durant de longues périodes, comme le très fameux *Six* de la rue des Moulins ou *Le Perroquet gris* de la rue d'Amboise. Mais les portraits qu'il fait des « femmes cloîtrées » resteront jusqu'à sa mort son « domaine secret » qu'il ne montre qu'à de rares amateurs, récompensés à la sortie de la pièce d'exposition par un verre d'apéritif ! Il a une liaison avec Blanche, une des pensionnaires, et il se rend même à l'Opéra en compagnie de Victorine, la tenancière. Il décore encore, dans le style Louis XV, un des « bordels » de la rue d'Amboise avec les effigies de pensionnaires dans des médaillons. La Grande Mireille entre deux passes lui prodigue de la tendresse. Avec ces « dames », il se montre poli, généreux et drôle. Elles le surnomment le « tout petit forgeron à binocles ».

La famille est mise au courant de la pente dangereuse sur laquelle il semble glisser inexorablement : un oncle le met en demeure de quitter Montmartre, « pour l'honneur de la famille ». Henri ne répond pas. L'oncle alors fait, dans la cour de son hôtel d'Albi, un grand tas des peintures de son neveu et met le feu à ces « ordures déshonorantes ». La comtesse essaie du mieux qu'elle peut d'arracher son « Petit Bijou » à ses amours avilissantes, à l'alcool. Parfois il revient au bercail, mais quand il retrouve Montmartre, c'est pour se jeter de plus belle dans la débauche. Il court les bars américains, y croise Debussy, Forain, Feydeau et Polaire, la chanteuse à la taille minuscule, qui arbore un sourire de citron vert et s'habille en homme. Au *Weber*, il boit du porto, joue les consommations au poker dice (ce qui est son privilège), et fait de l'esprit. À quelqu'un qui l'en félicite, il rétorque :

— On n'a rien fait dans ma famille depuis des siècles. Si je n'avais pas d'esprit, je serais le dernier des imbéciles.

L'instant d'après, il s'intercale dans la conversation de deux femmes qui discutent pour savoir si un chien peut être très laid tout en étant de « race pure ».

— J'en suis le vivant exemple !

Il soupire :

— Je voudrais connaître une femme dont l'amant serait plus laid que moi !

À l'*Irish and American Bar*, il absorbe pêle-mêle mint-juleps, gin-whiskies, punchs et cocktails variés. Il « prend en main » l'Irlandaise May Belfort, dite « la Grenouille », qui chante de manière perverse son « petit chat » et n'aime que les animaux sales et répugnants dans le genre crapauds et scorpions. Mais quand il cherche à l'embrasser, elle s'enfuit car il sent l'ail de manière épouvantable.

Le nombre de ses amis de qualité augmente, Vuillard, Bonnard, Tristan Bernard, Jules Renard, même s'il les reçoit dans ses maisons closes favorites. Il fréquente aussi la belle Misia Natanson qui lui joue sans relâche *Les Ruines d'Athènes* de Beethoven. C'est chez les Natanson, à l'occasion d'un vernissage de Vuillard, qu'il organise un bar mondain. Habillé en barman, la barbe coupée, le crâne rasé, il est ridicule à faire peur... Henri passe la soirée à concocter des cocktails de son invention. Il remplit les deux mille verres qu'il propose aux invités et le Tout-Paris des arts et des lettres, qui déguste sans méfiance, se retrouve saoul... Mais Toulouse-Lautrec n'a rien bu !

Henri cherche à fuir. Qui ? Ses amis, ses passions, ses vices ? Lui-même. Il adore les Anglais et les Américains et fréquente tous ceux qui lui tombent sous la main, qu'ils soient écrivains, cochers ou clowns. Le voici à Londres où il fait le portrait d'Oscar Wilde, en Hollande, en bateau jusqu'à Lisbonne, en Espagne. À chaque voyage, il utilise les provisions de porto et d'huile d'olive qu'il transporte pour préparer les bourrides et homards à l'américaine qu'il achète aux escales. Si on ne le retenait, il irait jusqu'à Dakar parce qu'une jolie femme inconnue, la « passagère du 54 », s'en va jusque là-bas... pour y rejoindre un mari fonctionnaire colonial. Il s'arrête, avec regret, à Lisbonne. Cette passagère inconnue est une exception dans son œuvre car il la peint jolie. Yvette Guilbert, victime de son crayon, lui a demandé, par écrit :

— Petit monstre ! Mais vous m'avez faite une horreur !

Horreur immortelle. Quand on lui demande :

— Pourquoi faites-vous les femmes si laides ?

Il répond, du tac au tac :

— Parce qu'elles le sont !

En 1897, à la mi-août, une attaque de paralysie le contraint à liquider son atelier de la rue Caulaincourt. Un locataire se présente et le concierge l'informe de ce que le précédent locataire a laissé. Tout un lot de peintures peu convenables, des pensionnaires de maisons closes. Le locataire, M. Billard, dentiste et père de famille, sursaute en voyant tous ces portraits de prostituées. Aidé par le concierge, il n'hésite pas et entasse les toiles dans la cour de l'immeuble. On en détruit trente-cinq par le feu. D'autres, enfouies dans du plâtre, servent à colmater des trous. Le concierge en garde quelques-unes qu'il va échanger dans les cafés du quartier contre des bouteilles de cognac, parfois de simples verres de rouge.

Henri se rapproche de sa « pauvre sainte femme de mère » en louant un atelier rue Frochot. Il arrose le sol avec du pétrole pour en chasser les microbes. Le comte, lui, il ne le voit pratiquement plus. Il descend à Taussat, près d'Arcachon, et, pour s'isoler des voisins trop bourgeois, peint tout autour de la villa qu'il occupe un immense décor des plus osés qui choque les propriétaires et les pères de famille.

En mai 1898, il expose à Londres. Quand le prince de Galles visite les cimaises, Henri dort dans un coin sous l'effet de l'alcool. Le prince, compréhensif, interdit qu'on le réveille et part avec une toile : ce sera la seule vendue.

À l'automne, Henri rencontre Pamela, une droguée habituée de tous les vices. Sous son influence, il « disjoncte ». Son ami le docteur Bourges, avec lequel il cohabite, se marie. La comtesse s'éloigne. C'en est trop pour les nerfs fatigués d'Henri. Il faut l'enfermer dans une « maison de repos » de Neuilly où l'on soigne le « delirium tremens » qui le pousse à tirer des coups de revolver contre des araignées imaginaires. Maurice Joyant, le fidèle ami, lui fait parvenir une boîte d'aquarelle. Pour prouver à ses détracteurs qu'il n'est pas complètement fou, le nabot de génie dessine de mémoire une suite admirable de souvenirs du *Cirque* et des *Jockeys* connus autrefois. Il appelle son père au secours pour qu'on lui rende sa liberté.

Quand il se retrouve à l'air libre de Paris, il est mis sous la surveillance d'un « cornac » qui doit l'empêcher de boire. Celui-ci, un homme du monde ruiné, M. Viaud, n'a qu'un défaut : il boit autant qu'Henri qui replonge... Henri d'ailleurs, comme toujours, aime « boire peu mais souvent ». Par précaution sa canne, creuse, contient toujours un demi-litre de porto.

En 1899, il séjourne au Crotoy, au Havre, il peint *La Barmaid du Star*. Puis, il retourne à Taussat où il se conduit plus sagement. On lui dit que ses œuvres sont entassées dans les caves de marchands. Il dit :

— Tant mieux, ça marine.

Très diminué, il visite l'Exposition de 1900 dans une chaise d'infirme.

Mais, à trente-cinq ans, il n'attend plus rien de la vie. Même la peinture ne le soutient plus. Le voici à Bordeaux, puis encore à Taussat. Il tombe malade : une « congestion cérébrale ». Un court séjour à Paris précède une nouvelle descente dans le Sud-Ouest. Désormais, pour se défendre d'éventuels ennemis, il garde toujours à portée de la main... un crochet à bottines. S'il sort, c'est en tenant entre ses bras un petit chien... de faïence. Lorsqu'on le ramène au château de Malromé, le curé lui rend visite. Henri lui dit :

— À bientôt. La prochaine fois vous viendrez avec votre enfant de chœur et votre clochette.

Un orage, le 9 septembre 1901, déchire la nuit, comme au jour de sa naissance. Son père, à son chevet, vise les mouches avec un élastique arraché à sa bottine. Henri le considère et soupire :

— Quel con !

Puis il dit :

— Maman j'ai soif !

Puis, ultimes paroles :

— Maman, rien que vous !...

C'est fini. Il avait trente-sept ans. Son père refuse de suivre le corbillard. Il préfère monter sur le siège avant, à côté du cocher, « pour voir si son fils est conduit correctement à sa dernière demeure ». Trouvant que cela va trop lentement, il fouette les chevaux et le corbillard part au galop... Tout le monde, clergé et famille, doit suivre en courant à perdre haleine.

Henri de Toulouse-Lautrec Monfa repose désormais entre sa mère et Adeline, la nourrice du « Petit Bijou ».

TURNER

Mme Booth

— Savez-vous la nouvelle ?

— Non, très cher ! Mais je parie que vous allez me la faire connaître.

— Eh bien... Turner a disparu !

— Disparu ? Depuis combien de temps ?

— Voilà des mois qu'on est sans nouvelles de lui. Disparu, volatilisé. Il n'est plus chez lui. Il n'apparaît plus aux réunions de la Royal Academy. Ses clients, ses élèves le cherchent en vain. Sa fidèle domestique n'en sait pas plus. Si cela se trouve, il a peut-être été assassiné...

— Il faut dire que c'est quand même un drôle de bonhomme...

Cette conversation a lieu à Londres, aux alentours de 1840.

À l'époque, Joseph Mallord William Turner a soixante-cinq ans puisqu'il a vu le jour en 1775, le 23 avril exactement à Maiden Lane, dans un quartier déshérité de la capitale britannique qui ne manquait pas de maisons pouilleuses. Ses premières années sont enveloppées d'humidité et du terrible brouillard dispensé par la Tamise toute proche. Son père est barbier, mais son existence débute sous les plus fâcheuses prémices puisque sa mère devient folle en lui donnant le jour. Il faut interner la malheureuse et Joseph ne la connaîtra jamais que par ouï-dire. Alors, le petit Joseph découvre la vie dans le quartier des marchands de poisson et des fripiers.

Heureusement, une de ses tantes habite la campagne, et ce sont les premières échappées vers un air plus salubre. Les premiers dessins aussi. Papa barbier commence à penser à une carrière pour son rejeton de santé fragile. Inutile de songer à lui pour prendre sa succession :

— Et s'il devenait peintre de fleurs, par exemple ?

Joseph se trouve donc bientôt sous la férule d'un premier maître. Puis il passe chez un architecte qui lui apprend les lois de la perspective. Cela coïncide tout à fait avec un certain goût qu'il a pour les vieilles abbayes et les nobles châteaux qui abondent dans la campagne anglaise. À cela vient s'ajouter un goût pour les poètes anglais, les romantiques, ceux qui chantent les légendes anciennes et les vieilles demeures.

Est-ce à cette époque qu'il connaît les affres de l'amour ? Une jeune fille de Margate se montre réceptive à ses démonstrations enfantines d'affection. On se promet de s'attendre et de s'épouser dès que cela sera possible. Mais la mère de l'adolescente a vent de l'affaire. Elle y met le « holà », enferme sa fille et lui fait épouser, dès que possible, un homme riche et plus âgé...

Dès l'âge de quinze ans, Turner présente une aquarelle au salon de la Royal Academy. Miracle, on la remarque. Et miracle des miracles, c'est le grand peintre Reynolds qui la remarque. Trois ans plus tard, Joseph reçoit une première commande d'un magazine : des dessins qui lui rapportent deux guinées par pièce.

Avec un autre jeune peintre, Thomas Girtin, il peint tout le jour et passe toutes ses nuits en joyeuses compagnies, discutant d'art devant de fraîches jeunes filles et leurs... amants du moment. Mais il faut bien vivre : heureusement le docteur Munro, un très généreux mécène, tient tous les jours table ouverte pour les artistes nécessiteux. Chez lui, on peut se remplir l'estomac et recevoir en plus une demi-couronne. Alors, en échange, les artistes laissent une de leurs œuvres. Le docteur Munro est un collectionneur avisé... Chez Mr. Rawlinson, on est nourri en échange des dessins seulement. Mais on y rencontre le célèbre Lawrence devenu fameux à la mort de Reynolds.

Ainsi s'écoule la vie, entre Londres et la campagne anglaise. Girtin meurt à vingt-sept ans. C'est un grand chagrin pour Turner. Des amours ? Peut-être : en tous les cas, John Mallord William en préserve jalousement le secret : c'est un solitaire. À Londres, s'il reçoit quelque belle chez lui, elle doit être attristée par le galetas où il vit : pas de chauffage, une propreté douteuse, des meubles bancals. Un homme de la campagne est là pour tenir le ménage. Turner le connaît bien puisque c'est son ex-barbier de père. Turner est économe. Il en prend l'habitude dans sa période impécunieuse. Plus tard, devenu riche, il tournera avare... Avare et généreux à la fois puisqu'il aidera souvent ceux qui courent encore derrière le moindre penny.

En 1798, une vue du *Château de Norham* le met en pleine lumière. C'est le début de la renommée. La Royal Academy le nomme « peintre associé » et les commandes affluent. C'est le plus jeune artiste anglais honoré de la sorte. Ce qui ne modifie en rien son caractère un peu hargneux :

— Mon cher Turner, maintenant que vous êtes membre de la Royal Academy, vous devriez faire les visites de remerciement qui s'imposent envers ceux qui vous ont donné leurs voix !

— À quoi bon ? S'ils m'ont élu, c'est parce qu'ils ont trouvé que mes œuvres le méritent !

Un petit voyage sur le continent lui permet de renouveler ses thèmes. Il peint beaucoup mais, bizarrement, garde pour lui ses meilleures œuvres, constituant un musée personnel dont le gardien jaloux est... son père.

L'été 1808, père et fils s'installent à Twickenham, mais papa-barbier doit retourner tous les jours à Londres pour veiller sur le musée personnel de John Mallord William. Tout cela coûte cher et, comme le père est aussi avare que le fils, ils n'ont de cesse qu'ils n'aient trouvé un maraîcher qui transporte tous les jours papa au milieu des choux et des carottes. Une fois à Londres, papa fait visiter le musée à des amateurs qui paient l'entrée... À son retour, il se met en devoir de... préparer les repas de son fils.

Turner se fait donner des leçons de grec. Il se pique d'écrire des commentaires pour ses œuvres. Commentaires qui font reculer l'éditeur sans doute trop sensible au respect de la syntaxe. Turner pourtant s'obstine à écrire... « Les leurres de l'espoir », poèmes dénués de ponctuation et complètement incompréhensibles pour le commun des mortels un peu bien éduqué.

La gloire de Turner s'accorde mal avec son éducation négligée. Chargé de cours à la Royal Academy, il se montre incapable de prononcer la moindre phrase un peu didactique pour ses élèves. Force lui est donc de renoncer à s'exprimer autrement que par le pinceau... Il le fait admirablement et un critique qualifie son génie novateur en disant :

— Turner peint le néant et c'est très ressemblant !

Sa vie devient aussi mystérieuse que son quartier d'enfance noyé par le brouillard. Turner n'écrit jamais une lettre. À quoi bon : personne ne serait capable d'en comprendre le sens. S'il voyage, en France ou en Allemagne, en Italie, il le fait sous un faux nom. S'il possède des papiers en règle, il s'empresse, très régulièrement, de les détruire. Et, pour se cacher encore davantage, il adore se travestir... Décidément, Turner est le peintre du brouillard personnel comme celui du flou artistique.

En 1826, il faut quitter Twickenham et rentrer à Londres car papa sent ses forces décliner. Quand son père meurt, Turner se trouve soudain complètement désorienté et, incapable de travailler, se met à boire... Heureusement, un ami fidèle le persuade de le suivre en Italie pour se ressourcer et peindre ensemble :

— J'y consens à une condition : vous devez me promettre de ne jamais peindre les mêmes motifs que ceux que je choisirai !

— Comme vous voudrez. L'Italie ne manque pas de paysages !

Ce voyage mène les deux amis jusqu'à Venise où Turner découvre soudain le paysage de sa vie. Un vrai coup de foudre. Là, il peut se livrer à une frénésie orgiaque de lumière, de ciel et d'eau, de reflets, d'architecture... et de poésie lyrique. Il s'attache dès lors à saisir l'insaisissable. Quelques années plus tard, Claude Monet viendra au même endroit traduire à sa manière les mêmes sensations... impressionnistes. En attendant, Turner touche déjà à l'abstraction. Il dépasse déjà les impressionnistes. Lors de la préparation d'une exposition, le peintre Constable est là, en train d'ajouter une dernière touche à l'une de ses œuvres. Turner entre, raie d'un trait de rouge une de ses propres toiles et sort. Constable, décontenancé, soupire :

— Turner est venu et a tiré un coup de fusil !

De retour à Londres, installé à Queen Ann Street, Turner continue à peindre, malgré des critiques peu favorables. Il s'obstine à accumuler ses œuvres dans son musée désormais transformé en invraisemblable nid à poussière. Il va et vient, disparaît. À présent, à Londres même, il possède trois ateliers différents. Il se cache dans l'un ou l'autre comme une bête traquée, avec pour seule compagne la dive bouteille. Personne n'ose plus aborder cet être bizarre et, qui sait, peut-être dangereux...

Un seul amateur se risque à l'inviter chez lui : Lord Egremont. Turner peint, pêche à la ligne, chasse, et passe de longues heures en discussions parfois orageuses avec son hôte...

Un jour, il disparaît... Plus personne à Queen Ann Street. Sa vieille gouvernante, Mrs. Danby, craint le pire. Elle s'informe auprès des amis, des amateurs, du voisinage. Jusqu'au jour où, par hasard, elle traverse le quartier de Chelsea :

— Seigneur Dieu ! C'est vous, monsieur ? Comment se fait-il que vous ayez disparu depuis tant de semaines ?

— Euh ! Eh bien, j'habite une petite maison non loin d'ici !

— Ah, bien ! Et pourquoi donc ?

— Un jour, je suis passé devant une maison qui m'a plu. Une pancarte indiquait qu'elle était à louer et qu'il fallait s'adresser à la propriétaire. C'est ce que j'ai fait !

Turner poursuit le récit de sa rencontre avec la propriétaire qui lui a confirmé que la maison est à louer et lui a demandé :

— Pouvez-vous me dire votre nom ?

— Et vous, dites-moi donc le vôtre !

— Si vous voulez. Je suis Mme Booth.

— Parfait, alors moi je suis M. Booth !

En définitive tout le quartier connaît Turner sous le nom de « Monsieur Booth »... Cette situation un peu fausse, il faut bien l'avouer, durera jusqu'à la mort du peintre.

En 1851, peu avant Noël, Turner se révèle incapable de se lever ; il appelle Mme Booth :

— Chère amie, pourriez-vous pousser mon lit jusque devant la fenêtre ?

— Si vous le voulez, cher ami...

Au médecin qui lui annonce que la fin est proche, il dit simplement :

— Descendez l'escalier et buvez un verre de sherry...

C'est en regardant la neige qui tombe sur le spectacle de la rue, que John Mallord William Turner rend à Dieu son âme mystérieuse. Il a soixante-seize ans...

Il faut à présent liquider la succession du peintre génial. Dans l'atelier de Queen Ann Street, plus de vingt mille peintures, aquarelles et dessins s'entassent, maculés de poussière ou rongés par les rats. Son ami et critique Ruskin y découvre de nombreuses scènes consacrées à des soirées galantes. Horrifié par cet aspect de la personnalité de Turner, il prend sur lui de les détruire par le feu...

Le testament de Turner fait don de tous ses biens à l'Angleterre. Il réserve 60 000 livres à la construction d'une maison destinée aux vieux artistes nécessiteux et aussi un fonds destiné à payer un repas chaque année pour célébrer, le 23 avril, l'anniversaire de sa naissance. Il demande à être enterré près de Reynolds, le premier peintre qui lui ait reconnu quelque talent.

Ses œuvres resteront entassées dans les caves de la National Gallery jusqu'après la guerre de 1870. Monet, qui sera admis à les contempler, s'en inspirera pour peindre le tableau *Impression soleil levant*. Ce même tableau qui, exposé chez le photographe Nadar en 1874, inspirera à un critique ironique le surnom d'« impressionnistes ».

GREUZE

La mégère

Il fait un temps splendide ce jour-là sur Paris. Aux abords du palais du Louvre des jeunes gens désœuvrés se promènent. Leurs yeux s'attardent sur le lourd bâtiment. Soudain, à l'étage, une fenêtre s'ouvre. Une femme se penche et leur fait signe de la main.

— Est-ce à nous que cette femme en veut ?

— Je ne sais. La connais-tu ?

— Pas le moins du monde. Apparemment elle est dans les appartements réservés aux peintres de l'Académie.

— Ah, mais j'y suis ! Ne serait-ce pas l'épouse du peintre Greuze ?

— À quoi la reconnais-tu ?

— À sa réputation. On dit qu'elle possède un tempérament de feu et qu'elle n'hésite pas à faire monter chez elle les hommes qu'elle aperçoit et qui lui semblent vigoureux !

— Alors, allons y voir de plus près !

Qui est donc ce malheureux Greuze que tout Paris de 1780 connaît comme le plus grand « cornard » que la terre ait porté ?

Jean-Baptiste Greuze a vu le jour à Tournus en 1725, le 21 août, dans le signe du Lion, presque dans le signe de la Vierge. Gloire de l'un et timidité de l'autre seront les dominantes de son existence. Très tôt l'enfant dessine et son père, maître couvreur à l'esprit pragmatique, se dit qu'il pourrait faire architecte, métier qui rapporte. Alors, on lui interdit de dessiner autre chose que des maisons ! Le dessin d'une tête de saint Jacques est pourtant si bien enlevé qu'on envoie le petit prodige étudier à Lyon. Puis, à vingt-cinq ans, il part pour Paris où il se fait remarquer par une œuvre intitulée : *Père de famille expliquant la Bible*... Aux critiques de son maître Natoire, il ne craint pas, un jour, de répliquer, en roulant les « r » :

— Vous seriez bien aise si vous étiez capable de dessiner comme moi !

Il change de maître et est admis à l'Académie comme élève titulaire. Son *Père de famille*, exposé, est le morceau de choix du Salon de 1755. La critique comme le public accueille avec enthousiasme ce genre nouveau : d'une part, Greuze peint des bons sentiments et, d'autre part, il peint des créatures dont la sensualité est évidente. Subtil mélange du Diable et du Bon Dieu. Il possède en plus une technique remarquable.

Un long voyage en Italie confirme son talent et son goût pour les scènes pittoresques. Mais il ne s'intéresse pas à l'« antique » dont tout le monde parle beaucoup. En tout cas, pas pour le moment : les ruines italiennes et les paysages le laissent froid. Il aime les peintres du Nord, Rembrandt et Rubens...

À Rome, une authentique princesse, Laetitia, affiche pour lui une passion ravageuse et partagée. Mais la distance est grande entre la fille d'un duc et le fils d'un couvreur. Elle tombe malade : toute dolente, elle lui offre de l'épouser malgré son noble père. Il refuse de l'enlever mais en tombe malade lui aussi. On le surnomme « le chérubin amoureux ». Quand il se rétablit, il est trop tard : elle a épousé un noble qui est par ailleurs riche et bel homme. Tout est terminé, et Greuze emporte simplement le portrait de la belle brune... D'autres voix suggèrent qu'à part Laetitia, vraie ou imaginaire, le beau Jean-Baptiste se gave de toutes les filles faciles de Rome sans négliger pour autant les dames titrées.

Rentré en France, il peint la *Jeune fille pleurant sur un oiseau mort* ! oiseau mort qui désigne bien autre chose de plus intime ! Sa gloire se confirme avec *L'Accordée de village* et *La Mère bien-aimée.* D'autres œuvres suivent, toutes empreintes d'un sentimentalisme à fleur de toile et aux titres alambiqués : *Une mère grondant un jeune homme pour avoir renversé un panier d'œufs que la servante apportait du marché : un enfant tente de raccommoder un œuf cassé* ! Bigre, quel drame ! Et encore, cela n'est que le titre : souvent Jean-Baptiste, pour bien faire comprendre ses intentions, joint au tableau un explicatif sans fin... On présente *L'Accordée de village* sur la scène du Théâtre-Italien avant que M. de Marigny, frère de Mme de Pompadour, n'en décore son cabinet particulier. Paradoxalement, le public s'enthousiasme pour les mélos de Greuze et néglige ses vrais chefs-d'œuvre : ses portraits magnifiques, parmi lesquels ceux du libraire Babuty.

Jean-Baptiste Greuze passe parfois sur le quai des Augustins et en jetant un coup d'œil sur la devanture de ce Babuty, à l'enseigne de *Saint Jean Chrysostome* il a aperçu un minois ravissant : c'est Mlle Anne-Gabrielle Babuty, la fille du libraire. Elle est « poupine, blanche et droite comme un lys, vermeille comme la rose ». Il sait qui elle est car son ami le philosophe Diderot, critique d'art influent, lui en a parlé : il lui a dit qu'il la connaît depuis l'enfance et qu'il la taquine à chaque fois qu'il passe par la boutique.

Quand Diderot la plaisante, la jeune Babuty devient rouge comme une pivoine et court se cacher dans l'arrière-boutique.

Greuze, dès qu'il la voit, se sent un intérêt nouveau et soudain pour les livres. Lui aussi devient un habitué de *Saint Jean Chrysostome.* Il demande à consulter, comme par hasard, les *Contes* de La Fontaine ou *La Religieuse en chemise*, ouvrages peu convenables. Tout lui plaît chez Gabrielle, « les yeux noyés, les lèvres mouillées », les épaules rondes, le cou « pâmé ». Bientôt Gabrielle, quand elle apprend l'identité de ce nouveau client, avoue qu'elle a la plus profonde admiration pour *L'Accordée de village* : c'est si beau, ces scènes de famille attendrissantes.

Désormais, quand il pénètre chez les Babuty, Gabrielle est aux petits soins pour le grand artiste. Elle est tout sourire, toute câlinerie, elle baise les mains qui peuvent produire de si grands chefs-d'œuvre... Si bien qu'un jour elle demande, carrément :

— Monsieur Greuze, m'épouseriez-vous si je consentais à devenir votre femme ?

Greuze bredouille quelque chose d'inintelligible et quitte les lieux le rouge aux joues. Jamais il n'était entré dans ses projets de se marier. Il est bel homme, mais, à trente-cinq ans, malgré les conseils de son ami Diderot, il a peur du « conjugo ». Il a peur car il connaît les femmes.

Le vrai problème, c'est que Greuze n'a qu'une passion : la peinture, et il ne connaît pas de femme qui puisse s'accommoder de cette exigeante maîtresse. Quand il est plongé dans l'élaboration d'un tableau, il vit littéralement la scène qu'il crée : ses yeux changent de couleur, la passion le submerge. Quand l'œuvre est terminée, Greuze retombe sur terre, les femmes de ses tableaux ne l'intéressent plus. D'ailleurs, en cette période de joie de vivre, que voit-il autour de lui ? Des femmes galantes et des maris cocus.

Il est beau, il le sait, et donc il est volage. Il n'a pas envie de rendre une épouse malheureuse. Surtout quand il s'agit de la pure et naïve Gabrielle Babuty. Greuze ne vient plus acheter de livres quai des Augustins.

Un jour, alors qu'il est occupé par une nouvelle scène de genre larmoyant, on frappe à la porte de son atelier.

Il ne répond pas. Les coups discrets deviennent plus forts, puis carrément violents. Maintenant, ce sont des coups de poing qui ébranlent la porte, les murs et tout l'immeuble. Il ouvre... pour son malheur.

Dès que la porte est ouverte, Gabrielle Babuty apparaît les yeux pleins de larmes, elle se précipite aux genoux du beau Bourguignon : elle lui demande pardon, dit que c'est l'amour qui la conduit. Elle s'exprime comme dans les romans qu'elle lit chez son père. Elle saisit les mains du peintre, les couvre de larmes et annonce qu'elle ne quittera pas l'atelier avant qu'il ait promis de l'épouser.

Greuze, extrêmement mal à l'aise, ne sait comment arrêter ce torrent de pleurs. Il promet tout ce que Gabrielle demande à si grands cris. Aussitôt, elle se métamorphose, elle danse, elle saute, elle rit, elle frappe dans ses mains comme si on venait de lui offrir la plus jolie poupée du monde. Greuze saisit ses pinceaux et une toile vierge pour y jeter l'esquisse de la charmante enfant. Et, selon son habitude, il commence à se prendre de passion pour... son modèle. Mais il ne promet rien. Alors Anne-Gabrielle passe à l'action. Elle se promène dans tout le quartier en disant :

— Regardez donc la jolie bague que M. Greuze vient de m'offrir, pour célébrer nos fiançailles !

Ce n'est qu'un mensonge éhonté, le premier d'une longue série... Greuze reste aussi vague qu'avant. Gabrielle ose annoncer à sa famille :

— Je suis désormais Mme Greuze. Nous venons de nous marier secrètement.

Mensonge encore plus éhonté que le précédent.

Deux ans plus tard, la toile est achevée et Gabrielle Babuty devient enfin Mme Greuze. Dans une paroisse un peu éloignée car, dans son quartier, où tout le monde croit Gabrielle mariée, on aurait ricané...

Dans les débuts, ce mariage semble idéal.

— Mon cher Diderot, vous aviez raison de me pousser au mariage. Je vis dans le bonheur le plus parfait !

D'ailleurs, Gabrielle est non seulement jolie mais

bien plus riche que lui et riche en plus d'espérances. Car deux filles, Anne et Louise Gabrielle, viennent compléter la famille. Greuze utilise désormais toujours les mêmes modèles : sa chère Gabrielle et ses enfants. Gabrielle se transforme, selon l'occasion, en fleuriste, en fileuse, en nourrice, en liseuse, en dormeuse, en philosophe, en mère bien-aimée et même en « femme enceinte » qui fait rougir les visiteuses du Salon. Quand il la peint en chaste « Vestale », Diderot proteste... au nom de la vraisemblance... Il est peut-être trop bien placé pour ne pas connaître très intimement la jolie Mme Greuze.

Il proteste, car déjà une rumeur court Paris. La charmante Gabrielle Babuty a, paraît-il, bien changé depuis son intrusion en force chez Greuze et son mariage. Le ménage vit au Louvre, où Jean-Baptiste a été admis grâce à son tableau d'histoire : *Septime Sévère reproche à son fils Caracalla d'avoir attenté à sa vie dans les défilés d'Ecosse et lui dit : « Si tu désires ma mort, ordonne à Papinien de me la donner avec cette épée. »*

Gabrielle est désormais l'épouse d'un peintre célèbre et elle entend jouir de certaines prérogatives :

— Il nous faut un valet, il nous faut une fille de service. Je ne peux plus aller dans Paris dans n'importe quel équipage : je veux un carrosse. Et de quoi ai-je l'air sans bijoux : je veux des diamants !

Mais Greuze est d'origine paysanne : il n'a guère l'habitude de jeter l'argent par les fenêtres. Gabrielle a montré qu'elle peut être assez vive. Il démontre qu'il peut avoir la main leste. Pourtant il doit céder : alors il augmente ses cadences et multiplie les « parents admirables » et les « scènes larmoyantes ». Il devient insupportable en s'étonnant lui-même qu'un homme soit capable de tant de génie pictural !

Gabrielle a de nouvelles idées : comme elle s'ennuie, elle se met à jouer aux cartes ! Elle oblige de plus en plus son peintre de mari à écouter ses avis en matière... de peinture. Elle s'attribue même ses mérites. La voilà qui fait exécuter secrètement des tirages supplémentaires des gravures de Jean-Baptiste, tirages qu'elle vend directement pour son propre bénéfice. Elle s'empare discrètement de fonds que son naïf époux garde chez lui et les risque dans une spéculation désastreuse. Enfin, c'est ce qu'elle dit pour expliquer la disparition de 120 000 livres : toutes les économies du ménage. Quant à leurs filles, il y a longtemps que la mère les a mises en pension.

En 1763, Greuze, devenu champion de la peinture « morale », produit *Piété filiale* qui dépeint un paralytique soigné par ses enfants. Diderot auteur de *Bijoux indiscrets* bien érotiques est enthousiasmé. Greuze demande un prix tellement élevé pour son œuvre que seule Catherine II la Grande, impératrice de toutes les Russies, vertueuse en diable et en apparence, parvient à se l'offrir.

Gabrielle change un peu sur le plan physique. Les années passent et la candide fleur en bouton se transforme en une jeune femme encore belle mais désormais parée comme une châsse. Ce sont les robes de lampas, de brocart, les colliers précieux, les dentelles. Le visage a perdu sa fraîcheur mais elle compense par les fards, les mouches, le rouge sur les lèvres. Le résultat doit être encore appétissant car Greuze, quand il rentre chez lui, croise souvent des hommes qui sortent de son appartement. Des inconnus la plupart du temps. Parfois ce sont de nobles gentilshommes, des élèves, qui n'ont pas vingt ans et auxquels Anne-Gabrielle donne facilement l'argent du ménage. Parfois ce sont des fournisseurs impayés, et, pire encore, ce sont parfois des passants que Gabrielle appelle du haut de sa fenêtre. Blondel d'Azincourt, un des amants de la dame, parvient même à brouiller Greuze et son grand ami Diderot.

Il arrive de temps en temps que Greuze, qui veut dire quelque chose à son épouse, pénètre dans sa chambre sans méfiance et voie son ingénue en train de s'ébattre sur le lit conjugal. L'« épouse modèle » utilise alors un langage des plus orduriers pour le renvoyer à ses pinceaux. Elle lui explique qu'il est le seul responsable car ce sont les innombrables portraits qu'il a faits d'elle qui attirent au Louvre les galants, comme le miel attire les mouches.

Mais Greuze n'est pas au bout de ses humiliations. Il apprend bientôt que les adorateurs de Gabrielle sont souvent priés d'exprimer leur admiration en espèces sonnantes et trébuchantes. Celle-ci va jusqu'à se servir elle-même dans les poches des amateurs, qui se retrouvent délestés de leur montre ou de leur bourse, d'une épingle de jabot ornée d'un diamant, d'une canne à pommeau d'or... Décidément Greuze a épousé une mégère, une nymphomane, une catin et une voleuse. Qu'on est loin de l'innocence aux yeux humides peinte dans *La Cruche cassée* !

En 1777, fâché avec l'Académie, il invente d'exposer ses œuvres en privé dans son propre atelier. Joseph II d'Autriche, le propre frère de la dauphine Marie-Antoinette, vient admirer sa *Malédiction paternelle* qui précède le *Portrait de Benjamin Franklin* et *La Cruche cassée* pleine de sous-entendus érotiques...

Greuze va s'apercevoir qu'il n'a pas encore bu le calice jusqu'à la lie et doit faire face à de nouveaux frais. La terrible Anne-Gabrielle est plusieurs fois « infectée » par ses amants de passage. Il faut faire appel à des médecins discrets. Une nuit, alors qu'il dort profondément, son instinct lui dit de s'éveiller et que voit-il ? Au-dessus de sa tête, Gabrielle brandit un pot de chambre avec lequel elle s'apprête à lui écraser la tête... Occasion ratée pour elle de devenir veuve. Mais le projet lui tient à cœur. C'est pourquoi, dans les semaines qui suivent, Greuze est soudain pris de douleurs d'entrailles : c'est Gabrielle qui lui a mitonné un ragoût aromatisé au vert-de-gris...

Les artistes du voisinage sont immédiatement au courant de cette nouvelle tentative d'assassinat. Le scandale est énorme au point que les Greuze sont... expulsés de leur logement de fonction au Louvre... Ils atterrissent rue Notre-Dame-des-Victoires, puis près de la porte Saint-Denis. Greuze, la mort dans l'âme, et c'est là le plus surprenant, doit se séparer de sa Gabrielle, qu'il n'a cessé d'adorer en dépit de toutes ses avanies. Il écrit au commissaire de son quartier pour raconter ses déboires conjugaux. Nous sommes en 1791 et la jolie Gabrielle disparaît dans la tourmente révolutionnaire. Greuze n'est plus que l'ombre de lui-même sans sa mégère.

Désormais il est passé de mode sur le plan pictural. Pourtant, on fait appel à lui pour exécuter un portrait du jeune général Bonaparte. On est étonné par la ressemblance entre le futur Napoléon Ier et... Anne-Gabrielle : même teint rose et même regard « noyé ».

À présent, Greuze erre dans les rues vêtu d'un vieil habit rouge. Un jour il passe par hasard devant une vente à l'encan. Soudain il aperçoit un de ses tableaux : une de ces Gabrielle dont il est tombé amoureux le temps de la peindre. On adjuge le tableau à un charbonnier. Celui-ci attrape un marteau et un clou et fixe l'œuvre de Greuze sur le panneau de sa boutique. Puis, avec une craie, il écrit sur la toile : « À la jolie charbonnière ». Dix ans vont encore passer, dix ans de tristesse, de tripots. Le public aime l'antique et la peinture de David. En 1805, le 21 mars, Dieu a pitié de Greuze amoureux malgré tout et lui accorde le repos. Il a quatre-vingts ans... Une jeune fille en larmes suit le cercueil : elle se nomme Constance Mayer et elle aussi connaîtra un destin tragique chez le peintre Prud'hon.

CARAVAGE

Un peintre féroce

Sur la plage de Porto Ercole, au début du mois de juillet 1610, un homme, jeune encore, se désespère. Il scrute la mer en titubant et en hurlant :

— Mon navire ! Où est mon navire ? Assassins, voleurs ! Qu'avez-vous fait de mes tableaux ? Qu'avez-vous fait de mes écus ? Rendez-moi mon bien !

L'homme est trapu, l'air farouche, mais semble bien malade. Il va sur ses trente-sept ans. Il est italien puisqu'il a vu le jour à Caravaggio, un petit village de Lombardie. Mais ceux qu'il accuse de l'avoir spolié, de l'avoir dépouillé sont espagnols. Aujourd'hui, ce sont eux qui occupent militairement Porto Ercole. Michelangelo Merisi ou Merighi ou Amerighi, plus connu sous le nom de Caravage, du nom de son village, se sent à bout de forces. Pourtant, il est dans la force de l'âge. Ses cheveux noirs et broussailleux, sa peau basanée, sa tenue excentrique et son allure débraillée ne l'ont pas empêché de connaître d'innombrables aventures amoureuses. Son tempérament belliqueux a jalonné son existence de bagarres sanglantes et même de morts d'homme. C'est pourquoi, depuis des années, il est constamment poursuivi et traqué par quelque autorité souveraine qui cherche à se saisir de lui pour l'emprisonner ou le pendre.

Est-ce la fin pour un des peintres les plus turbulents de l'Italie ?

Son père, quand il naît, est assez à l'aise : c'est l'intendant et l'architecte du marquis de Caravaggio. C'est pourquoi Michelangelo commence dans la vie... comme maçon. Dès qu'il atteint ses quinze ans, Michelangelo Merisi, familièrement appelé Michele, se fait remarquer par son caractère peu commode. Il ne supporte absolument aucune autorité quelle qu'elle soit. Et, avec lui, la bagarre n'est jamais loin. Pour un « oui », pour un « non », c'est la sarabande qui commence. Coups de poing, coups de dague, yeux au beurre noir sont le lot quotidien. Qu'il les donne ou qu'il les reçoive... Il se bagarre continuellement avec un peintre qui deviendra célèbre : Annibal Carrache, et même avec celui dont il est à l'époque domestique.

Il commence à peindre à Milan mais, très bientôt, une mauvaise affaire lui fait prendre le chemin de Brescia :

— Là-bas aussi ils ont des peintres et des amateurs.

Pourtant Brescia le déçoit par son côté province. Il décide que seule Rome, la ville éternelle, est digne de lui et il y court. À nous deux la gloire !

Mais Rome n'a que faire d'un bagarreur de seize ans... Les commandes tardent à venir. Alors, pour survivre, Michele Caravaggio met son talent naissant au service des causes les plus terre à terre. Il peint des enseignes, des tableaux de dévotion. Puis il entre au service d'un homme d'Église : Pandolfo Pucci, chanoine à la basilique Saint-Pierre, qui lui fait exécuter des tableaux religieux. Don Pucci porte un surnom : « Monseigneur Salade ». Pourquoi ? Tout simplement parce que son avarice lui interdit de payer Michele autrement qu'en nature. C'est-à-dire en le nourrissant de feuilles de salade... Caravaggio prend la fuite... Il se trouve un nouveau maître pour qui il peint des Vierges et des Christ sirupeux. Mais il tombe malade et se fait soigner à l'Hôpital de la Consolation. Il paie les soins qu'on lui prodigue en... peignant quelques tableaux.

La chance va-t-elle enfin montrer le bout de son nez ? Le chevalier d'Arpin, peintre fameux, l'engage... pour peindre des fruits en bordure des œuvres qu'il exécute lui-même. Au bout de huit mois, Caravaggio, exaspéré par ce travail répétitif, prend le large. Mais ses œuvres personnelles ont attiré l'attention d'un peintre français : Valentin, qui le prend sous son aile. Michele se fait des relations et c'est le cardinal Francesco del Monte qui s'intéresse à lui. Ouf ! Il était temps. Désormais Michele est nourri, logé, payé et reconnu... Il peut vivre tranquille en exerçant son art. On lui commande une série de tableaux pour l'église Saint-Louis-des-Français. Il peint un saint Matthieu. Mais ce saint fait scandale car Michele a fait le portrait d'un homme du peuple. En voilà une idée ! Peindre les nobles sous les traits de saints, passe encore. Mais aller chercher ses modèles parmi le peuple le plus modeste c'est inacceptable... Les pèlerins de ses tableaux ont les pieds sales ! On crie à la « vulgarité », à la « brutalité ».

Dorénavant cette vision de l'art partagera les partisans et les adversaires du Caravage.

D'autant plus que, parmi les modèles qu'il recrute dans sa vie quotidienne, Michele ne se contente pas de vieillards ridés. Il peint un certain nombre de jeunes gens aux regards ambigus... Des filles aussi, du genre facile. Des prostitués des deux sexes, et des rufians de tout poil... Les commanditaires des œuvres sont parfois tellement révulsés en voyant ce que Caravage leur présente qu'il doit faire marche arrière et peindre les sujets imposés différemment, ou apporter des modifications... Parfois l'œuvre incriminée est refusée et il ne lui reste d'autre choix que de la vendre à un amateur moins regardant. Ou plus intuitif...

Caravage a vingt-cinq ans et ses œuvres provoquent le scandale. Sa *Mort de la Vierge* fait dresser les cheveux des bien-pensants. Quelle idée a-t-il eue de peindre une Mère de Dieu qui a vraiment l'air d'un cadavre déjà gonflé ? Normal puisqu'il s'agit d'une vraie prostituée retrouvée noyée dans le Tibre ! Les religieux qui l'ont commandée la refusent. Le duc de Mantoue, conseillé par un certain Rubens, peintre flamand, l'achète.

Quant à la conduite personnelle du peintre... Il est riche et célèbre, mais reste aussi négligé dans sa tenue. Quant à l'hygiène, il ne semble pas que cela soit sa préoccupation quotidienne. Ce qu'il aime ? Boire, fréquenter les filles. Parfois elles le trouvent si attirant qu'elles n'hésitent pas à lui reverser une part des revenus que leur procure « le plus vieux métier du monde ». Caravage est un peu maquereau sur les bords...

Un soir, un élève de l'Académie de peinture a le malheur de le contredire. Le voici bâtonné et même blessé à coups d'épée. Il ne fait pas bon affronter le Caravage. Un sergent du château Saint-Ange fait lui aussi connaissance avec le bâton du peintre. Entre deux bagarres, il bombarde les soldats de cailloux. Il lapide les volets de sa propriétaire qui espérait plutôt les loyers en retard. Pour les charmes d'une fille facile, il expédie de vie à trépas un clerc de notaire... Il tue un jeune homme avec qui il se dispute à l'occasion d'une partie de jeu de « paume ». Pomme de discorde certainement. À Gênes, il blesse un greffier. Mauvaises, très mauvaises affaires.

Cela n'arrête pratiquement pas. L'orgueilleux Merisi ne supporte ni la critique ni la contradiction.

Un peintre, Baglione, trouve à se plaindre, lui aussi, du comportement de Michele. Il aurait répandu un pamphlet injurieux pour un tableau religieux de Baglione. Et hop ! Voici Caravage, qui a déjà quelques accrocs à son casier judiciaire, en prison. Devant les juges, il se défend comme un beau diable. Il admet le pamphlet mais le justifie en mettant en avant qu'il est un des seuls peintres capables d'avoir un jugement objectif sur les œuvres de ses confrères et concurrents... Les juges le prient d'être un peu moins remuant et le libèrent... Caravage fronce ses gros sourcils noirs et marmonne dans sa moustache qu'il fera ce qu'on lui demande. Mais, quelques jours plus tard, le hasard met Baglione sur sa route et... des amis de Caravage le rossent. Michele sent qu'il est temps de s'éloigner un peu de Rome. Il attend que les esprits se soient calmés pour y revenir.

Pour se refaire une santé, il dispute un jour une partie de paume dans les jardins de la villa Médicis quand un litige éclate entre les joueurs. Caravage, comme toujours la tête près du bonnet, sort sa dague et tue net un des joueurs, un ami pourtant, d'un coup dans l'aine... Lui aussi est blessé. Qui a commencé ? On ne sait. On constate simplement qu'il est vivant et que son adversaire est mort... Il trouve refuge chez un ami où les autorités le consignent. Mais il sent que l'air est mauvais et s'éclipse. Il lui faut trouver un asile inviolable. Le château de Don Marzio Colonna l'accueille. En attendant que ses amis cardinaux et commanditaires arrangent ses affaires auprès du pape, et pour remercier son hôte de son hospitalité, Caravage peint une *Madeleine* et un *Repas d'Emmaüs*.

Mais rien ne s'arrange. Alors il prend la route de Naples.

Son talent et même son génie y sont déjà connus. On se bouscule pour lui commander des peintures. Mais Naples n'a pas la réputation d'une ville tranquille. Est-il au centre d'une autre affaire sanglante ? Mystère. Toujours est-il qu'on le retrouve au-delà des mers... dans l'île de Malte, sous l'autorité des Chevaliers du même nom.

Il peint le portrait du grand-maître de l'Ordre. Avec une arrière-pensée astucieuse : « Si je parviens à obtenir la croix de chevalier de l'Ordre de Malte, cela équivaudra à une amnistie pleine et entière. Toutes les mauvaises affaires qui me collent aux basques seront oubliées. »

Il a en fait un autre projet : reçu chevalier de l'Ordre, il pourrait enfin se battre avec un gentilhomme noble qui refuse de croiser l'épée avec un roturier. Une vieille querelle à régler. Caravage est du genre rancunier.

Mais les chevaliers ne confèrent pas la croix à Michele. Au contraire, une enquête révèle les mauvaises manières du peintre génial, et on le chasse. Pourtant, on apprécie ses peintures. Il reçoit en paiement un collier d'or et deux... esclaves turcs. Il lui suffirait d'attendre un peu. Attendre ? Cela serait possible pour un tempérament plus calme. Pas pour Michelangelo. Pire encore : le voilà qui se prend de querelle avec un chevalier du Saint Ordre. Le chevalier n'a pas le dessus. Il se fait rouer de coups.

Michele se retrouve de nouveau derrière des barreaux de prison. Il s'évade et franchit la mer pour rejoindre... la Sicile. Les nouvelles vont lentement à l'époque et les Siciliens, peu au courant de sa mauvaise réputation, lui passent de nombreuses commandes. Peut-être pourrait-il finir tranquillement ses jours à Syracuse, à Messine ou à Palerme. Son démon lui dit de revenir à Naples qui est si proche. Pour obtenir le pardon du grand-maître de Malte, il lui expédie un présent : un tableau qui n'est pas terriblement gai puisqu'il s'agit de *Hérodiade avec la tête de saint Jean* !

Nouveau séjour à l'ombre du Vésuve, on l'attaque à la sortie de son auberge. Nouvelle bagarre. Il doit affronter un adversaire coriace car il échappe de peu à la mort. Quand il revient à lui, notre bouillant artiste, le visage encore tout ensanglanté, se dit : « Je dois rentrer à Rome. Au moins là-bas j'ai des amis... Et puis les mauvaises affaires qui me suivent doivent être un peu oubliées... »

Sur-le-champ, pour faire le voyage, Michele affrète une felouque. La voie par mer lui semble plus sûre, étant plus à l'abri de la police. Hélas, en ce mois de juillet, son bateau se voit obligé d'aborder sur une plage de Toscane, Porto Ercole. Une plage qui se trouve sous l'autorité des Espagnols. On l'arrête à tout hasard. Et on le garde sous les verrous durant deux longues journées. Quand il se retrouve libre, sa felouque n'est plus au port. Tout a disparu : ses tableaux, son argent. Il est seul. Alors il se précipite sur la plage, fou de rage. Il hurle sa colère. Ses tableaux qu'il croit perdus l'attendent, à quelques mètres de là, soigneusement remisés par les douaniers. Mais les moustiques qui infestent la région à l'époque sont insensibles à son humeur. Il est frappé par la malaria et il meurt, seul et misérable, loin de ses protecteurs puissants, loin de ses amis, loin des filles qu'il a tant aimées... Il a trente-six ans, neuf mois et dix jours très exactement.

Le 31 juillet, treize jours après sa mort, le Saint-Père se décide à lui accorder l'amnistie qu'il attendait depuis longtemps. Un temps, une rumeur court l'Italie : Caravage n'est pas mort, il est parti quelque part avec sa dague et son génie pour continuer à peindre des chefs-d'œuvre pleins d'ombre et de lumière comme sa vie...

PICABIA

Le loustic

« La morale est mal disposée dans un pantalon. »

« Le public a besoin d'être violé dans des positions rares. »

« Le seul uniforme supportable est celui du bain de vapeur. »

Ces déclarations fracassantes ont, même après quatre-vingts ans, le même impact un peu scandaleux. Qui en est l'auteur ? À coup sûr un esprit non conformiste. C'est le moins que l'on puisse dire.

Francis Marie Martinez Picabia voit le jour le 19 janvier 1879. Son père est attaché de la légation de Cuba à Paris : c'est un industriel qui possède de gros moyens financiers. Sa mère est une représentante de la bourgeoisie française. Malheureusement elle est de santé fragile et elle disparaît alors que Francis n'a que sept ans. L'enfant devra désormais apprendre à vivre entre son père, son oncle et son grand-père, tous les trois veufs : « les trois sans femmes ». Le petit Francis-Marie-Martinez Picabia voudrait être peintre. Mais son grand-père, un ami de Daguerre, le décourage vivement :

— Depuis l'invention de la photographie la peinture n'a plus aucun avenir...

Alors Francis se demande si la vocation de la peinture

est encore de reproduire la réalité. La photographie peut faire tellement mieux...

En attendant de trouver la réponse à cette question brûlante, il peint des tableaux bien sages, dans l'esprit des peintres conservateurs de la Belle Epoque. Il prend quelques leçons auprès de Pissarro, l'impressionniste timide. Son père, lui, ne trouve pas ça si mal. Et, sans rien dire, il présente quelques toiles de son fils au Salon des artistes français. Nous sommes en 1895 et Francis, qui n'a que seize ans, se voit décerner une « mention ». Cela lui donne du cœur à l'ouvrage. Il multiplie les paysages de style impressionniste. Il en peint plus d'un millier : on se les arrache. Il expose durant dix ans : Paris, Berlin, Londres ! Une carrière qui démarre sur les chapeaux de roue.

— C'est l'héritier de Sisley ! dit-on.

— Non plutôt celui de Pissarro !

Et les succès féminins s'accumulent aussi sur la tête du peintre prodige. Tout Paris frémit en apprenant la nouvelle :

— Vous savez quoi ? Ermine d'Orliac, oui, la maîtresse de... Justement. Eh bien, elle vient de se faire enlever par le jeune Picabia. Une folie : elle a huit ans de plus que lui...

Les deux amants s'enfuient en Suisse où, pour survivre, Francis peint des paysages sur les galets du lac Léman.

Francis soudain devient un peu triste. Un ami s'inquiète :

— Que se passe-t-il ? Tu n'es pas heureux ! Le jour où tu viens de signer un contrat avec Danthon. C'est la sécurité pour de longues années !

— Qui parle de sécurité ? Je viens de découvrir des peintres qui ont quelque chose à dire. Ce sont eux qui sont dans le vrai : ils se nomment Cézanne, Vincent Van Gogh et aussi Gauguin. À côté de leur manière de peindre, la mienne est complètement démodée. Alors, ce contrat...

— Bon, tu as besoin de te changer les idées. Et si tu venais passer la journée à la campagne avec moi ? Je vais chez des amis qui seront ravis de te connaître...

L'ami qui lui fait cette proposition ne se doute pas qu'il vient de changer le destin du jeune et brillant Francis...

Car les amis versaillais, la famille Buffet, possèdent une fille, Gabrielle, qui fait des études musicales. Justement elle revient de Berlin. Picabia lui demande si elle a eu là-bas l'occasion d'admirer l'exposition de ses œuvres à lui... Un triomphe qu'elle ne peut pas avoir manqué...

— Hélas non, mes travaux de musique m'ont un peu coupée du reste de la vie artistique. Je n'ai pas vu votre exposition... Croyez bien que je le regrette...

— Alors si vous n'avez pas vu mon exposition, je suppose que vous avez lu l'ouvrage qu'Édouard André m'a consacré ? Vous savez : *Picabia, le peintre et l'aquafortiste* !

— Hélas non, j'ai raté votre exposition et je n'ai pas lu ce livre non plus. Me pardonnerez-vous ?

— Je vous le prêterai, ainsi vous apprendrez à mieux me connaître !

Picabia est du genre légèrement suffisant. Pour l'heure, il propose à Gabrielle Buffet de la raccompagner à Paris où elle a à faire. Mais la voiture tombe en panne : une simple crevaison. Le garagiste le plus proche est chargé d'y remédier. Tandis que les deux jeunes gens attendent, Picabia soliloque :

— Vous ne connaissez pas ma peinture. Mais après tout, quelle importance ? Ce que je peins, même si cela plaît, ne présente aucun intérêt. Il ne s'agit que de plates imitations de la nature. Ce n'est pas cela, la mission profonde de la peinture.

— Ah bon ! Mais alors quelle est-elle, cette mission profonde ?

— Des formes et des couleurs qui obéissent à l'imagination de l'artiste en proie à l'invention la plus pure...

La douce Gabrielle considère la carrure de boxeur de Picabia, ses pectoraux puissants, ses traits réguliers... Ces propos révolutionnaires ne l'effraient sans doute pas puisqu'elle devient Mme Francis Picabia le 27 janvier 1909.

Au même moment, le bouillant Francis, soutenu par Gabrielle, dénonce son contrat avec le marchand Danthon, de la galerie Georges Petit. Plus la peine de compter sur lui pour peindre de nouveaux paysages néo-impressionnistes. M. Danthon n'est pas du genre à se laisser faire sans réagir.

— Ah, mon petit bonhomme, vous ne voulez plus peindre ce qui se vend. Eh bien moi, je vais vendre ce qui me reste sur les bras... Vous abandonnez votre « cote ». Allons-y !

Et la fameuse galerie Georges Petit brade littéralement la centaine de Picabia qu'elle a dans ses réserves. Le sort en est jeté.

Les Picabia partent pour l'Espagne, en voyage de noces. Francis en rapporte des œuvres toutes différentes de celles qui lui ont valu la notoriété : influencées par le cubisme, par Gauguin, ce sont des constructions aux couleurs violentes. Certaines ne représentent rien de particulier, elles sont complètement « abstraites » même si l'une d'elles portera, quelques années plus tard, le titre de *Caoutchouc*.

Picabia fréquente alors des peintres d'avant-garde : un certain Jacques Villon, son frère Marcel Duchamp, Fernand Léger, et un poète : Guillaume Apollinaire... dont les œuvres le rasent profondément. Les autres cherchent à construire mais Picabia et Duchamp cherchent à... détruire l'art d'autrefois. Ils crient à la « Liberté » !

Sans qu'il se l'avoue Francis possède un appétit de vivre, une soif de tout posséder peu commune. Nous sommes encore à la Belle Époque et Francis veut tout et tout de suite : les femmes, la peinture, la drogue, l'alcool, les voitures, l'argent.

Au Salon de 1911, il expose une de ses toiles d'Espagne, *La Danse à la source*, inspirée par la vision d'une jeune gardienne de cochons qui danse en jouant des castagnettes au bord d'un ruisseau. Cela ne plaît pas à tout le monde car un visiteur s'écrie :

— Si je tenais le peintre qui a fait cela, je le tuerais.

Francis se garde de se faire connaître...

En 1913 Gabrielle et lui s'embarquent pour l'Amérique. Il faut absolument assister à l'ouverture de l'Armory Show, la première grande exposition d'art moderne du Nouveau Monde. Picabia y présente quelques œuvres. Sur le navire, les Picabia rencontrent une danseuse russe : la Napierkowska qui impressionne Francis. Un père dominicain l'intéresse aussi, pour des raisons différentes.

Dès l'ouverture de l'Armory Show il est reconnu comme le premier représentant de l'art d'avant-garde en Europe.

— Il faut organiser une exposition de vos œuvres, ici, à New York !

— Mais je n'ai rien apporté avec moi... Écoutez : donnez-moi quelques semaines et je vais peindre ici ce que New York m'inspire !

Francis s'enferme dans son hôtel et produit, très vite, de grandes toiles abstraites qui sont l'écho de ce que lui inspire New York. L'accueil du public est plus que favorable...

De retour à Paris, Picabia est saisi d'une fièvre de travail qui ne le lâche ni jour ni nuit. Il peint comme un fou, sans boire ni manger. Un soir, en rentrant chez lui, une surprise l'attend : Gabrielle vient de donner le jour à une petite fille. Francis, tout à ses pinceaux, ne s'était aperçu de rien... Il faut dire qu'il s'est attaqué à deux œuvres d'importance : les deux tableaux de cette époque, *Udnie, jeune fille américaine ou La Danse* (neuf mètres carrés !) et *Edtaonisl-Ecclésiastique* provoquent un tel scandale au Salon d'automne qu'il faut les enlever pour empêcher qu'elles ne soient crevées par les mécontents. Pourtant ce sont des impressions abstraites inspirées par la danseuse russe et le père dominicain rencontrés au cours du voyage vers New York. Ces deux œuvres parmi les premières de l'art « abstrait » resteront roulées jusqu'en... 1948.

La jungle sauvage et fraternelle des artistes en ébullition ne fraternise pourtant pas avec Picabia, bourgeois qui possède assez d'argent pour se moquer des lendemains. Il aime les voitures rapides et achète les Ford dix par dix : « Les Ford sont si pratiques ! » C'est un bon vivant, gros mangeur et qui sait aussi se montrer généreux : ne vient-il pas de payer l'édition des *Cubistes* d'Apollinaire, bien qu'il n'y occupe qu'une mince place due plus à la politesse qu'à l'admiration ? C'est un faiseur de pirouettes qui semble toujours être « contre » les théories des Picasso, des Léger et autres Braque... Il veut par-dessus tout « étonner » le monde. Et s'il signe des tracts c'est du pseudonyme « Le Loustic ».

Picabia entame une série « Machiniste » par une toile, *Catch as catch can*, inspirée d'une... rencontre de catch. Il annonce froidement : « La vie n'a rien à voir avec ce que les grammairiens appellent la beauté. » La vie va se charger de le démontrer avec vigueur car nous arrivons en 1914...

On utilise alors ses compétences. Propriétaire de voitures de luxe dans le civil, il se retrouve chauffeur de général. Mieux encore, il est bientôt chargé de négocier des achats de mélasse à Cuba. Obligation de passer par New York, et la ville frénétique lui fait oublier sa mission. Il peint, il dessine, il écrit, il fréquente l'intelligentsia américaine, il boit, il tâte de la drogue... et se retrouve en très mauvais état, sur un lit d'hôpital... D'ailleurs, il est temps de se refaire une santé pour rejoindre le but de sa mission : Cuba. Mais il a définitivement compromis une de ses plus belles richesses : sa santé. On le réforme. Gabrielle vient le chercher et tous deux rejoignent les cieux plus cléments de Barcelone, haut lieu de la vie intellectuelle méditerranéenne. D'autres peintres et même Marie Laurencin se promènent sur les Ramblas. Il y fonde la revue *391*. Mais comment oublier New York et la vie folle d'outre-Atlantique ? En 1917, Francis repart pour Manhattan.

Dès son retour à Paris, son existence connaît une nouvelle péripétie : l'amour fou. L'objet de sa passion se nomme Germaine Everling et Francis, faute de mieux, l'enlève. Direction : Martigues. Ce coup de foudre va durer quinze ans. Quinze ans d'orages quotidiens...

Et Gabrielle ? Gabrielle est toujours fidèle au poste et toujours aimée. D'autant plus qu'elle est la mère des deux enfants de Francis. Picabia, le pourfendeur des vieux principes, mène deux vies de front : une avec son épouse officielle et l'autre avec Germaine. Gabrielle donne en 1919 le jour à Vicente et Germaine devient mère, en janvier 1920, de François Lorenzo Salvator... Francis vit cet imbroglio avec sang-froid. La preuve : d'autres maîtresses vont apparaître dans sa vie au cours des années à venir. Et d'autres enfants aussi... Une vision « surréaliste » de la famille sans doute... Il est trop préoccupé par ses « œuvres mécaniques » pour s'attarder aux petites contingences.

Lequel de ses enfants lui inspire *L'Enfant carburateur* ? Mystère.

Pour redonner un coup de neuf à sa santé ébranlée par les excès, il part respirer le bon air de la Suisse. Qui lui inspire des *Poèmes et dessins de la fille née sans mère* (autrement dit la « machine industrielle »), poème qu'il dédie « à tous les neurologues ». Suivront *L'Îlot de beau séjour dans le canton de la nudité*, *L'Athlète des Pompes funèbres* et *Râteliers platoniques*. Les titres seuls suffisent à attirer l'attention des amateurs d'insolite.

Justement, un groupe d'artistes chercheurs et passablement farfelus le contacte : il s'agit d'un mouvement révolutionnaire intitulé « Dada »... qui se situe à Zurich. Picabia et les dadaïstes se retrouvent sur un même objectif : « tuer la beauté et mettre l'art au défi de cesser d'être l'instrument des bourgeois, un objet de flatterie ou d'exaltation sensorielle ». Rien de moins ! La liberté qu'il recherche ne doit pas hésiter à franchir toutes les frontières, à dynamiter toutes les portes. Tristan Tzara, messager des dadaïstes zurichois, rencontre Picabia. Il compte sur lui pour lancer le mouvement à Paris. Les deux complices tombent d'accord pour provoquer toute une série de scandales et de questions provocantes du genre :

« Qu'est-ce que le beau ? Qu'est-ce que le laid ? Qu'est-ce que Foch ? »

Poètes et peintres s'en mêlent : Eluard, Aragon, Soupault, Ernst, Man Ray, Duchamp. Picabia, surexcité, publie une revue, *Cannibale*. Et un pamphlet au titre explosif : *Jésus-Christ rastaquouère*, où il lance :

« Il n'y a d'indispensables que les choses inutiles ! »

« La plus belle découverte de l'homme est le bicarbonate de soude ! » Son *Œil cacodylate*, couvert de signatures célèbres, va trôner longtemps au cabaret du *Bœuf sur le toit*. Parmi ses projets, il est question de faire exploser un livre d'or sous le nez du ministre des Beaux-Arts. Picabia lance provocation sur provocation pour détruire toutes les valeurs d'un monde d'autant plus périmé qu'il a connu la grande boucherie de 14-18...

— Si vous lisez André Gide tout haut pendant dix minutes, vous sentirez mauvais de la bouche !

Mais ses meilleurs amis se méfient encore de lui à cause d'un vice impardonnable : Picabia est riche. La preuve : un de ses oncles lui lègue 5 millions de francs-

or... avec lesquels il se fait construire une villa à Mougins. Pour décourager les acquéreurs qui s'intéresseraient de trop près aux alentours, il transforme les champs qui l'entourent en... faux cimetières. Il peint sa série de « Monstres » qui en inquiètent plus d'un. Picabia peint aussi des décors, crée le ballet *Relâche* avec Erik Satie, écrit un film : *Entracte*, réalisé par René Clair... (sur le carton d'invitation le public est convié à siffler le film) et se réconcilie avec le féroce Danthon, son marchand du temps de la période impressionniste. Il expose au très snob Cercle nautique de Cannes. Il s'achète un yacht, prépare un film intitulé *La Loi d'accommodation chez les borgnes*. Il divorce d'avec Gabrielle et, sur la lancée, remplace Germaine Everling par la nurse de leur fils, la jeune Suissesse Olga Mohler. C'est l'époque des « Transparences », dans lesquelles il superpose jusqu'à huit sujets différents. Il peint avec n'importe quoi et se désole :

— Mon cerveau est si grand et le monde est si petit !

Pourtant, malgré une exposition rétrospective de « Trente ans de peinture », Picabia le dynamiteur permanent se conduit comme ces bourgeois qu'il veut dénoncer. Il prend la corpulence des gens trop bien nourris, demeure avenue Foch, préside des concours d'élégance et ravit les snobs par son incroyable facilité d'invention et ses paradoxes.

Lui qui disait : « Les hommes couverts de croix me font penser à un cimetière », accepte la Légion d'honneur. Et il déclare dans la presse que, dorénavant, il fait partie de ceux qui possèdent le bon sens bourgeois, capitaliste, clérical et réactionnaire !

La Seconde Guerre mondiale le voit peindre à Alger. Il produit bon nombre de nus académiques qui font les délices des amateurs d'Afrique du Nord. Puis, on le retrouve sur la Côte d'Azur. Mais lui qui a tant jeté d'argent par les fenêtres doit peindre... des commandes, pour faire face à ses besoins. Il épouse Olga pour « se simplifier l'existence ». La Libération et son épuration le logent gratuitement derrière les barreaux pour un séjour de quatre mois. Pour lui la guerre n'aura été que l'occasion de peindre des couples nus qui semblent destinés à décorer des bordels... L'arrestation d'un ami le bouleverse tellement qu'il fait une hémorragie cérébrale. Une maladie de jouisseur sanguin.

Puis, en 1949, on prépare une exposition rétrospective au titre on ne peut plus explicite : « Cinquante ans de plaisir ». Est-ce le retour de la chance ? Les titres de ses derniers tableaux sont un peu sinistres : *Je ne veux plus peindre*, *Quel est le titre ?*, *Tu ne la vendras jamais*.

Le sort lui réserve un coup de bâton cruel. Après avoir surveillé l'accrochage de ses œuvres Francis Marie Martinez Picabia découvre son appartement saccagé : tout a disparu, tableaux, argent, bijoux... Il ne lui reste plus qu'à reprendre ses pinceaux pour faire face aux dépenses courantes... Mais l'émotion a été trop forte et une hémorragie cérébrale l'emporte le 30 novembre 1953. Depuis son premier achat en 1907, il avait possédé cent vingt-sept voitures... Quant aux femmes qui ont passé dans sa vie on renonce à en tenir le catalogue...

BONNARD

Les mauvaises surprises

— Vous vous êtes mariés sous le régime de la communauté et donc tous vos biens tombent dans la communauté. Les héritiers de feu Marthe Boursin ont donc droit à la moitié de l'actif des époux Bonnard.

Pierre Bonnard, maigre vieillard myope de soixante-quinze ans, demeure comme frappé par la foudre en entendant les mots pourtant simples que son notaire vient de prononcer :

— Les héritiers ? Mais quels héritiers ? Marthe, ou enfin Marie, si vous préférez, était orpheline et ne possédait aucune famille...

— C'est ce qui vous trompe...

Bonnard, Pierre de son prénom, est, pour les amateurs, « l'Enchanteur ». L'Enchanteur a vu le jour le 3 octobre 1867, à Fontenay-aux-Roses. Son père, Eugène, un Dauphinois, était chef de bureau au ministère de la Guerre ; sa mère Élisabeth Mertzdorff était, comme son nom le suggère, alsacienne.

Enfance sans histoire, baccalauréat sans problème et entrée à la faculté de droit, selon le vœu paternel. Il obtient avec un peu de peine sa licence puis se présente au Concours de l'enregistrement. Un bel avenir de rond-de-cuir s'ouvre devant lui. Mais un premier accroc vient troubler ses ambitions : Pierre échoue à l'oral. Son père décide alors :

— Essaie la magistrature !

Pierre obéit, et se retrouve à vingt ans au Parquet de la Seine. Il enfile chaque matin les traditionnelles manches de lustrine. Cela lui évite de se salir quand il... dessine. Car, sans en avoir l'air, négligeant au maximum les dossiers « urgents », il manie le crayon toute la journée.

Un jour, Pierre avoue que son rêve le plus cher est de dessiner. Eugène, avec la ruse d'un paysan madré, répond :

— Eh bien, puisque tu veux être artiste, vas-y !

Le bonhomme pense que très vite Pierre va se heurter aux difficultés de la vie de rapin et qu'il reviendra vers le confort médiocre de la fonction publique.

À vingt et un ans Pierre s'inscrit donc à l'Académie Julian, faubourg Saint-Denis. Tout de suite ses nouveaux camarades le jaugent et le jugent :

— Tu as vu le nouveau, avec ses petites lunettes. Ce ne doit pas être un fend-la-bise. Et vise-moi ce complet étriqué. Il faut dire que les épaules aussi sont du genre étroit. Quelle allure !

Le massier de l'atelier est un barbu rouquin : Paul Sérusier. Il a deux copains inséparables, comme lui anciens élèves du lycée Condorcet, Vuillard et Ker-Xavier Roussel. Et puis il y a aussi un certain Maurice Denis.

Sérusier est prié de raconter ses vacances bretonnes :

— Figurez-vous, les gars, que je suis arrivé à Pont-Aven.

— Pont à quoi ?

— Pont-Aven, espèce d'ignare. C'est un petit port breton. Là-bas il y a une auberge : l'auberge Gloannec. C'est rempli de peintres forts en gueule. Les gens du coin les appellent les « révolutionnaires ». Ils m'ont accueilli assez froidement, surtout un grand escogriffe qui a l'air d'un Indien : Paul Gauguin qu'il se nomme... Il a des théories formidables sur l'utilisation des couleurs pures. Tenez, c'est sous sa direction que j'ai peint ce paysage : *Le Paysage du Bois d'amour*.

Les autres élèves se penchent sur ce petit tableau peint sur le couvercle d'une boîte à cigares, un panneau hurlant de vert, de bleu, de rouge... Bonnard, le menton orné d'un collier de barbe naissante, regarde aussi. Pour tous l'objet devient désormais « le talisman ».

Après les cours, on se réunit au restaurant de *L'Os à moelle*, on discute et on décide de former un « groupe » : le groupe des « nabis », c'est-à-dire « prophètes » en hébreu. L'hébreu est le langage qui sert de code ; même les demoiselles peu farouches qui assurent le repos des artistes héritent d'un nom hébreu : les « filles des Quedeschim ».

Bonnard, surnommé « le nabi très japonard », partage désormais un atelier avec Vuillard, Roussel, et aussi un comédien qui espère avoir de l'avenir : Aurélien Lugné, futur « Lugné-Poe ». Pierre fait des affiches. La société France-Champagne lui en achète une. Il était temps car M. Eugène Bonnard commençait à douter de la réussite de son rejeton :

— Mon cher Pierre, ton échec pour le prix de Rome m'a navré. Peut-être le thème imposé n'était-il pas dans tes cordes. Il faut avouer que *Le Triomphe de Mardochée* ne m'aurait pas inspiré grand-chose...

L'affiche de Pierre le console un peu, d'autant que Pierre commence à exposer. Son tempérament de « titi » parisien lui permet de se joindre aux nabis et aux « indépendants » en démontrant son... indépendance. Vers 1899, il donne ses premiers nus féminins. Dans le corps des femmes, au contraire de Degas, profondément misogyne, il ne voit que grâce et gentillesse.

Il s'installe à Montmartre. Le Montmartre du *Moulin-Rouge*, de la Goulue, de Jane Avril, d'Aristide Bruant, enfin quoi : le Montmartre de Toulouse-Lautrec. Il rencontre une jeune femme plaisante et guillerette qui lui dit se nommer Marthe de Mérigny : elle a déjà vingt-quatre ans et lui raconte une histoire émouvante. Orpheline de père et de mère, elle est l'enfant naturelle d'un noble italien. Elle plaît bien à Pierre qui en fait sa compagne et la peint souvent nue ou habillée dans l'atmosphère irisée de scènes d'intérieur bien connues. Ils se mettent en ménage, mais sans régulariser la chose.

En 1909, Bonnard rédige son testament... Il a quand même quarante-deux ans. Dans ce testament, il lègue tous ses biens à son modèle.

Marthe est un véritable oiseau des îles, un peu faible des bronches ; il faut dire qu'elle adore prendre des douches... Mais elle l'inspire. Il la connaît d'ailleurs par cœur et elle n'a même plus besoin de prendre la pose. Il la peindra trois cent quatre-vingt-quatre fois.

Et la cote des Bonnard se met à monter. Les frères Bernheim, fameux marchands de tableaux, découvrent le peintre, le prennent sous contrat, le mettent à l'abri du besoin même aux pires moments de la crise des années 30. On paie en 1928, aux environs de 75 000 francs pour une toile de Bonnard. Sauf peut-être une fois où, à Drouot, un tableau ne « fait » pas plus de 20 000 francs. Quand on annonce ce mauvais chiffre à Bonnard, très mauvais chiffre même puisque le vendeur avait payé beaucoup plus cher lors de l'achat, flegmatique il déclare :

— Le propriétaire l'a trouvé un certain temps à son goût, puis il s'en est lassé, c'est normal... Les vêtements usagés valent moins cher que les neufs.

Malgré ce petit incident de parcours, sa cote monte toujours, en France et à l'étranger. Les musées à présent se disputent ses toiles.

Bonnard continue, selon son habitude, à se tenir timidement à l'écart du monde, fuyant les honneurs, la presse, les photographes. Pourtant, il fréquente le marchand Ambroise Vollard qui organise des déjeuners où les nabis se frottent aux grands maîtres de l'art « moderne », Degas, Renoir, Forain, Odilon Redon et même Cézanne, l'ours mal léché. Il y rencontre aussi Alfred Jarry. Pierre Bonnard fabrique des pantins qui lui permettent de jouer sa *Berceuse obscène*. Quand il crée son *Ubu Roi* qui fait scandale, Bonnard en est. Désormais il s'affirme comme un grand artiste, transformant le moindre spectacle de la rue en un chatoiement de lumières et de couleurs...

Le cercle de ses amis s'agrandit : Léon Blum, Debussy, Mallarmé, Valéry, Lautrec, Colette et son mari Willy, le peintre et critique d'art Félix Vallotton. Tout ce monde raffiné, intelligent et esthète se réunit autour de *La Revue blanche*. Misia Natanson règne sur le groupe par sa beauté et sa grâce.

Pour Bonnard, c'est la période des voyages, de la Belgique à la Tunisie, de l'Espagne à la Hollande. En 1912, il s'installe à Vernonnet, dans une villa nommée « Ma Roulotte ». Son voisin est Claude Monet. Il peint avec ténacité et discrétion des œuvres où la couleur est maîtresse. Il a des repentirs tardifs et même, à cause de ses scrupules, connaît des ennuis : il se retrouve enfermé pendant deux heures dans le bureau du conservateur du musée du Luxembourg, parce qu'il a attendu que les salles soient vides et parce que, une fois seul, il a sorti un pinceau et un tube de couleur avec l'idée de corriger un de ses tableaux. Il s'est fait surprendre par un gardien.

Marthe ne va pas mieux. Il faut voyager vers des stations climatiques. En 1924, Bonnard, la mort dans l'âme, se décide à aller vivre sous des cieux plus cléments et il se fait construire une villa au Cannet, près de Cannes. C'est le « Bosquet », une sorte de pavillon de banlieue où l'air et la lumière, bizarrement, ne pénètrent que chichement par des fenêtres étroites. Le décor, malgré les Matisse, Renoir, Monet accrochés aux murs, est très « petit-bourgeois ». Seul luxe, un jardin plein de fleurs où Marthe et Pierre continuent à vivre « dans le péché ».

Elle devient d'ailleurs jalouse, interdit qu'on pénètre dans leur univers... Bonnard connaît « bibliquement » une autre femme, un de ses modèles : Renée Monchaty. Mais c'est Marthe qu'il aime. Alors Renée se suicide.

En 1925, Bonnard épouse Marthe de Mérigny... Enfin presque, car il s'aperçoit que sa Marthe se nomme beaucoup plus prosaïquement : Maria Boursin, originaire... du Cher. Bonnard se moque de ce genre de détail. Il continue à peindre *Marthe au corsage rouge*, *Marthe à la nappe blanche*. Mais dorénavant, avec une discrétion qui convient parfaitement à sa manière, il ne se croit plus obligé de préciser les traits mutins de Marthe. Elle n'embellit pas, au contraire...

Et, si la peinture de Bonnard qui reçoit en 1927 le prix Carnegie — mais refuse la Légion d'honneur — arrive à sa plénitude, son ménage se dégrade. Avec la guerre et ses privations, Marthe Bonnard, ex-de Mérigny, ressemble de plus en plus à une femme de ménage transpirant la haine du monde extérieur. Elle qui adorait tellement les douches passe son temps, à présent, à doucher le chien, un basset nommé « Ubu », et aussi la bonne. Elle est désormais persuadée que sa santé sera sauvée par les biftecks crus et elle en transporte partout avec elle, même au restaurant. Elle consacre la rupture entre Bonnard et son ami de toujours Vuillard. Les voisins la surnomment « la Sorcière »...

Triste fin d'une belle histoire d'amour qui trouve son épilogue quand Marthe-Maria disparaît, en 1942. Bonnard a soixante-quinze ans et la mort de la compagne après quarante-cinq ans de vie commune le laisse désemparé. Il fait une croix sur son agenda et ferme à clef la chambre de Marthe. Il interdit qu'on pénètre dans la chambre de la disparue. Désormais il vit en spartiate. Le gouvernement de Vichy lui commande un portrait du maréchal Pétain mais il exige... « le poids en sucre du Maréchal ».

Hélas, le pire reste à venir. Quelques mois après le décès de Maria-Marthe, le receveur de l'enregistrement se manifeste et prévient Bonnard qu'il lui faut établir une déclaration de succession. Étonnement du peintre. Il va consulter un notaire qui lui précise les choses :

— Vous vous êtes mariés sous le régime de la communauté et donc tous vos biens tombent dans la communauté. Les héritiers de Marthe ont donc droit à la moitié de l'actif de Bonnard.

Celui-ci est d'autant plus choqué que cet actif, ce sont toutes les toiles qu'il a produites depuis cinquante ans, Marthe n'ayant apporté à la communauté que ses rires de femme-enfant et sa capacité à poser nue dans la baignoire. Mais elle a des héritiers car, contrairement à ce qu'elle a déclaré, elle n'est pas orpheline. Elle a simplement omis de mentionner l'existence de sa mère ainsi que celle d'une sœur, mariée. Mensonge de femme-oiseau.

— Il faut une publicité pour faire connaître aux héritiers de votre épouse que sa succession est ouverte, poursuit le notaire.

Bonnard effondré se dit soudain qu'on va venir chez lui, dans son univers si bien clos, pour évaluer la valeur de tout ce qu'il possède. Qu'on va mettre sous séquestre ses biens, ses comptes bancaires, ses meubles. Qu'on va emporter la moitié des tableaux qu'il possède pour en faire bénéficier de parfaits inconnus.

— Les choses seraient différentes, ajoute le notaire, si votre épouse, avant de décéder, avait établi un testament faisant de vous son légataire universel.

Bien sûr, Marthe n'a rien fait. Elle eût bien volontiers fait ce testament si l'idée leur en était venue ou si quelqu'un avait pu leur en montrer la nécessité. Mais il est trop tard.

Alors, poussé par le désespoir, Bonnard, l'homme honnête par excellence, prend sa plus belle plume et, pour corriger le cours des événements, rédige de sa main le testament de Marthe. Post mortem : « J'institue mon mari pour mon légataire universel. Signé Marthe Bonnard ». Quelques mois après la mort de Marthe, il dépose ce « testament » chez le notaire.

Les choses rentrent dans l'ordre et il peut envisager de passer ses dernières années loin des tracasseries de la procédure. Il meurt tranquille le 25 janvier 1947. Les derniers temps, il répétait :

— Laissez-moi, je ne serai bien que sous les choux !

On l'enterre par un temps de neige, avec sa palette. Les problèmes commencent alors pour les héritiers de Bonnard, ses neveux et nièces. Car on reconnaît la fausseté du testament de « Marthe ». Surtout que la sœur de la défunte a eu un nombre considérable d'enfants. Pendant une dizaine d'années, les héritiers de Pierre affrontent les héritiers de Marthe. Ils finissent par un arrangement... bien que cela soit assez « compliqué ».

En effet, il y avait dans l'atelier du Bosquet une quantité de dessins, d'esquisses, de toiles inachevées. Et pendant de longues années les héritiers se sont affrontés pour savoir si ces morceaux charmants mais non signés avaient une valeur quelconque. Pouvait-on les verser à l'actif ou bien devait-on les considérer comme indignes d'une quelconque commercialisation ? Ils ont fini par admettre que ces Bonnard étaient « dignes d'intérêt » bien que le peintre ait été très maniaque sur l'achèvement d'un tableau.

Il a fallu dix ans de procédure pour dénouer l'imbroglio noué par le trop naïf Bonnard...

KOKOSCHKA

Alma

— Allô ? Allô ? La police ? Venez vite, je suis le facteur. En faisant ma tournée, j'ai découvert un corps de femme nue décapitée dans un jardin ! Elle baigne dans le sang ! C'est horrible ! »

Le poste de police est tout en émoi. Un crime sans doute, crapuleux et sexuel. En cette bonne ville de Dresde. Qui demeure à l'adresse indiquée ? Un artiste, un peintre, un demi-fou de toute évidence. Un de ces tenants de la nouvelle peinture. Peut-on nommer cela de la peinture ? L'œuvre d'un malade mental tout au plus, à base de tubes de peinture à l'huile...

De toute manière, c'est un Autrichien, citoyen d'un peuple dont le déséquilibre est notoire. En plus, il est né sous le signe des Poissons, signe enclin aux folies nébuleuses.

Cet artiste peintre se rattache aux mouvements de l'expressionnisme allemand, en particulier à l'école du « Cavalier bleu » et à celle du « Pont ». Une école florissante jusqu'à ce que les nazis décident qu'il s'agit d'un art de « dégénérés ». L'expressionnisme, c'est l'art de ceux qui se révoltent. Contre qui ? Contre les « impressionnistes », ces doux rêveurs qui se saoulent de la lumière et des fleurs en oubliant complètement de parler de la misère humaine. Et le meilleur moyen pour parvenir à émouvoir : tout simplement utiliser la couleur dans ce qu'elle exprime en elle-même... Vous suivez ?

Et cette souffrance humaine, ces drames de la solitude, de l'alcool, de la folie, de l'ennui... où les trouver ? Dans la rue, souvent. Dans l'âme même de l'artiste. C'est cette dernière solution qui plaît à notre artiste nommé Oskar Kokoschka... En peignant, ce compatriote de Freud va procéder à une fantastique psychanalyse personnelle...

Physiquement notre homme est bâti comme un hercule. Le visage allongé, les traits grossiers de paysan, les yeux écartés, le nez fort, le cheveu plat, les lèvres minces. Quand il parle sa voix de baryton fait trembler les vitres... Bien qu'il ait des difficultés à aligner trois mots sans bégayer un peu.

Donc Oskar Kokoschka a vu le jour à Vienne ou plutôt tout à côté, en 1886. Il est fils d'un orfèvre. Très tôt il entre à l'École des Arts et on le juge tourmenté, sombre, mélancolique. Il a une excuse : son frère adoré vient de mourir. Alors, pour oublier sa douleur, Oskar se plonge dans la vie folle de Vienne à la Belle Époque, baroque, valseuse, germanique et européenne. L'empereur François-Joseph et la belle Sissi règnent sur un monde qui se décompose et va disparaître sans qu'ils s'en doutent encore.

Kokoschka partage un atelier avec deux autres inconnus : Egon Schiele, un peintre un peu obsédé par les très jeunes filles perverses, et Peter Altenberg, un poète.

Quand il expose à la toute nouvelle Wiener Kunstchau, Kokoschka fait cause commune avec les artistes du « Pont » — « die Brücke » en allemand. Ils sont d'accord avec les violences des Fauves français...

Devenu professeur, il expose aux côtés d'un certain Gauguin et d'un Hollandais un peu fou, Vincent Van Gogh ! Il y a aussi des œuvres de Vuillard, de Bonnard, de Matisse et du Norvégien Munch. Personne n'est dans la noble tradition des pompiers et du « fini » académique. Ils sont tous révolutionnaires. Dans son autoportrait en plâtre, Kokoschka laisse entendre qu'il s'est inspiré des masques... de la Polynésie. Où va-t-il chercher son inspiration ! La réaction est immédiate et Oskar est licencié illico presto du poste de professeur de l'Ecole des arts qui assurait sa vie matérielle ! Mais ses collègues en peinture révolutionnaire le reconnaissent immédiatement comme leur chef incontesté.

— À bas la vieille Vienne ! À bas les arts sclérosés. Respirons un air nouveau !

Des noms célèbres n'hésitent pas à se faire portraiturer par le peintre qui dérange. Il ne se préoccupe pas d'effets de clair-obscur. Mais la façon qu'il a d'utiliser les couleurs donne des modèles une image de « l'intérieur ». Exactement comme Freud, le père de la psychanalyse. Il peint la peur intérieure de tous ces gens qui vivent en sécurité.

Kokoschka cherche son inspiration chez Munch, son aîné de vingt ans, dans l'art oriental, chez les primitifs. Mais Vienne, la Vienne impériale et traditionaliste, le hait. On le surnomme « le Roi des satyres ». L'archiduc François-Ferdinand, l'héritier des Habsbourg, la future victime de Sarajevo, confronté à un tableau de Kokoschka s'écrie :

— Cet homme mériterait qu'on lui casse les os !

Autant partir. Et c'est en Suisse qu'Oskar se réfugie. Il ne faut rien de moins que le lac Léman pour lui calmer les nerfs :

— Je vais faire un « portrait » de ce lac !

Après le lac Léman, Kokoschka va faire le portrait d'autres hauts lieux de l'humanité : Jérusalem, les Pyramides, Amsterdam, Lyon, Paris, Berlin, Gênes.

— C'est curieux, cher Oskar, comme vous voyez toutes ces villes. On dirait qu'elles vont être entraînées dans un cataclysme universel...

Nous sommes en 1910. Il peint notre diseuse inimitable : Yvette Guilbert, tout comme l'a fait Toulouse-

Lautrec quelques années plus tôt. Mais dans un style très différent. Puis il passe du music-hall au Nouveau Testament. Il illustre ses propres poèmes aux titres inquiétants : *L'Assassin, espoir des femmes.*

Il prône l'irréalisme, la fantasmagorie et se délecte dans les sujets mythologiques, les épopées visionnaires. Berlin le console, par son accueil, des dédains de Vienne. Il expose avec succès et se découvre des amateurs, des marchands, des conservateurs de musée qui lui sont favorables.

En 1912, il peint un *Autoportrait avec Alma Mahler*. Que signifie cette rencontre avec la veuve du musicien autrichien, mort l'année précédente ? Il est allé jusqu'en Italie pour découvrir ses affinités avec le Tintoret. Alma Mahler l'a accompagné. Elle est belle, riche, aventureuse, elle aime les voyages et les conversations brillantes. Alma est fascinée par les hommes qui ont l'étincelle du génie. Oskar Kokoschka en fait partie. Il est beau, dans le genre rustique, sensuel. Il adore les femmes. Il a besoin tout à la fois de reconnaissance sociale, d'amour physique... et d'argent. Ils sont faits pour s'entendre. Il est jaloux et voudrait l'épouser.

— Alma chérie, j'ai un aveu à te faire !

— De quoi s'agit-il, mon amour ?

— Je viens de faire enregistrer notre intention de nous marier.

— Enregistrer, mais comment cela ? Tu aurais pu m'en parler. Et d'ailleurs, pour le faire, il aurait fallu que tu aies en main mes papiers d'identité, mon certificat de naissance.

— Je les avais, mon amour.

— Et comment est-ce possible ?

— Je les ai trouvés en cherchant dans tes affaires personnelles.

— Tu as osé ? Je ne te le pardonnerai jamais ! Je veux que tu me ramènes à Vienne sur-le-champ ! Tu entends. Tout est fini entre nous, définitivement.

Oskar est anéanti. Il tombe à genoux comme un petit

garçon qui vient d'être surpris en train de voler des confitures.

— Non, Alma, pas ça. J'en mourrai !

Alma considère ce grand colosse, tout en muscles. Malgré sa colère, elle ne peut s'empêcher de le trouver monstrueusement attirant. Elle voit les muscles qui saillent sous sa chemise tandis que lui, les yeux pleins de larmes, lui baise les pieds.

— Comment as-tu pu faire ça ? Fouiller dans mes papiers ? Tu me prends pour qui ?

Bonne question !

— Ne me quitte pas, mon adorée. Pardonne-moi... J'étais fou. Mais essaie de me comprendre : je t'aime tant. Ne me quitte pas !

— Moi aussi, j'ai de la peine, grand fou. Bon, je t'en veux, tu me comprends. Alors, pour ta punition, désormais, nous ne nous verrons plus... que tous les trois jours. Je serai inflexible !

— Merci, mon aimée. J'accepte tout ce que tu veux. Je suis ton esclave...

Ils s'aiment donc comme des fous et ils se font peur, ce qui est la source de frissons aussi délicieux qu'irrésistibles... Elle se met en tête de faire construire une petite maison sur un terrain que Gustav Mahler, son défunt mari, venait d'acquérir. Cette « chaumière » de huit pièces, située dans un paysage grandiose, servira de nid d'amour... avec Oskar qui, lui, est bien vivant...

Mais la mère d'Oskar s'inquiète de l'influence de cette femme perverse. Elle saisit sa plus belle plume et écrit quelques mots bien sentis à l'intention d'Alma :

« Je vous ordonne de laisser mon fils en paix. Vous le tuez à petit feu et vous lui faites perdre toute l'énergie vitale dont il a besoin pour poursuivre sa carrière artistique. Si vous ne cessez pas de lui sucer le sang comme un véritable vampire, je vous promets que je n'hésiterai pas à vous abattre comme la bête malfaisante que vous êtes... D'ailleurs je vous fixe une date limite pour mettre fin à cette liaison démoniaque... »

Alma fait lire à Oskar la lettre de sa chère maman. Oskar note la date.

Le jour dit, par précaution, il décide de se rendre chez Alma. On verra bien.

Ce qu'il voit, c'est sa tendre maman qui fait les cent pas devant le domicile d'Alma Mahler. Elle tient un sac à main juste assez grand pour contenir un petit revolver...

En définitive, mère et fils se tombent dans les bras et se réconcilient, là, sur le trottoir en se traitant mutuellement de fous. Ils sont assez près de la vérité.

Puis, ayant quitté sa mère, Oskar monte directement chez Alma :

— Mon adorée, je veux vous épouser !

— Eh bien, d'accord, mais à une condition...

— Laquelle ?

— Que vous ayez d'abord produit un chef-d'œuvre...

Condition bien subjective. Oskar se met au travail : le résultat est *La Fiancée du vent* aussi nommée *La Tempête*. C'est aussi l'époque des *Deux amants*, double portrait nu.

Alma Mahler néanmoins est décidée à le quitter. Elle était partie pour la Hollande, il l'a convaincue de le rejoindre à Munich. Bientôt elle s'inquiète : ce diable d'homme ne l'aurait-il pas mise enceinte ? Adieu la liberté ! Alma et Oskar ont une explication un peu difficile. On sonne à la porte. C'est un coursier qui apporte un paquet. Oskar demande :

— De quoi s'agit-il ?

Alma ouvre le paquet, assez volumineux. Surprise un peu macabre : il s'agit tout bonnement du masque mortuaire de feu Gustav, son époux, génial compositeur. Oskar explose. Alma part pour Vienne. Elle se rend directement dans une clinique et, quand elle en ressort, elle est définitivement libérée de l'enfant de l'amour. Celui d'Oskar. Elle décide de rompre définitivement.

Mais voilà l'attentat de Sarajevo et le début du grand massacre de la Première Guerre mondiale. Oskar est pacifiste mais il se retrouve en dolman bleu et casque doré, un véritable dragon autrichien. Il se fait un serment :

— Jamais je ne tuerai un soi-disant ennemi...

Hélas, les soi-disant ennemis ne sont pas tous au courant de ces bons sentiments. Et, sur le front russe, il reçoit un coup de baïonnette dans les poumons et une balle dans la tête... Le voilà hors de combat. Il est évacué. Son état inspire des inquiétudes mais, au bout du compte, il s'en sort. Grâce à sa forte constitution, de toute évidence :

— Bon pour le retour à la vie civile. Démobilisé !

Qu'il est long, le chemin entre l'Ukraine et Vienne. Le voyage est pénible et n'en finit pas. Alors, Oskar, malgré ses blessures, compose une tragédie : *Orphée et Eurydice*. Elle sera publiée en 1919.

A Vienne Alma se remarie. Elle ne veut même plus le revoir. D'ailleurs, elle est à nouveau enceinte : de son mari, l'architecte Walter Gropius.

Oskar est envoyé cette fois en Italie, sur le front, comme officier de liaison, chargé des relations avec les journalistes et les artistes. Mais sa blessure à la tête déclenche une psychose traumatique. Il faut qu'il rentre à Vienne pour s'y reposer à l'hôpital militaire. Il apprend que la belle Alma trompe son nouvel époux avec un jeune poète. Et qu'elle attend un enfant, une fois de plus... Pour essayer de se consoler, il fait confectionner une poupée grandeur nature, déclarant à qui veut l'entendre :

— Je suis dégoûté du monde. Cette poupée représente désormais l'être idéal avec qui je veux cohabiter à l'exclusion de tout autre être humain. Enfin, je veux dire de tout homme. Pour les femmes... c'est une autre affaire. Ce sont mes protectrices ! Je veux cette couleur pour les cheveux et je veux que le tissu me rappelle exactement le grain de sa peau. Il faut que cette poupée soit l'image exacte de celle que j'ai tant aimée... D'ailleurs j'ai tout dessiné, avec les mensurations exactes. Il n'y a qu'à suivre mes croquis... Il faut que le pied et la main conservent, même nus, quelque chose d'attirant, de vivant, qu'ils restent nerveux. On doit pouvoir la chausser d'élégantes chaussures que je conserve. J'aimerais qu'on puisse ouvrir la bouche, qu'elle puisse contenir des dents et une langue...

Hermine Loose, fabricante de poupées et amie de longue date, munie des deux cents dessins de l'amoureux déçu, suit les instructions à la lettre. La « poupée » amante est terminée en février 1919. Oskar est horrifié par le résultat :

— La peau ressemble à de la peau d'ours et d'aucune manière à une peau de femme destinée à être caressée !

Malgré tout, il ne s'en sépare plus. Et c'est enfin la joie de vivre qui reprend ses droits : voici *La Femme en bleu*, portrait d'un mannequin qui semble vivant ; il en peint au moins cent cinquante études. Avec sa poupée, il se promène et va assister à des spectacles, au grand étonnement des autres spectateurs. Il lui a constitué une superbe garde-robe : robes parisiennes et dessous froufroutants, ceux qu'il aurait tellement voulu que l'infidèle Alma revêtît pour lui. La bonne, Hulda, dont il partage les services avec son colocataire, un médecin excentrique, est chargée de s'en occuper. Un jour, le docteur Posse a une idée :

— Et si l'on donnait une grande réception pour les débuts de la poupée dans le monde ?

— Magnifique. Il y aura du champagne, de la musique, tout ce qu'il faut !

Le jour venu, c'est l'orchestre de chambre de l'opéra de Dresde qui anime la fête. Oskar a un projet : mettre à mort sa poupée à l'issue de la soirée ! Il fait très chaud, une lourde nuit d'Europe de l'Est. Les invités boivent beaucoup, on allume des torches pour éclairer le jardin. Une dame vénitienne, aux charmes tarifés, s'écrie :

— Présentez-moi ma rivale, la « Femme silencieuse » !

Elle est étonnée. Elle lance à Oskar :

— Quand vous en aurez assez de câliner votre « Femme silencieuse », venez donc me rejoindre dans ma chambre ornée de peaux de tigre. Je saurai vous dispenser des caresses plus réelles.

C'est au petit jour que le facteur, lève-tôt par obligation professionnelle, distingue le corps d'une femme nue décapitée dans le jardin du docteur Posse. C'est la poupée, la Femme silencieuse. Décapitée. Elle ne baigne pas dans le sang mais dans... le vin rouge. Les policiers, en riant, dressent un procès-verbal selon lequel Kokoschka « trouble l'ordre public ». La Femme silencieuse est enlevée par le camion des éboueurs municipaux...

Aux intimes, il explique :

— Je suis dégoûté de l'humanité. La guerre m'a fait toucher du doigt une violence que je n'avais pas imaginée comme possible.

Sa longue convalescence débute pourtant et de nouveaux amis apparaissent : Rainer Maria Rilke et Hofmannsthal. Puis c'est Berlin, puis Dresde où notre Oskar fréquente assidûment Rembrandt par l'intermédiaire des musées. Il se remet à peindre : *Le Chevalier errant*. Le sujet ? Kokoschka lui-même gisant sur un champ de bataille.

À présent il est professeur à Dresde, ce qui ne le rend pas moins misanthrope. On le surnomme « *der Tolle Kokoschka* » : « Kokoschka le fou ». Il voyage beaucoup et séjourne souvent à Paris chez Pascin, un peintre bulgare aussi tourmenté que lui. Il expose aussi à Paris mais méprise... le mépris des Parisiens ! Du côté de l'Allemagne, un autre danger paraît : un certain Hitler, ancien peintre du dimanche, commence à imposer ses idées esthétiques sur l'art... À l'opposé des valeurs d'Oskar. Beaucoup de ses amis trouvent leur salut dans la fuite.

En 1932, à la biennale de Venise, un autre dictateur, Mussolini, désapprouve les œuvres de Kokoschka qui le mettent en fureur. Vienne, pour le consoler, lui offre un poste : directeur de l'Institut des Arts et Métiers. Il accepte :

— ... à condition qu'on adopte mon plan pour une réforme de l'éducation selon les principes qui établiront la paix dans le monde !

— Qu'est-ce que c'est que ce dément !

Le poste lui est retiré avant même qu'il ait eu le temps d'entrer en fonctions... Alors il part pour Prague où il se marie. Elle se nomme Olga Palkovska.

Peu après leur retour à Vienne, Hitler fait organiser une exposition de l'« Art dégénéré ». Kokoschka, présent avec quatre-vingt-dix-sept tableaux, est déclaré, par dérision, « Premier prix d'honneur ». Pourtant, la concurrence était d'un haut niveau : Van Gogh, Modigliani, Kandinsky, Soutine, Rouault, Vlaminck, Picasso. Peu après, on découpe une de ses œuvres en pleine rue. Oskar comprend le message, il quitte précipitamment Vienne avec Olga.

— Partons pour la Tchécoslovaquie : le président Masaryk est un ami. Il nous accueillera !

Le président fait mieux. Il commande son portrait.

Bientôt, Hitler aussi se rappelle au souvenir des Tchèques. Alors il faut traverser la mer. C'est Londres. C'est la guerre. Il peint : *Anschluss*, *Pourquoi nous nous battons*, *Énergie atomique*. Il lutte pour la paix dans le monde. Sur ses propres deniers, il fait soigner les blessés russes et allemands de la bataille de Stalingrad. En 1947, la paix revenue, Kokoschka devient britannique.

Puis il s'installe en Suisse. C'est l'époque du *Portrait de Pablo Casals*. Le voici en tournée de conférences aux États-Unis, citoyen d'honneur de Cologne. Il écrit des contes, des pièces de théâtre. Il fonde à Salzbourg une « École de la Vie ».

Quand on lui demande son avis sur Picasso, Braque, Miró, Rouault, il répond :

— Les artistes m'ennuient. Pourtant j'aime les artistes, surtout les acrobates !

Il nous quitte à Villeneuve, en Suisse, en 1980.

MURILLO

Les inconvénients de la pudeur

Nous sommes en 1681. La mer bat les remparts de Cadix et le chaud soleil rend la pierre des remparts brûlante. Mais dans l'ombre froide de la chapelle des capucins, un peintre parmi les plus importants du Siècle d'Or espagnol est au travail. Il s'agit de Bartolomé Esteban Murillo. Ce n'est plus un jeune homme, car notre artiste est âgé de soixante-trois ans. Malgré son âge et les douleurs qui vont avec, il monte chaque jour sur un échafaudage pour peindre les tableaux commandés par le père supérieur des capucins. Celui-ci apprécie tout ce qui fait le charme du peintre sévillan. Murillo est un père tranquille qui considère cette vie comme un séjour amer. Il marie les miracles reconnus par notre sainte mère l'Église avec la vérité quotidienne. N'a-t-il pas peint, trente-cinq ans auparavant, une merveilleuse *Cuisine des anges*. N'est-il pas l'auteur du *Songe du patricien* dont le pendant est *L'Explication du songe par le pape Libère* ? Murillo est un homme qui peint avec la tête dans les étoiles, il n'y a pas à en douter. Il est déjà près du ciel qu'il rejoindra sans doute d'ici quelques années...

— Mon bon maître, votre œuvre avance-t-elle comme vous voulez ?

— Avec l'aide de Dieu, j'en viendrai à bout avant de quitter cette vallée de larmes. Si je ne devais pas escalader cet échafaudage deux fois par jour et si l'humidité ambiante ne me gelait pas jusqu'aux os, je crois que mon travail serait déjà achevé.

— Notre communauté prie chaque jour pour que le Seigneur vous inspire comme il vous a inspiré pour les portraits de saints qui font aujourd'hui l'orgueil de nos frères capucins de Séville. Nous ne doutons pas que le *Mariage de sainte Catherine* que nous vous avons demandé ne soit un pur chef-d'œuvre, égal à vos meilleures peintures.

— Je n'ai pas eu à aller chercher bien loin. Jésus m'a inspiré de prendre les bons pères de Séville comme modèles de sainteté...

— C'est que le Bon Dieu voulait reconnaître vos mérites. La vie ne vous a pas toujours été facile et pourtant vous êtes un peintre qui fait honneur à notre sainte Église. Vous êtes né à Séville, je crois ?

Don Bartolomé aimerait bien se concentrer sur le visage de la *Sainte Catherine* qu'il est en train de peindre mais... comment se montrer impoli envers le père supérieur de la communauté qui lui confie un travail important ? Alors Don Bartolomé répond, tout en continuant à peindre :

— Oui, je suis le fils d'un barbier chirurgien de Séville...

— Et le Bon Dieu avait béni votre famille...

— Si l'on veut, car nous étions quatorze enfants. J'étais le dernier mais nous nous sommes retrouvés quatorze orphelins. C'est notre sœur aînée qui s'est dévouée pour nous élever en bons catholiques... C'est elle qui a eu l'idée d'encourager ma vocation de barbouilleur en m'envoyant chez Don Juan del Castillo pour y apprendre les fondements de mon modeste métier. Je n'ai pas vécu immédiatement du fruit de mes pinceaux. Sachez qu'à une lointaine époque je vendais des tableaux religieux, les miens ou ceux de mes confrères, sur les marchés de Séville. Ils étaient ensuite expédiés de l'autre côté de l'Atlantique pour aller orner les murs de couvents d'Amérique...

— Modeste métier qui vous a permis de fonder une famille...

— Dieu m'a accordé de trouver une épouse aimante et dotée de quelques biens. Et le Tout-Puissant a bien voulu bénir mon foyer en m'envoyant neuf enfants...

— Enfin, vous êtes un père de famille comblé. Trois de vos neuf enfants ont choisi de vivre dans l'Église, ce qui vous rapproche encore davantage de Dieu s'il était besoin...

— Hélas, Dieu, s'il m'a comblé de ses bontés, a rappelé Beatriz de Cabrera, ma chère épouse, à lui. Il y a déjà dix-huit ans. Depuis, je ne suis plus que la moitié de moi-même. Je prie Dieu chaque jour pour que, après ma mort, il me rapproche de mon épouse bien-aimée... Je n'ai jamais songé un seul instant à me remarier...

Le père abbé sent qu'il faut aborder un sujet moins mélancolique :

— Envisagez-vous de nous donner une *Immaculée Conception* aussi belle que celle de la cathédrale sévillane ?

— Si Dieu veut bien guider mon pinceau... À moins que vous ne désiriez une seconde version de *Moïse faisant jaillir l'eau du rocher* ?

— Remettons-nous-en au Tout-Puissant pour qu'il vous inspire au mieux !

Sur ces paroles édifiantes en diable, le père abbé des capucins de Cadix quitte la chapelle. D'ailleurs, il est bientôt l'heure du repas que le peintre partage avec les moines. La cloche qui rassemble la communauté sonne déjà. Murillo range ses pinceaux.

— Allez, Lazaro, dépêche-toi, nous ne pouvons pas faire attendre les bons pères ni rater le moment du bénédicité. Hier, ils ont eu la patience de nous attendre, cela ne doit pas se renouveler.

Tandis que Lazaro nettoie les pinceaux et met les coupelles qui contiennent les pigments à l'abri de la poussière, le maître descend péniblement l'échelle qui doit le mener au sol. Soudain, Lazaro entend un bruit de chute suivi d'un gémissement :

— Maître ! Que se passe-t-il ? Vous m'entendez ?

En bas, dans la pénombre, Lazaro distingue une masse sombre. Pas de doute, le grand artiste vient de tomber lourdement. Il était encore à plus de vingt pieds du sol de marbre.

— Maître, ne bougez pas ! Je vais chercher du secours !

Lazaro, avec toute la souplesse de ses quinze ans, est bientôt descendu. Murillo gémit faiblement.

— Ce n'est rien, Lazaro, ce n'est rien.

Mais Lazaro voit bien que du sang coule sur le pavé blanc... Il connaît les lieux. Il a vite fait de se ruer sous les arcades du cloître. Et il se jette sur le premier moine qu'il rencontre. D'ailleurs toute la communauté, alertée par ses cris, converge vers le réfectoire :

— Vite, le maître est tombé de l'échafaudage. Il a besoin d'aide ! C'est grave !

Le supérieur, Don Alonso, arrive déjà. Il commence par imposer le silence à Lazaro :

— Du calme, mon enfant, ne troublez pas le silence de la maison de Dieu. Que se passe-t-il ?

Quelques instants plus tard, le père supérieur, accompagné de deux moines robustes et du père Jérémie, celui qui a des notions de chirurgie, entourent Murillo toujours recroquevillé sur le carrelage de marbre. Les deux jeunes moines portent une civière, celle qui, normalement, est utilisée pour transporter les moines morts vers leur dernière demeure. Mauvais présage.

Le père chirurgien dit :

— Cela semble grave. Regardez, père abbé, la jambe est brisée. Très haut, près du bassin. Il faut ôter les chausses de Don Murillo.

Mais Murillo, malgré la douleur, refuse énergiquement cette idée :

— Comment ? Vous voulez me mettre à nu ? Ici, dans la chapelle ? Sous les yeux innocents de notre Sainte Mère la Vierge Marie et sous ceux de l'Enfant

Jésus. Non ! Non ! Je ne puis le permettre. Ne vous inquiétez pas, ce n'est rien. Je vais sans doute devoir rester immobilisé pendant quelques jours mais, si Dieu le veut, je me remettrai. Excusez-moi, très cher père abbé, cela va me retarder dans l'achèvement de mon œuvre...

— C'est la volonté de Dieu. Mais, Don Bartolomé, je vous en conjure, laissez-nous appeler le meilleur chirurgien de la ville. Il vous examinera et décidera du meilleur traitement qui vous convienne.

— Non, cette blessure est placée dans un endroit trop intime pour que je permette qu'on l'expose.

Rien n'y fera. Malgré les supplications du père abbé, malgré tous les arguments invoqués pour lui faire entendre raison, Murillo, le pudique, refuse énergiquement de se laisser mettre à nu. Pourtant, cette fracture ouverte au niveau de la tête du fémur n'est pas du genre qu'il faut négliger.

Murillo demande à ce qu'on le ramène dans son cher Séville. Au moins, il sera tout près de l'Académie de Peinture dont, depuis des années, il est le soutien. La chaleur de l'été andalou fait que la plaie s'envenime. L'année suivante, après des mois de souffrance, la gangrène se met dans la blessure. Et Bartolomé Esteban Murillo va rejoindre au ciel les anges qu'il a si bien peints.

SOUTINE

Hygiène du génie

— Tiens, voilà un petit cadeau !

Celui qui tend le paquet est un peintre japonais, parmi les plus populaires du Montparnasse des années folles. L'emballage est une spécialité japonaise, surtout quand il s'agit de cadeaux. Alors le Japonais, plus connu sous le nom de Foujita, a soigné la présentation de son présent.

Celui qui reçoit le cadeau est aussi une figure des « Montparnos » : Chaïm Soutine, d'origine lituanienne. Il ouvre le paquet avec une certaine brutalité, selon son habitude. Il regarde l'objet que Foujita vient de lui offrir : une petite brosse.

— Qu'est-ce que c'est ? demande-t-il, intrigué, c'est pour peindre ?

— Non, mon vieux. C'est pour nettoyer, ça se nomme une brosse à dents. Et le tube qui est avec, c'est de la pâte dentifrice. Tu devrais essayer, tu verras, c'est formidable !

Chaïm a presque les larmes aux yeux. Un cadeau de Foujita ! Alors il se fait expliquer comment on utilise le dentifrice et la brosse et, dès le départ de son ami, il essaie timidement d'utiliser ce joli cadeau tout nouveau pour lui. En définitive, ça lui plaît tellement qu'il va passer toute la journée à se brosser les dents devant la glace...

Il faut dire qu'il est arrivé à Paris en provenance d'un des endroits les moins « modernes » de l'Europe de l'Est. De plus, il est le dixième de onze enfants, issu d'une des familles nombreuses les plus modestes de ces coins perdus : son père est un ravaudeur juif et il a vu le jour en 1893, au bord de la Bérézina. Il se réfugie souvent dans la forêt, près des arbres que les paysans lituaniens honorent d'offrandes païennes. Dès qu'il fréquente l'école, on l'en chasse pour insubordination. Il échange les couteaux de cuisine de la famille contre des crayons de couleur. Un jour, il fait le portrait du rabbin de Smilovitchi, son village, et les fils du rabbin, fous furieux de voir qu'il a bravé la loi en représentant l'image de leur père, le rouent de coups et le laissent à demi mort. Il est temps pour lui de partir pour Vilna et de s'inscrire à l'École des Beaux-Arts. Son père a d'autres projets pour lui : en faire un cordonnier digne et religieux. Mais le directeur de l'école déchire les lettres que sa famille envoie : normal ! Elles sont écrites en yiddish, ce qui est formellement interdit !

La malchance, c'est de rencontrer alors une fille de joie qui lui communique la syphilis... Évidemment il rencontre aussi une ravissante jeune fille qui étudie le chant : Deborah Melnik. Mais elle est sans doute trop belle pour lui. La chance de Chaïm est de faire ensuite un séjour à Minsk et d'y rencontrer un certain Kikoïne, et un autre, nommé Krémègne, appelés eux aussi à un avenir intéressant dans la peinture.

D'amitié en amitié, Soutine se décide à suivre des amis déjà expatriés à Paris, la ville de toutes les libertés. D'autant plus qu'un généreux mécène offre de lui verser une petite allocation. Alors Soutine se rend à Paris... à pied ! Il va désormais traîner ses guêtres dans le village encore campagnard de Vaugirard. Nous sommes en 1911. Chaïm est d'une laideur qui ne manque pas de charme. Une mise négligée, à la mode de là-bas, de grosses lèvres, des yeux brillants de dix-huit ans. Des gamins cruels le poursuivent de leurs quolibets dès qu'il met le nez dehors. Un soir, découragé, Chaïm se pend : son ami Krémègne le dépend juste à temps... pour se fâcher définitivement avec lui quand Soutine l'envoie au diable.

C'est la vie dans la « Ruche », ancienne « Halle aux Vins » de l'Exposition de 1900, démontée et remontée là. Dans ce taudis bourré d'artistes, il fait des rencontres qui l'amènent à fraterniser avec Léger, Chagall et aussi Amedeo Modigliani, si beau comparé à lui que tout le monde trouve si laid. Chaïm se plie à l'enseignement de Cormon, pompier « préhistorique ». Il est solitaire et évite tout d'abord le Louvre de peur que le spectacle de vraies peintures ne le décourage de continuer à peindre. Quand il se décide à y pénétrer, c'est pour découvrir Rembrandt, Chardin, Cézanne et Courbet. Mais il déteste celui qui le fascine le plus : Vincent Van Gogh, pourtant si proche de lui.

En définitive, Chaïm Soutine est le fils de la culture hébraïque *shtetl* qui mélange sentiment et expression. Il faut, pour qu'il puisse peindre, que Chaïm « aime » vraiment son modèle. De plus il se ruine, si l'on peut dire, en pinceaux car chacun ne lui sert qu'une seule fois. Alors, avec ses compatriotes de Minsk, il fait les poubelles la nuit... dans l'espoir d'y découvrir des déchets comestibles... Rassasié ou pas, il doit, pour dormir dans son antre, répandre de l'eau autour de la paillasse : un petit barrage pour empêcher les punaises de monter à l'assaut de son corps maigre.

Pour lui, pas de modèle vivant. Il peint des ordures ou alors il achète une volaille faisandée et la peint jusqu'aux limites de la puanteur... Quand il s'installe rue du Saint-Gothard, cette puanteur devient une gêne constante pour les voisins...

Un jour, inspiré par le célèbre *Bœuf* de Rembrandt, il achète un quartier de bœuf et le suspend dans son atelier, jusqu'à ce qu'il devienne verdâtre. Alors il va chercher un seau de sang et en arrose son modèle pour lui redonner bonne mine. Mais le sang s'infiltre à travers le plancher. Le voisin du dessous, affolé, se précipite au commissariat de police pour dénoncer ce qu'il croit être un assassinat...

Par « Modi », Chaïm rencontre le poète marchand Zborowski, qui recule devant la puanteur du logis et devant la laideur des toiles, puis qui accepte d'en acheter quelques-unes pour cinq francs pièce.

D'un accent rocailleux, Chaïm proclame avec conviction à qui veut l'entendre... qu'il n'y a pas de peintre... qu'il n'y en a qu'un, qui se nomme... Soutine !

Quand il désespère de réussir par la peinture, il se raccroche à un autre rêve : connaître la gloire en devenant boxeur professionnel.

En 1919, un séjour à Céret, dans les Pyrénées-Orientales, est une découverte : celle d'un monde ensoleillé. Il y demeure trois ans.

Grâce à « Zboro », il participe dans le Midi à une expédition avec Modigliani et Foujita — c'est à cette occasion que celui-ci offre une brosse à dents au Lituanien reconnaissant mais interloqué. Différents séjours donnent le jour à des chefs-d'œuvre incontestables qui alternent avec des ratages définitifs... et le mauvais souvenir de la fille de Vilna qui le ronge toujours. Chaïm a refusé de se faire soigner. Au début, c'était le manque d'argent. Plus tard c'est son incapacité à se remettre entre les mains d'un étranger, même médecin. Surtout médecin...

En 1920, la mort de Modigliani le laisse solitaire et désemparé. Mais un marchand avisé a vu certaines de ses toiles. C'est grâce à lui qu'en 1923, enfin, un miracle a lieu. Mr. Barnes, un collectionneur américain, millionnaire depuis qu'il a mis au point l'Argyrol, « antiseptique pour les bébés », s'intéresse à lui. Mr. Barnes découvre l'atelier puant de Soutine et rafle toute la production, en particulier les œuvres conçues à Céret : vingt-cinq toiles d'un coup ! Des paysages qui semblent peints en plein tremblement de terre ! En se bouchant le nez, Barnes dépose une grosse liasse de billets sur la table sanglante de Soutine. Et il l'invite à dîner. Mais auparavant il l'oblige à aller prendre un bain dans un établissement spécialisé et à filer chez le tailleur pour acquérir un vêtement décent.

Désormais, il est installé dans une villa du parc Montsouris, dont la propriétaire d'ailleurs ne voit jamais arriver le loyer : furieuse, elle n'ose cependant rien entreprendre contre celui qu'on lui a décrit comme un « génie ». Une fois par semaine, Chaïm le crasseux confie à une guérisseuse le soin de régénérer ses beaux cheveux qu'il croit perdre.

En 1927, une exposition fait le survol de toute son œuvre, des *Pâtissiers* aux *Grooms*, aux *Enfants de chœur* et aux *Bœufs écorchés* qui dérangeaient naguère le voisinage rue du Saint-Gothard. Voilà Soutine riche et à l'abri du besoin. Le bon Zborowski, hélas, ne peut profiter de l'aubaine, il meurt de maladie. À présent les marchands se disputent Chaïm, des critiques étudient son œuvre. Et il lui arrive un autre grand bonheur : Deborah, la Deborah Melnik de Vilna est ici, à Paris. Maintenant, Chaïm a les moyens de lui exprimer son amour. Il l'épouse, juste devant le rabbin.

Au fond de lui, Chaïm garde pourtant des angoisses irrépressibles. Et le jour où Deborah, triomphante, lui apprend qu'elle va être la mère de son enfant, sans hésiter, il la quitte. Deborah accouche seule d'une petite Aimée. Soutine refuse d'affronter ses responsabilités de père. Il répand lâchement un flot de calomnies sur Deborah :

— D'abord cette enfant n'est pas de moi !

Ceux qui connaissent l'enfant ricanent : il ne peut pas la renier, elle est aussi laide que son père !

En 1928, Soutine séjourne à Recloses, près de Fontainebleau. Sa logeuse court le pays pour lui procurer des poulets noirs qu'il veut peindre.

En 1929, il rencontre un couple d'amateurs, les Castaing, qui lui achètent des œuvres et lui offrent le calme de leur propriété campagnarde... Là, Soutine rencontre Erik Satie, le génial compositeur.

En 1930, il semble arrivé à une plage de repos et de calme. Il peint les environs d'Auxerre.

En 1937, il fait l'objet d'une exposition à Chicago. Puis c'est une autre à Londres.

Quand la guerre arrive, il reste à Champigny-sur-Veude, en Touraine. Pourtant le danger rôde, et Chaïm voit renaître les terreurs de son enfance, de l'époque des pogroms... Les persécutions hitlériennes contre les juifs le rejettent dans ses angoisses premières. Bizarrement, ses toiles « qu'on ne pouvait regarder qu'en se bouchant le nez » perdent de leur cruauté.

Un nouvel amour traverse sa vie comme une météorite, une Allemande, Gerda Michaelis, dite « Mlle Garde », qui lui dit qu'il est beau. C'est elle qui lui fait découvrir les plaisirs d'un bain chaud. Jusqu'alors il s'abstenait par peur des chauffe-eau. À Paris, leur voisin du dessus, le sulfureux écrivain américain Henry Miller, descend parfois pour emprunter l'ouvre-boîte. Jamais ils ne consentent à monter chez lui pour prendre un verre. Soutine se méfie de tout. S'il sort, il enferme Mlle Garde à double tour. Des paysans du coin où il s'installe, près d'Avallon, rendus méfiants par sa trogne et son accent, le dénoncent aux gendarmes qui l'arrêtent comme « espion ». Il est libéré en quelques jours... et rentre à Paris à pied. Puis il repart pour la Touraine, à Champigny-sur-Veude. Il se cache près de Richelieu. Un peu rassuré malgré les premières chasses aux juifs allemands, il revient avec l'ex-épouse de Max Ernst.

Sont-ce ses angoisses qui provoquent, à la longue, un dangereux ulcère à l'estomac ? Il peint en maugréant ce plat pays qui ne lui plaît guère. Il aurait besoin d'arbres tordus. Et la petite Aimée, qu'est-elle devenue ? Cette question le torture. Son ulcère impose un transport à Chinon. Puis on estime qu'il faut l'opérer à Paris. C'est durant son retour vers la capitale que Soutine meurt, en 1943. Picasso et Cocteau, malgré les interdictions allemandes, suivent son cortège...

Deborah et Aimée, la mal mariée et la mal aimée, finiront misérables loin du pactole que représentent désormais les œuvres du petit Chaïm. Deborah n'était pas mariée civilement. Aimée n'était pas reconnue.

CÉZANNE

L'ours mal léché

— Père, je veux être peintre !

Louis Auguste Cézanne, dont la famille est originaire de Cezana, dans le Piémont, ancien fabricant de chapeaux devenu banquier, lève un regard courroucé au-dessus de son livre de comptes :

— J'ai mal entendu, sans doute !

Paul, le fils du banquier, baisse les yeux. Il a peur de son père. Pourtant, il répète avec son bel accent d'Aix-en-Provence :

— Père, je veux être peintre !

— Non, tu feras ton droit !

Après tout, malgré sa manie de dessiner partout depuis l'âge de cinq ans, le jeune Paul n'est pas vraiment certain de sa vocation. Il a fait de bonnes études au collège de Bourbon, avec son ami Zola. Cézanne, le trapu, protégeait Zola, le malingre, qui étonnait par son accent du Nord. Zola dessinait très bien et Cézanne triomphait dans les vers latins. Il jouait du piston, tandis que Zola taquinait la clarinette. Zola a obtenu un premier prix de dessin. Cézanne s'est contenté d'un accessit !

Pour l'heure le jeune Paul, qui est né le 19 janvier 1839, tourne donc les talons en soupirant. Louis Auguste le banquier soupire aussi en considérant son fils naturel mais reconnu. Un soupir qui signifie : « Je suis le père d'un crétin ! »

Paul sort dans la cour du Jas-de-Bouffan, le grand mas de famille, l'ancienne maison construite au siècle précédent par le maréchal de Villars, gouverneur de Provence. Il s'enferme dans une des chambres de l'étage et se remet à peindre sur un panneau. Et puis, pour marquer le coup, Paul Cézanne, que personne ne connaît encore, signe... « Ingres 1811 » ! Inspiré par la violence des œuvres de Delacroix, il s'attaque ensuite à des sujets aussi réjouissants que *Le Viol*, *Le Meurtre*, *L'Orgie* ! Il sent monter en lui des pulsions sexuelles qui le torturent. Mais il proclame volontiers, gouailleur :

— Il ne me faut pas de femmes, à moi, ça me dérangerait trop. Je ne sais pas seulement à quoi ça sert : j'ai toujours eu peur d'essayer !

Il écrit une tragédie dont le héros est... Henri VIII d'Angleterre, grand consommateur de femmes.

Zola est parti pour Paris et le presse de venir le rejoindre. Jour après jour ou presque, durant trois ans, Paul, tout en poursuivant ses études de droit, revient à l'assaut de Louis Auguste :

— Père, il faut que je monte à Paris. Il faut que j'aille voir les chefs-d'œuvre du Louvre.

Louis Auguste a sa petite idée. Puisque Paul veut aller manger de la vache enragée et s'enrhumer dans les frimas parisiens, qu'il y aille. Ça lui passera ! Il reviendra très vite vers le soleil de la Provence...

À Paris, Zola, qui est déjà installé, accueille Cézanne à grands coups de claques dans le dos. Ils visitent le Louvre ensemble et aussi le « Salon ». Zola présente des amis et un peintre expérimenté : Camille Pissarro, né dans les Antilles danoises et qui a vécu au Venezuela. Cézanne s'inscrit à l'Académie suisse, dans l'île de la Cité. Et, pour remercier Zola de son aide, il se met à faire le portrait de son ami :

— Je n'y arriverai jamais ! C'est de la cochonnerie !

Dans un accès de rage, il vient de déchirer le portrait inachevé de son ami ! Et il ajoute :

— J'en ai assez, je rentre à Aix !

Ainsi donc, c'est le banquier qui avait raison... Une fois rentré, Paul se colle le nez dans les livres de comptes. Il sera banquier, c'est décidé. Mais, très vite, il est infidèle aux chiffres et reprend ses pinceaux. Papa Cézanne enrage.

— On meurt avec du génie ! On mange avec de l'argent !

Maman Cézanne hausse les épaules :

— Quelle importance ! Le petit a ce qu'il faut pour être à l'abri du besoin !

Et puis coup de théâtre : Paul, qui possède le même prénom que Rubens et Véronèse (ce qui enchante sa maman), décide de reprendre le train pour Paris. Décidément !

— Je vais passer le concours pour entrer à l'École des Beaux-Arts !

Premier échec : ça commence mal. L'année suivante, nouvel échec, au Salon cette fois. Alors Cézanne participe au « Salon des refusés ». Le public s'y précipite pour s'étrangler de rire devant *Le Déjeuner sur l'herbe* de Manet, mélange explosif de femme nue et d'hommes en redingotes peints dans des poses bizarres et des couleurs macabres !

Cézanne, en gilet rouge, fait désormais des aller et retour entre Paris et Aix. Il est devenu l'ami d'un jeune peintre prometteur : Auguste Renoir. Mais les femmes lui font toujours peur ; si une vieille femme surgit au bout du chemin, Cézanne s'écrie :

— La vieille vache qui vient !

Puis, il plie son matériel et s'enfuit sous l'œil ahuri de Renoir.

À Aix, Cézanne touche une maigre pension allouée par Louis Auguste le banquier. Qui pense, comme toute la ville : « Paul est un raté ! » Paul lui-même doit bien le penser aussi puisqu'il passe son temps à détruire à coups de pied ses toiles qu'il estime insuffisantes.

Il faut dire que le papa banquier est du genre pas facile : il décachette le courrier de Paul, l'oblige à se présenter à l'heure pour les repas et Paul le craint tellement qu'un jour, ayant raté le train de Marseille qui devait le ramener à Aix, il fait à pied les trente kilomètres qui lui permettent de rentrer au foyer paternel. Il n'a qu'une heure de retard à l'arrivée. Pour ses vingt-neuf ans, Paul est un fils obéissant !

Parfois il rentre à Paris, dans son atelier de la rue Beautreillis. La poussière couvre le plancher car, si on balayait, elle risquerait d'aller se déposer sur la peinture fraîche des toiles en cours d'achèvement. Au mur, inscrites à la craie, les adresses de modèles féminins ! Il clame haut et fort :

— Je suis en pleine période « couillarde » !

Ce qui signifie que sa peinture est boueuse, avec des noirs impressionnants et macabres. Il se sent des affinités avec Wagner et avec Baudelaire dont *Les Fleurs du Mal* le transportent. Mais rien de ce qu'il fait ne lui semble jamais vraiment réussi.

1868 : nouveau refus au Salon. L'ami Zola, comme beaucoup d'autres, se demande si Cézanne n'est pas un fruit sec... Et quel être impossible : aucun esprit, des coups de colère, des gros mots de Provence ! Degas et les amis du café Guerbois en sont franchement choqués. Manet, aimable, lui demande :

— Que préparez-vous pour le Salon ?

Cézanne lui répond sèchement :

— Un pot de merde !

1869 : Cézanne se réfugie dans les « natures mortes ». Ce qui n'empêche pas un nouvel échec au Salon. Alors il donne sa *Pendule de marbre noir* à l'ami Zola... qui s'empresse de reléguer le « chef-d'œuvre » dans son grenier ! Il faut dire qu'il y a là un coquillage vaguement érotique. Et que la pendule n'a pas d'aiguilles !

1870 : Cézanne apparaît au Salon. Il traîne une charrette à bras remplie de ses dernières œuvres. Chacun rit sous cape ! Alors, il repart pour le Midi. En fait, il va à Marseille car il a un secret : depuis quelques mois,

Cézanne le bourru a su conquérir le cœur d'un de ses modèles, Marie-Hortense Fiquet. Elle n'est pas intelligente et sa culture est nulle. Union qui n'est qu'un vaste malentendu mais une conquête complète car Hortense est enceinte ! Paul n'a qu'une crainte :

— Pourvu que père n'en sache rien !

À part cette préoccupation un peu obsessionnelle, rien ne compte dans l'esprit de Cézanne que peindre, peindre, arriver à trouver son style. À tel point que la guerre de 1870 lui échappe complètement. On l'appelle sous les drapeaux : il ne répond pas. Les gendarmes se présentent au Jas de Bouffan. Mme Cézanne mère dit qu'elle ignore où se trouve son rêveur de fils ! Quand la Commune incendie une partie de Paris, Cézanne s'inquiète pour les trésors du Louvre dont la contemplation lui manque. Il voudrait retourner à Paris :

— Si seulement Hortense ne m'avait pas mis le grappin dessus !

Le grappin est bien mis car, en 1872, Paul est père d'un bambin, prénommé Paul lui aussi ! À présent notre artiste maudit a des charges de famille ! Et toujours cette peur atroce qui lui noue les tripes :

— Pourvu que père n'en sache rien !

C'est pourquoi Paul, Hortense et Paul déménagent, se cachent, essaient de vivre oubliés de tous ! La petite famille va vivre à Auvers-sur-Oise, où l'on fréquente Pissarro.

De toute manière Paul, le père de famille, à trente-trois ans, est encore complètement inconnu. Si inconnu que, pour faire bouillir la marmite et mettre un peu d'huile d'olive dans les légumes, Hortense doit faire de la couture. Pourtant, à Paris, il connaît du monde. Oh ! Ce sont des modestes, comme lui : un certain docteur Gachet qui exerce ses talents à Auvers-sur-Oise, un certain père Tanguy qui vend des tableaux et des tubes de peinture à Montmartre. Manet, le maître incontesté de la nouvelle peinture, quant à lui, dit, en parlant de l'Aixois :

— C'est un maçon qui peint avec sa truelle !

Il faut dire qu'avec sa ceinture rouge qui lui sert à « épater le bourgeois », avec son accent du Midi, Cézanne a de quoi faire peur. Il lance un jour à l'élégant Manet :

— Monsieur, je ne vous serre pas la main, je ne me suis pas lavé depuis huit jours !

Heureusement, il y a aussi l'ami Nadar, un excentrique féru d'aérostation. Chez lui, dans sa galerie de photographies, on organise une exposition : Cézanne y présente sa *Maison du pendu*. Gros succès de rire, malgré son titre macabre. Un critique gouailleur traite les peintres fous d'« impressionnistes » ! Ça, c'est trouvé ! Cézanne ne vend rien, ne vaut rien.

1878 : autre exposition. Manet est là, lui qui a pourtant juré qu'il « ne se commettrait jamais avec Cézanne ». Il y a aussi Renoir, Guillaumin, Sisley, Pissarro dont Paul dit que c'est « quelque chose comme le Bon Dieu ». Ah, ce que le public rigole, comme de bien entendu ! Surtout en voyant les Cézanne ! Cézanne se console en allant un peu dans le monde. Au moins le demi-monde. Il vient de rencontrer un autre fou dans son genre, un autre Paul, un certain Gauguin, un boursier en rupture de bourse avec l'air d'un Indien péruvien !

Catastrophe : en ouvrant, à son habitude, le courrier adressé à Paul, son père le banquier découvre, à quatre-vingt-six ans, qu'il est grand-père ! Belle colère :

— Le traître ! Ah si j'avais su cela, je l'aurais déshérité !

Car, pour éviter des droits de succession, papa banquier a réparti sa fortune entre ses enfants, Paul le raté et Marie, la gardienne intransigeante de la tradition ! Il convoque Paul qui, dans le bureau paternel, se défend comme un beau diable :

— Mais non, père ! Jamais de la vie ! Moi, père d'un enfant ! Il s'agit d'un ragot !

— Bien, puisqu'il en est ainsi. Tu n'as aucun besoin de plus d'argent ! Je continue de gérer ta part et toi tu continues à te débrouiller avec ton allocation de cent francs par mois !

Que mériterait-il de plus d'ailleurs ? 1881 : nouveau refus au Salon ! 1882 : Cézanne est « repêché » par l'ami Guillemet qui fait partie du jury. On accroche un de ses tableaux aux cimaises. On le suspend plutôt, si haut que personne ne songe à chercher du regard ce tableau perdu dans l'ombre.

Marie, la sœur de Paul, est révoltée par le concubinage de Paul qui vient de lui être confirmé.

— Épouse donc ton Hortense, lui suggère-t-elle. Après tout, elle est la mère de ton fils. Ce n'est que justice !

Paul, vieilli avant l'âge, fait la moue. Épouser Hortense ? Si Marie savait qu'entre lui et Mlle Fiquet, c'est une vieille histoire. D'ailleurs, Paul est amoureux d'une autre dame, une servante à qui il écrit des lettres brûlantes : « Ma Fanny chérie... »

Marie voit le danger. Et Paul, poussé par elle, épouse en 1886 Hortense qui revient de loin. Voilà vingt-six ans qu'elle attend ! À présent, il faut que Mme Paul Cézanne serve à quelque chose. Il faut qu'elle pose pour son peintre de mari. Et sans bouger en plus :

— Pose comme une pomme ! Est-ce que ça bouge, une pomme ?

Et l'ami Zola, là-dessus, que devient-il ?

Justement il se manifeste, l'ami Zola. Cela fait longtemps qu'il ne s'intéresse plus tellement à la peinture de son copain d'autrefois. Eh bien, si ! Il s'y intéresse encore : la preuve c'est qu'il vient d'écrire *L'Œuvre*, un roman qui dépeint un peintre raté. Cézanne reçoit le livre et remercie Zola. Mais il est vexé et furieux : vexé parce qu'il se reconnaît en Claude Lantier, le peintre raté du roman, furieux parce que Zola fait que Lantier se suicide pour avoir raté un tableau. Cézanne en a tant raté, des tableaux ! Il les a détruits et s'est attaqué à d'autres, c'est ça la vérité !

Heureusement, si l'on ose dire, papa banquier meurt. Voilà Cézanne à l'abri du besoin... sous la garde hargneuse de Marie. Il est riche mais ressemble de plus en plus à un clochard. Et puis on a vendu la vieille maison, le Jas de Bouffan, sans l'avertir. Alors il se terre à Aix. Quand il sort, les gamins mis en joie par ses pantalons informes, son visage crasseux, par les taches de peinture qui éclaboussent sa chemise, le suivent en criant. Ils lui jettent parfois des pierres ! À présent, Cézanne a un autre ennemi : un diabète insidieux. Est-ce cette maladie qui lui inspire *La Maison lézardée* ? Autre thème un peu morbide.

Quand il vient à Paris, malgré l'amitié admirative de Renoir, du jeune Signac, Cézanne, toujours traqué, déménage continuellement. Et puis Hortense, à présent qu'elle a le titre d'épouse, lui tape vraiment sur les nerfs :

— Paul, nous devrions aller faire un séjour dans le Jura, le climat te fera du bien ! Et nous pourrions aller en Suisse ! Il faut soigner ton diabète !

« À la fin, elle m'ennuie, celle-là ! Ma femme n'aime que la Suisse et la limonade ! »

Alors Hortense est mise au pied du mur :

— Dorénavant je te ferai verser le tiers de mon revenu. À une condition... que tu ailles te faire pendre ailleurs, que tu me débarrasses le plancher.

Désormais seul, Cézanne se précipite dans la contemplation de la montagne Sainte-Victoire. Il travaille à créer une peinture qui soit « une harmonie parallèle à la nature », sur le thème des *Baigneuses*. Mais plus de femme chez lui. Les Aixois, à l'esprit si libéral, n'admettraient pas que des femmes viennent poser nues chez le vieux fou. Paul est persuadé que ce sont les jésuites qui mènent la persécution dont il est l'objet ! Faute de modèle nu disponible ou souhaitable, il utilise des croquis qu'il a réalisés de... militaires en train de se baigner et fait poser pour ses baigneuses... un vieil invalide !

Une gouvernante, qui lui fait des confitures et de la soupe aux choux, s'occupe de son ménage. Il ne risque pas de lui faire un enfant, à celle-là. Dès qu'elle s'approche, il crie :

— Ne me touchez pas ! Je vous interdis de me toucher !

Obéissant aux ordres de Marie, la gouvernante ne laisse jamais sortir Cézanne avec plus de dix sous dans sa poche. Sinon, il risquerait de dilapider sa fortune en aumônes aux mendiants...

Alors il se douche, puis il se rend à la messe chaque dimanche. Douche et messe, c'est ce qui « le rend d'aplomb ». Pendant qu'il a le dos tourné, la gouvernante, qui croit savoir ce que art et décence veulent dire, s'empresse de ramasser ses dessins, surtout ceux qui représentent ces horribles baigneuses. Elle en jette autant qu'elle peut au feu avant que son vieux fou de patron ne rentre. Il feint de ne pas s'en rendre compte ! Même les hommes ne peuvent lui poser la main sur le bras. Cézanne hurle qu'il ne supporte plus le contact de personne :

— J'ai l'impression qu'on va me mettre en prison !

Avec les années, pourtant, on commence à prendre ses œuvres en compte. Le marchand Ambroise Vollard en achète. Une douairière aixoise en possède plusieurs cachées dans son grenier. Elle refuse de s'en séparer. Vollard insiste :

— Mais, madame, les rats vont les manger !

— Ce sont mes rats, monsieur !

1889 : voici un Cézanne accroché dans le cadre de l'Exposition universelle.

En 1895, deux toiles de Cézanne entrent enfin au musée du Luxembourg. Léguées par le peintre collectionneur Caillebotte.

1900 : ce sont trois Cézanne à la nouvelle Exposition universelle ! Est-ce enfin la reconnaissance du public ?

Rodin, le grand sculpteur, lui serre chaleureusement

la main. Ému, Cézanne tombe à genoux ! Sisley chante ses louanges, mais là, Cézanne se met en colère :

— Vous aussi, vous vous foutez de moi ! Et vous aussi, Manet, vous vous foutez de moi !

Pourtant il a conscience de son génie :

— Vous savez bien qu'il n'y a qu'un peintre, c'est moi !

Dans les rues d'Aix les lazzi continuent de fuser :

— Des peintres comme ça, on devrait les fusiller !

Ceux qui sont admis à voir ses peintures le traitent de « vidangeur fou », de « fruit saumâtre » ou d'« artiste malgache » ! Cézanne passe des heures à peindre des gens âgés, des « vieilles carnes », comme il dit gentiment ! Mais une nouvelle génération lui décerne le titre de « *pater omnipotens* » ! Enfin...

Ce qui n'empêche pas Paul Cézanne de se rendre sur le motif, éternellement coiffé de son chapeau Cronstadt et vêtu de sa redingote maculée de peinture. Il a pourtant la joie un jour, en rentrant en calèche, de voir une escouade militaire lui présenter les armes. Le sergent est un certain Léo Larguier, futur important poète.

Un autre jour, surpris par un orage, encombré par son chevalet, ses peintures et ses toiles, il décide de rentrer à Aix, en laissant, comme d'habitude, le carré d'herbe où il a travaillé, couvert de raclures de peinture bleue, laissées par ses « repentirs » sur la toile qu'il a travaillée. Il tombe sur la route. Un charretier compatissant le ramène chez lui. Le voilà couché avec une congestion pulmonaire. Mais, de son lit, il trouve encore la force d'insulter ses adversaires de tous bords. Il écrit une dernière lettre à son marchand de couleurs : « Monsieur, voici dix jours passés que je vous ai demandé dix laques brûlées n° 7 et je n'ai pas de réponse. Que se passe-t-il donc ? Une réponse, et vivement je vous prie. »

Il a un ultime désir :

— Je veux revoir mon « Orient ».

Son « Orient », c'est son fils, le jeune Paul. La gouvernante expédie un télégramme à Hortense pour qu'elle vienne avec Paul. Mais Hortense en recevant le télégramme hausse les épaules et cache l'appel de détresse. Paul junior n'en saura rien. Le vieux fou d'Aix, que l'on expose enfin en Belgique, en Allemagne et même en France, meurt seul le 22 octobre 1906.

FRAGONARD

Peintre à l'escarpolette

— J'ai beaucoup admiré votre *Miracle des Ardents*. C'est pourquoi j'aimerais que vous fissiez un tableau dont j'ai l'idée. Il me représenterait dans un jardin en compagnie de Mademoiselle, ici présente. Elle se balancerait sur une escarpolette mise en branle par un évêque et je serais placé de telle manière que l'on me verrait jeter un regard indiscret sous les jupes de cette charmante personne...

M. de Saint-Julien, receveur du clergé, vient de formuler sa demande. Il attend la réponse. Son interlocuteur, le peintre Gabriel François Doyen, prix de Rome, professeur à l'Académie, vient en effet de remporter un grand succès d'estime avec *Le Miracle des Ardents* pour l'église Saint-Roch. Doyen fait une bouche en « cul de poule » :

— Monsieur, je suis étonné. Je ne vois guère ce qui, dans mon *Miracle des Ardents* et ma représentation de sainte Geneviève a pu vous donner l'idée de me commander un tableau aussi léger ! Rien dans ma manière ne me permettrait d'exécuter votre tableau d'une façon qui corresponde à ce que vous espérez y trouver... Quant à votre idée de faire voler en l'air les pantoufles de la donzelle et de les faire rattraper par des amours volants...

Comme il est homme du monde, il conseille cependant à M. de Saint-Julien de s'adresser à un autre peintre, méridional et déjà connu pour ses scènes galantes. Et c'est ainsi que Fragonard exécutera un de ses tableaux les plus connus : *Les Hasards heureux de l'escarpolette.* Nous sommes en 1767 et l'artiste a trente-cinq ans.

C'est dans une famille d'origine provençale que Jean Honoré Fragonard voit le jour à Grasse, le 5 avril 1732. Il n'a que six ans quand ses parents montent à Paris. Son père, mercier ruiné, a placé ses dernières économies dans une affaire de « pompes à feu » dans l'espoir, qui ne se réalisera jamais, de faire fortune. À quinze ans, le jeune homme sait assez d'humanités pour être placé chez un notaire du Châtelet. Mais il passe son temps à couvrir de dessins tous les parchemins qui lui tombent sous la main. Alors, après qu'on a consulté le peintre Boucher, il commence son apprentissage chez Chardin, le bon père tranquille spécialiste de natures mortes somptueuses et de scènes familiales. Il ne s'y plaît guère et passe chez Boucher le coquin, chez qui il découvre les petites femmes potelées et les amours fessus. Désormais, il est prêt pour construire toute une œuvre basée sur la séduction amoureuse. En 1752, il obtient le prix de Rome avec un tableau qui n'a rien de particulièrement érotique : *Jéroboam sacrifiant aux idoles*. Boucher, le peintre des filles dénudées, lui glisse, parlant de Michel-Ange et de Raphaël :

— Si tu prends ces gens-là au sérieux, tu es foutu !

On le retrouve à Rome, intégré à l'école des « élèves protégés » que dirige Carle Van Loo. Sous sa direction, les douze élèves commencent leur journée par la lecture des auteurs anciens et la terminent par l'étude de modèles vivants. Le soir dans le Palais Mancini, le maître commente Homère, Virgile et Ovide. Fragonard y reste quatre ans. Il apprend tous les secrets de l'art de peindre. Suivant les conseils de Boucher, il ne s'intéresse pas à Raphaël, le peintre des parfaites madones

« qui lui fait tomber le crayon des mains », ni à Michel-Ange qui met des athlètes nus partout et qui l'effraie littéralement. Il s'inspire beaucoup, par contre, des maîtres vénitiens.

Durant son séjour italien, prolongé par Natoire, directeur de l'École, entre 1756 et 1761, Fragonard rencontre Greuze, le Bourguignon, qui adore peindre son épouse avec des airs de sainte-nitouche, et Hubert Robert, le génie des paysages ornés de ruines romaines, qui devient son ami pour la vie. L'abbé de Saint-Non, qui deviendra aussi un ami fidèle, et qui est un brillant abbé de cour, l'entraîne dans le Sud de l'Italie : c'est lui qui, à Paris, l'introduira dans le milieu des encyclopédistes, beaux esprits qui, sans s'en douter, préparent la Révolution. Il rencontre aussi le marquis de Marigny, surintendant des Beaux-Arts et frère de la délicieuse marquise de Pompadour.

Dans les célèbres jardins de la Villa d'Este, il découvre le sentiment de la nature, une nature aimable décrite par Jean-Jacques Rousseau dans son attendrissante *Nouvelle Héloïse.*

Fragonard pousse jusqu'à Naples et assiste, à Pompéi, à la « découverte d'un squelette dans un caveau », puis revient à Paris en passant par Bologne, Florence, Venise, Parme et Gênes. Au fond, en Italie, il n'a pas été tellement imprégné par les marbres antiques. Mais il a retenu les gestes gracieux des lavandières battant le linge au soleil. Une fois de retour dans la capitale, il se met à étudier les tableaux si sensuels de Rubens.

Il est admis à l'Académie grâce à un morceau antique, *Le grand prêtre Corésus se sacrifie pour sauver Callirhoé*, qui fait un triomphe. Désormais, ce sont les actrices et les très riches fermiers généraux qui font l'assaut de son atelier pour obtenir des tableaux où le libertinage est plein de bonne santé et d'une allégresse assez campagnarde. Chez lui jamais de perversité ni d'obscénité. Il peint le plaisir dans tout ce qu'il a de passionné et de sincère. Il peint aussi de beaux morceaux de peinture et de belles natures mortes comme dans *Le Baiser à la dérobée*.

Virtuose incomparable, il ne lui faut qu'une heure pour brosser des portraits « de fantaisie » comme celui de M. de la Bretèche et de M. de Saint-Julien, receveur du clergé, qui fait ses délices des *Hasards heureux de l'escarpolette* pleins de sous-entendus. *La Gimblette*, qui représente une jeune fille jouant sur son lit avec son chien, est encore plus osé. *Le Feu aux poudres*, ravissant désordre de draps satinés et de chairs roses, est explicite par son titre même. On admire sa technique : c'est, dit-on, le nec plus ultra pour « le heurté, le roulé, le bien fouetté, le tartouillis » ! C'est tout dire...

Il reçoit commande sur commande pour des salons et c'est à cette occasion qu'il travaille pour la Guimard, danseuse célèbre et si mince qu'on la surnomme « le Squelette des grâces » ! Elle est fort bien faite, ce qui n'empêche pas de chanter dans Paris :

Guimard en tout n'est qu'artifice
Et par-dedans et par-dehors
Ôtez-lui le fard et le vice
Elle n'a plus âme ni corps.

En tout cas, laide ou pas, Fragonard tombe amoureux de la vedette. Ce bel homme qui ne mesure que 1,60 m, gai et plein de santé et de joie de vivre, est-il son amant ? Il en fait plusieurs portraits et décore le salon de son hôtel particulier. Il n'est pas jaloux et cela vaut mieux car la Guimard est loin d'être fidèle. Tout est bon qui peut lui permettre d'arrondir sa fortune.

Jusqu'au jour où elle décide de ne plus voir Fragonard. En tout cas, de ne plus le recevoir dans sa chambre. Car elle continue à apprécier ses talents picturaux et c'est à lui qu'elle fait appel quand il s'agit de décorer son tout nouvel hôtel particulier de la Chaussée d'Antin.

Fragonard, pas rancunier, y représente la maîtresse des lieux en Terpsichore, vêtue d'une robe bleu tendre qui s'ouvre sur un jupon rose.

La Guimard, tous les jours, vient contempler les progrès de l'œuvre, mais elle trouve que lui, si rapide d'habitude, fait traîner les choses en longueur :

— Monsieur le peintre, cela ne finira donc pas ?

— C'est tout fini ! s'écrie-t-il.

Il ramasse son attirail et sort, laissant l'œuvre inachevée...

La Guimard, devant son portrait non terminé, n'hésite pas. Elle cherche un artiste qui soit susceptible de le terminer. Et on lui indique un brillant représentant de la jeune génération : un certain Louis David... Qui termine le sourire de la Guimard.

Fragonard qui a ses entrées dans le nouvel hôtel s'arrange pour y pénétrer sans que personne, et surtout pas la Guimard, s'aperçoive de sa présence. Avec quelques pinceaux et quelques couleurs, il se met à son tour à peindre sur l'œuvre terminée par David.

Si bien que le soir où notre danseuse étoile convoque ses amis pour leur faire admirer le tableau, quand, entourée de sa cour d'admirateurs, elle pénètre dans le salon, elle pousse un cri. Son portrait est là, criant de ressemblance. Mais au lieu du doux sourire terminé par Louis David, la Guimard arbore un rictus affreux, et cependant fort ressemblant. La voici transformée en déesse de la Fureur et de la Colère... Et le pire est que, devenue effectivement furieuse devant un tel sacrilège, la Guimard, devant tous ses amis, prend les traits de son effigie. Il ne reste plus qu'à rappeler le tout jeune David pour lui demander de réparer le sacrilège...

Fragonard peint ensuite la jolie Rosalie Duthé, qui se sert de sa blonde chevelure pour tout vêtement.

Mme Du Barry, égérie de Louis XV vieillissant, lui commande, pour son château de Louveciennes, *Les Progrès de l'amour dans le cœur des jeunes filles*, mais l'œuvre n'a pas l'heur de plaire à l'architecte Ledoux qui préfère le style néoclassique. Alors Fragonard la garde pour lui et l'installe dans sa maison de Grasse.

Fragonard a, parmi ses élèves, une demoiselle Marie-Anne Gérard, originaire de Grasse comme lui. Fille d'un parfumeur peu fortuné, aînée de douze enfants, elle est arrivée à Paris en 1768 pour y gagner sa vie comme miniaturiste. Brune, grasse et forte, elle est assez vulgaire et s'habille en dépit du bon sens. Elle devient cependant sa tendre épouse en 1769, en l'église Saint-Lambert de Vaugirard, même si, leur vie durant, elle ne l'appellera jamais autrement que « Monsieur Fragonard » pour marquer sa reconnaissance de ce mariage inespéré. Elle lui donne six mois après la cérémonie, en 1770, une première fille, Rosalie.

En 1773, un client mécène, M. Onesyme Bergeret de Grandcour, financier, trésorier général à Montauban, les entraîne dans un voyage en Italie afin que Fragonard dessine pour lui les monuments les plus remarquables. On part à douze : Bergeret, son fils, sa maîtresse, Mlle Vignier, ancienne femme de chambre de Mme Bergeret, les Fragonard et le personnel adéquat. Direction le domaine de Bergeret à Négrepelisse. Fragonard dessine à toute vitesse. À Rome, il retrouve ses amis : on rend visite à Piranèse, le grand architecte. On rentre en faisant un grand détour, par Vienne, Dresde, Francfort. Au retour, le peintre et Bergeret se fâchent car le financier voudrait récupérer tous les dessins exécutés durant ce long voyage. En vain.

Le ménage Fragonard est heureux. Trois autres enfants, dont le dernier se prénomme Alexandre-Évariste, viennent combler le ménage. Marguerite, la jeune sœur de Marie-Anne, qui n'est encore qu'une fillette quand elle s'installe chez eux, partage aussi la vie du couple. Elle veut apprendre à peindre. Fragonard a maintenant, comme il dit gentiment, « ses poules » qui l'inspirent. Marguerite ne se mariera d'ailleurs jamais.

Désormais, dans ses tableaux, que ce soit *La Fête à Saint-Cloud* ou *L'Île d'amour*, les jeunes femmes ont un regard rêveur, comme si elles pressentaient l'orage qui s'annonce sur leur société brillante et insouciante. Le goût pour l'Antiquité s'infiltre dans son œuvre, y apportant une certaine rigueur.

Quand la Révolution est là, il regarde les événements sans inquiétude : sa femme et sa belle-sœur apportent leurs bijoux à l'Assemblée nationale pour équiper les troupes de la République. Son fils Alexandre-Évariste entre en apprentissage chez David, le maître des temps nouveaux. On le nomme même, grâce à ce dernier, membre du Conservatoire des arts. Il participe, avec Hubert Robert, à l'organisation du futur musée du Louvre. Le gros problème est que le goût a changé et que le style Fragonard est soudain terriblement démodé. Il n'en demeure pas moins replet, fringant, alerte, toujours gai, les joues rouges et l'œil pétillant, les cheveux gris ébouriffés... Un éternel adolescent. Il s'est réconcilié avec les Bergeret chez qui il va tous les jours et chez qui on fait ses quatre volontés. Chaque soir, Bergeret le raccompagne jusqu'à son appartement du Louvre.

Il cesse de peindre en 1792 et meurt à Paris le 22 août 1806, alors qu'il lutte contre la chaleur en dégustant une glace chez Véfour. Il a soixante-quatorze ans et n'a jamais été malade. Alexandre-Évariste, le bon fils devenu un effroyable pédant sans grand talent, fait un autodafé de toutes les estampes de son père au nom du « bon goût ! »...

RIBERA

La fille perdue

— Marguerita ! Marguerita ! Où es-tu ?

La voix brisée qui appelle dans les couloirs de la maison reste sans écho. Bientôt tous les domestiques joignent leurs appels à ceux de leur maître. L'épouse de l'homme éploré qui cherche désespérément sa fille vient de perdre connaissance. Elle a compris que sa fille aînée, son adorée, leur petite « Madone » vient de les quitter à jamais. Par la fenêtre ouverte, le père distingue une voile qui s'éloigne sur la baie de Naples. Au plus haut mât une flamme, celle du prince qui vient de leur arracher le cœur...

C'est dans une petite ville mauresque située non loin de Valence et d'Alicante, à Jativa (aujourd'hui San Felipe) que José de Ribera voit le jour. « Jusepe » comme on dit en valencien. Qui est son père ? Les opinions divergent fortement. Selon les uns il s'agit d'un soldat de fortune qui s'est battu contre les Français en Italie. Pour les autres, il s'agit d'un humble cordonnier. La bourgade, perchée sur un éperon rocheux, mérite qu'on s'y attache un moment car c'est de là que les Borgia, célèbres pour leurs papes, leur saint et leurs poisons, prennent leur essor pour dominer le monde de la Renaissance.

Les Borgia les plus fameux ont achevé leurs destins terrestres quand, à Jativa, le 17 février 1591, vient au monde Ribera. On ignore presque tout de sa tendre enfance mais on sait qu'il fait ses classes à Valence. C'est là qu'il a sans doute l'occasion d'admirer les fabuleuses peintures de l'École de Valence qui remonte à la Renaissance. Par les contacts maritimes fréquents et obligatoires entre Espagne et Italie, les peintres valenciens sont influencés par Raphaël, le divin peintre de Florence. Mais les Espagnols portent en eux un tempérament plus violemment réaliste que les Italiens. Quand Ribera arrive à Valence le grand maître peintre du lieu se nomme Francisco Ribalta : un grand du réalisme.

Le jeune Ribera est petit et trapu, ce qui est monnaie courante dans sa province. Il est timide et n'aime que la méditation solitaire. Son père ne semble pas avoir favorisé le goût de José pour la peinture mais il ne s'est pas particulièrement intéressé à son rejeton et José commence à peindre dans l'indifférence la plus totale.

Après quelques années d'apprentissage sous la férule de Ribalta, José s'embarque pour l'Italie. À Rome, il décroche un surnom que lui vaut sa petite taille : *« lo Spagnoletto »* : « le Petit Espagnol ». Il dessine et cherche à se remplir l'estomac tous les jours. Ce n'est pas facile : l'Italie n'attend pas après lui. Mais la lumière, les parfums, les chants de Rome lui font oublier qu'il a le ventre vide... Il est vite attiré et fasciné par un peintre italien disparu depuis soixante-dix ans : le Corrège.

Ribera, solitaire par tempérament, peint « à la bonne franquette » ; il laisse sécher ses toiles au soleil. Parfois, un passant s'arrête. Parfois, un d'entre eux achète un tableau encore frais.

Un jour, un certain Azzolino, peintre sicilien et collectionneur, invite Ribera à venir visiter sa collection. Azzolino possède de très belles peintures. Il est d'autre part le père d'une très jolie Catherine qui n'a que quinze ans. Mais quinze ans, en Italie, c'est l'âge d'être femme.

Un an après avoir visité la collection d'Azzolino, Ribera épouse Catherine, la plus belle fleur de Naples.

Décidément Ribera devient de plus en plus italien. Deux ans plus tard, alors qu'il vient de mettre un ultime coup de pinceau à son *Martyre de saint Barthélemy*, un très auguste visiteur se présente. Il ne s'agit pas moins que de Son Excellence le duc d'Osuna, Espagnol bon teint et vice-roi de Naples.

L'enthousiasme du duc devant le *Martyre*, particulièrement réaliste, redouble lorsqu'on lui annonce que le peintre est espagnol :

— Qu'on me le présente. Je l'invite à résider chez moi, dans mon propre palais !

Ses désirs sont des ordres. Voilà Ribera devenu soudain napolitain bon teint.

Ribera est décidément un peintre de sujets religieux : des *Saint Jérôme* qu'il va multiplier tout au long de sa carrière, et des *Apôtres* vus à mi-corps qui vont décorer églises et sacristies. Il prend pour modèles ces vieillards du petit peuple qu'il aime fréquenter. Les modèles sont trop heureux de poser pour quelque monnaie. La plupart n'ont ni toit ni lit. Ils sont mendiants ou sans travail, voleurs parfois... Mme Catherine, quand elle les voit envahir l'atelier de son José, est fort mécontente :

— Tu prends des risques en introduisant toute cette racaille chez nous. Qui sait si l'un d'eux ne va pas nous égorger pour s'emparer de tes biens ! Et ils sont couverts de poux la plupart du temps !

— Tais-toi ma mie. Tiens, pour te calmer un peu, je vais faire ton portrait : on m'a commandé une *Assomption de sainte Marie-Madeleine* et je pense que tu ferais un modèle parfait.

Catherine a vingt-cinq ans, l'âge de la pleine beauté.

Le duc d'Osuna protège toujours Ribera, *« lo Spagnoletto »*, contre les peintres napolitains qui pourraient le jalouser. Naples est un pays où l'on a le ressentiment durable et le poignard facile. Mais Ribera, doux et timide, se garde bien de se mêler à ces querelles souvent sanglantes. Bien sûr, il possède un caractère bourru et un peu brusque, mais c'est un paisible.

Hélas ! la politique vient bouleverser le bonheur domestique et professionnel de Ribera : le duc d'Osuna est démis de ses fonctions de vice-roi de Naples. Le duc d'Albe le remplace. Ce dernier n'est guère impressionné par la peinture de José le Valencien. Un malheur n'arrivant jamais seul, un autre des protecteurs de José, Don Manuel Filiberto de Savoie, vice-roi de Sicile, meurt à la même époque.

Naples se désintéresse de Ribera. D'autant plus qu'une nouvelle école de peinture, les « éclectiques », domine la mode. Les vieillards éclairés dramatiquement que Ribera aime peindre ne plaisent plus. Et il a à nourrir une famille qui est devenue nombreuse avec le temps : Catherine lui a donné cinq enfants. Ribera qui n'est plus accablé de commandes se consacre à la gravure de ses propres œuvres. Il fait un sort à saint Barthélemy. Il s'occupe aussi à enseigner, toujours par la gravure, ce qu'il connaît de la peinture et du dessin.

Ribera se demande s'il ne serait pas temps pour lui et les siens de rentrer en Espagne. Mais son caractère paysan lui inspire de résister aux revers de la fortune. Bien lui en prend, la faveur du public revient. Le duc d'Albe quitte les fonctions de vice-roi de Naples. Et les quatre successeurs, qui s'installent après lui en cette période troublée, ont tous en commun l'intérêt qu'ils portent à José Ribera.

Le premier est le duc d'Alcala, Don Fernando II. Qui va le mettre dans une situation que José n'oubliera jamais.

Le vice-roi le saisit un jour affectueusement par l'épaule et l'entraîne dans une promenade loin de son chevalet. Il lui dit :

— Lors d'un voyage dans les Abruzzes, à Accumoli, j'ai vu une femme très intéressante : elle est âgée de cinquante-deux ans et pour l'instant elle allaite son troisième enfant. J'aimerais que vous en fassiez le portrait. Comme vous avez une prédilection pour les types populaires, vous allez être comblé...

Le duc d'Alcala sourit dans sa barbe.

— Votre Seigneurie désire que je peigne une maternité, je présume...

— Disons : maternité et paternité. Les deux à la fois.

Ribera fronce les sourcils. Le duc poursuit :

— D'ailleurs cette femme est ici, dans mon palais. Cette maman heureuse se nomme Magdalena Ventura. Je vais la mander et vous comprendrez mieux...

La porte s'ouvre, poussée par un laquais. Derrière lui Ribera distingue dans la pénombre le costume traditionnel d'une paysanne des Abruzzes. Elle porte une coiffe en dentelle. Quand elle paraît en pleine lumière, Ribera en laisse tomber son pinceau sur le sol : cette mère qui allaite, avec tendresse, son nouveau-né est dotée d'une magnifique... barbe qui lui tombe sur la poitrine. Le sein est généreux mais la barbe, somptueuse, est d'un noir de jais.

Magdalena la barbue explique, avec son accent du terroir, que sa barbe a commencé à pousser dès qu'elle a eu son premier enfant. Aujourd'hui elle en a trois :

— Et maintenant, elle pousse encore davantage à chaque nouveau petit...

Le duc d'Alcala interroge du regard Ribera qui s'incline pour exprimer que les désirs du vice-roi sont des ordres. Il va quérir un support vierge et commence à esquisser à grands traits de pinceaux la maternité barbue. Quand le portrait est terminé, il indique la date au dos : *16 janvier 1631*... Par la même occasion Ribera nous indique qu'il est « chevalier du Christ » et qu'il s'enorgueillit d'un surnom élogieux : « l'Apelle de son temps » — Apelle le plus grand peintre de l'Antiquité : joli titre pour le petit *« Spagnoletto »*. Il omet de signaler qu'il fait aussi partie de l'Académie de peinture de Rome : l'Académie de Saint-Luc.

Pendant dix-sept ans José va rester protégé par ces quatre vice-rois successifs... Il délaisse la gravure et reprend ses pinceaux pour toute une série de philosophes. Du coup, Catherine voit à nouveau son domicile envahi par tous les barbus édentés, pouilleux, couverts de haillons qui peuvent traîner dans les bas-fonds napolitains. Sous le pinceau de José ces rebuts de l'humanité, convenablement éclairés, deviennent Archimède, Euclide ou Démocrite. Un berger tout droit arrivé des Abruzzes se transforme en un *Jacob gardant les troupeaux de Laban* très convaincant.

Avec les années, Ribera abandonne cependant les éclairages dramatiques. Il devient plus tolérant envers les autres peintres, et adopte une douceur nouvelle. Ses couleurs sont plus claires. Des commandes arrivent d'Espagne, pour un couvent de Salamanque fondé par le vice-roi de Naples : Catherine sert à nouveau de modèle pour une *Immaculée Conception* pleine de grâce.

À présent des peintres renommés en Espagne, comme Vélasquez et son beau-père Pacheco, font le voyage pour acquérir des œuvres de Ribera. Ils choisissent les œuvres que le roi d'Espagne ajoutera à ses collections. Mais Naples ne l'oublie pas : d'autres vieillards crasseux et démunis se transforment sous son pinceau, lui inspirant *Isaac reconnu par Jacob* ou *Le Songe de Jacob*. Il traduit tout, rides, poils et verrues.

Ceux qui s'intéresseraient à toutes les peintures de Ribera ne pourraient s'empêcher de constater qu'il montre un goût prononcé pour les scènes de torture presque insupportables : Apollon et Marsyas, le satyre écorché vif pour avoir vaincu le dieu dans un championnat de flûte ; Ixion déchiré par sa roue enflammée ; Prométhée dont le foie est dévoré par un vautour ; et Caton d'Utique qui farfouille dans la plaie béante qu'il porte au ventre ; saint Pierre crucifié la tête en bas ; saint André crucifié sur un X ; saint Janvier sortant d'un four chauffé à blanc ; saint Laurent poussé sur un gril rougi : tous font suite à son saint Barthélemy écorché vif...

Ribera est obsédé par la sauvagerie et les morts les plus terrifiantes. Parfois, il peint un *Silène ivre* hallucinant ou un *Combat de femmes*, évocateur des pires moments du cirque romain.

En dehors de ces scènes, Ribera se complaît dans des portraits d'êtres disgraciés exposant leurs laideurs, leurs misères et leurs maladies. Mais parfois, pour se changer les idées, *« lo Spagnoletto »* peint une Vierge pleine de douceur. Catherine n'a plus l'âge du rôle mais Marguerite, leur fille, prend le relais devant le chevalet paternel. Elle incarne toute une série de Vierges et de martyres, de Madeleine et de saintes.

Marguerite est jolie, tout comme sa mère. Elle est sage et semble très heureuse de vivre chez ses parents. Surtout en ces temps troublés où Naples gronde sous le joug espagnol. Le meneur est un certain Masaniello, un pêcheur qui veut la tête du duc d'Arcos. Le roi d'Espagne Philippe IV ne peut moins faire que d'envoyer un prince de son sang pour mettre les révoltés à la raison. Il choisit pour cette mission son fils naturel : Don Juan José d'Autriche.

Une des premières visites de ce dernier est pour le peintre dont les œuvres ornent les palais de son père. Ribera et dame Catherine se mettent en quatre pour l'accueillir dignement : et Ribera a les moyens de recevoir somptueusement. Mais Don Juan José, dès qu'il pénètre chez eux, regarde à peine les martyrs sanglants qu'on lui propose. Il est fasciné par un objet ravissant : Marguerite Ribera, la plus belle œuvre du peintre.

Désormais, entre deux séances de répression de l'émeute populaire, Don Juan José accourt presque chaque jour chez Ribera... De toute évidence Marguerite est impatiente de le revoir. Don Juan José est pris d'une inspiration :

— Signor Ribera, j'aimerais que vous fassiez mon portrait. Prenez votre temps. Rien ne presse ! Un portrait à cheval serait fort bien !

« Lo Spagnoletto » exécute le portrait du prince. Et il en fait même une gravure. Marguerite est toujours radieuse quand le prince vient prendre la pose. Ribera ne remarque-t-il pas les conciliabules qui ont lieu entre les deux jeunes gens ? Mal lui en prend.

Masaniello, après avoir traité avec le duc et le prince, est assassiné, en dépit de toutes les promesses qu'on lui a faites. L'affaire est finie.

Un beau matin, Marguerite ne répond pas aux appels de ses parents. Impossible de la retrouver. Elle n'est nulle part dans Naples.

Don Juan José non plus, d'ailleurs : un navire battant pavillon du roi d'Espagne vient de quitter le port pour le ramener chez lui... Et Marguerite, folle de joie, est à bord du bateau.

Ribera ne comprend que trop le sort qui attend Marguerite. Maîtresse d'un prince, même bâtard, elle ne peut en aucun cas prétendre à un mariage princier. Une prostituée de haut rang dans le meilleur des cas : voilà le destin de sa petite Marguerite. Elle n'a encore que quinze ans...

Le destin de Marguerite, de l'autre côté de la mer, prendra un tour convenable pourtant. L'enfant de Marguerite et du prince, car elle est bientôt enceinte, est confiée par son père à un couvent jusqu'à ce qu'elle atteigne ses dix-neuf ans. Non pas cloîtrée mais élevée aux manières du meilleur monde. Puis, cette petite fille est enfermée aux carmélites déchaussées de Madrid. Elle est traitée comme une véritable « Altesse royale ». Quant à sa mère, Marguerite, on ignore quel fut son sort. Peut-être est-elle morte en couches...

Ribera a vieilli de vingt ans en quelques mois. D'ailleurs, depuis la révolte de Masaniello, les affaires vont mal. Les commandes se raréfient. Une dernière fois, il peint un *Saint Jérôme*. C'est son autoportrait : un vieillard amaigri, désespéré, n'attendant plus que la mort. Il quitte Naples la survoltée et s'installe au quartier du Pausilippe, en grec « l'endroit qui apaise la tristesse ».

Le repos ne lui arrive enfin que le 2 septembre 1652. Il meurt de douleur. Vélasquez, Zurbarán, Murillo et Goya, Courbet et même Renoir recueilleront son héritage pictural.

KISLING

La bagarre

— Vous partez déjà, cher ami ?

— Eh bien, chère amie, je dois me lever assez tôt demain matin. Alors je ne voulais pas donner le signal du départ. D'ailleurs, votre soirée est absolument fabuleuse, comme d'habitude, et...

Cet invité qui essaie de filer discrètement à l'anglaise n'a pas le loisir de continuer ses formules de politesse : l'hôtesse, la charmante Mme Moïse Kisling, vient de l'étendre pour le compte d'un superbe direct du droit. On le traîne jusqu'à un canapé et la fête continue, comme de bien entendu. C'est normal, puisque nous sommes dans le Montparnasse des « années folles » !

Moïse Kisling arrive de Cracovie vers l'an 1910. Il est officiellement polonais, comme la ville. Il y est né en 1891, le 22 janvier exactement. Son père est un tailleur juif. Dès qu'il attrape ses quinze ans, il entre à l'Académie de Cracovie car on espère en faire un ingénieur. Mais Moïse aime surtout dessiner. Il devient l'élève d'un ami de Renoir et de Bonnard qui lui conseille de se diriger vers Paris. Comme l'Académie lui alloue une sorte de bourse de 300 francs, Moïse s'y rend, avec ses longues tresses traditionnelles de chaque côté du visage, et a la possibilité de se louer un atelier décent rue Joseph-Bara. Il s'inscrit à l'Académie Ranson grâce à une amie polonaise, Alice.

« Kiki », comme on le surnomme vite, est petit, avec un visage tout rond qui le fait ressembler à un Esquimau, une couleur d'yeux indéfinie, le nez retroussé et de longs cheveux romantiques. Il est assez athlétique, comme en témoigne son portrait par Amedeo Modigliani. C'est pourquoi le patron du café de la Rotonde utilise volontiers ses compétences comme « videur ». Mais parfois Moïse, un peu éméché, ne saisit pas vraiment les consignes et il jette brutalement sur le trottoir de paisibles consommateurs tout éberlués. Si la victime est accompagnée d'une dame, Moïse s'occupe immédiatement de celle-ci en l'invitant, pour se faire pardonner, à venir jusqu'à son atelier de la rue Joseph-Bara afin d'y déguster une boisson réconfortante. Si la dame accepte, elle a, la plupart du temps, la surprise de découvrir dans l'atelier de Kisling un autre peintre, très beau, tout nu et hurlant comme un perdu. Kisling explique alors :

— Ce n'est rien, c'est mon ami Modigliani qui est en manque...

« Kiki » est un bon vivant. Il tient l'alcool, mange à sa faim, et cueille les fleurs du Luxembourg pour les offrir aux passantes.

Comme sa peinture exprime la joie de vivre, elle est commerciale et les marchands s'intéressent à lui. Bassler et Zborowski sont les premiers, mais ils disposent de peu d'argent. En 1913, il expose au Salon des Indépendants en même temps que Dufy, Van Dongen. Guillaume Apollinaire, le poète critique, n'aime pas trop ses œuvres, mais Ambroise Vollard, le « grand » marchand, s'informe :

— Quel âge a ce peintre ?

— Vingt-deux ans !

— Bien ! Qu'il crève encore de faim pendant quelques années et... on verra !

Mais pour l'instant Kisling s'amuse. Personne ne voit la guerre de 14-18 arriver à pas de loup. Dès la déclaration des hostilités, « Kiki », reconnaissant envers la France, s'engage dans la Légion étrangère. Il se retrouve sur le front et reçoit, à Carency, un coup de crosse en pleine poitrine. Mais son heure n'est pas arrivée et bientôt il rejoint les Montparnos qui l'accueillent en héros... Il repart, revient et annonce :

— Merde ! Je me marie ! Avec la fille d'un officier !

S'il peut le faire, c'est qu'il vient d'hériter d'un sculpteur américain, Chapman Chandler, tué au cours d'un combat aérien. Ces 25 000 francs (selon la rumeur publique) vont alimenter bien des soirées destinées à remonter le moral des permissionnaires...

La future Mme Kisling est une bourgeoise : une fille d'officier. Joséphine, dite « Renée », est une rousse qui fait de la peinture et porte ostensiblement des chaussures dépareillées. Ce qui fait jaser les gardes républicains de son père, commandant, quand elle sort de la caserne. Elle est du genre sportif car elle aime autant la bagarre que son fiancé !

Le mariage a lieu à la mairie du XIVe. En arrivant chez eux après la cérémonie, les Kisling ont une surprise : une forme s'agite dans les draps du lit conjugal. Renée sent ses principes bourgeois qui ne font qu'un tour. Elle hurle :

— Mon trousseau !

En même temps, elle découvre qui s'agite dans ses draps brodés : c'est un Modigliani tout nu et passablement ivre qui braille :

— Avez-vous des tonneaux ?

D'un uppercut la mariée l'assomme pour le compte !

En même temps que Kisling, un autre Polonais a rejoint Paris, un certain Gotlieb. Hélas les deux compatriotes, au lieu de se rapprocher en se retrouvant en terre étrangère, se sont mis à se détester à un point inimaginable. Ils ne peuvent pas se rencontrer sans se sauter au visage. Un jour, même, excédés tous deux de la présence de l'autre, ils décident d'en terminer en se battant en duel à mort. Le pistolet est choisi comme arme de départ ; si les balles échangées doivent se perdre dans la nature, alors on « se » terminera au sabre !

Dans le village de Montparnasse la nouvelle se répand comme une traînée de poudre : on connaît le jour, le lieu (le Parc des Princes), l'heure de la rencontre. Mme Salomon, la concierge de Moïse, s'inquiète :

— Mais c'est qu'ils sont capables de se découper en rondelles, ces deux idiots polaks !

Le petit jour blême arrive et les deux artistes se retrouvent sur la pelouse du Parc des Princes. Des cameramen sont là pour enregistrer ce combat du siècle. Les premières balles n'atteignent personne, même pas les cyclistes inconscients qui tournent sur la piste du vélodrome. Après le pistolet, on saute sur les sabres et on commence à ferrailler. Le directeur du duel, qui cherche à s'interposer, y laisse son pantalon. Kisling se fait écorcher le bout du nez : c'est le premier sang. Le combat se termine là puisque l'honneur est sauf. Kisling fait alors le tour de Montparnasse en invitant tous ceux qu'il rencontre à une bamboula à tout casser dans son atelier de la rue Joseph-Bara...

La fête bat son plein. Tout Montparnasse est là ! Quand on dit Montparnasse, ce sont les Montparnos, les peintres et sculpteurs plus ou moins fauchés, plus ou moins drogués ou alcooliques, et des marchands faméliques, et des poètes, des modèles qui se déshabillent plus vite que leur ombre et se donnent à tour de bras. Ce soir, ce sont les Kisling qui reçoivent. Il y a Cendrars, Cocteau, Max Jacob, Modigliani, Colette, Pascin et le marchand Zborowski... bien d'autres encore. L'alcool coule à flots, et la nourriture est abondante quoique un peu disparate. Les invités dansent, rient, les musiciens y vont de bon cœur. Les voisins tapent sur les murs, le plancher et le plafond. Mais qu'y faire, c'est la vie à Montparnasse durant les Années folles. Déjà quelques invités des deux sexes, ivres morts, gisent sur le sol de l'atelier. On les enjambe du mieux qu'on peut. Et les mots d'esprit volent, même s'ils volent un peu bas... Mme Kisling surveille tout son petit monde, attentive à ce que les verres soient toujours remplis.

— Mais que vois-je, cher ami, vous nous quittez déjà ?

Celui qui vient d'être interpellé, son chapeau à la main et la main sur la poignée de la porte d'entrée, répond prudemment :

— Ma foi oui, il est presque 4 heures du matin, alors, vous comprenez, je vous remercie beaucoup... Pour une soirée réussie...

Il n'a pas le temps de terminer sa phrase. Renée vient de l'étendre d'un direct du droit. Elle n'aime pas qu'on quitte ses soirées avant l'aube ! L'invité en sera quitte pour garder un œil au beurre noir pendant deux semaines complètes.

En 1919, « Kiki » expose pour la première fois à titre personnel. C'est un grand succès. Mais sa joie se ternit car, quand il rentre de la galerie, Modi est en train de mourir. À ses côtés, sa compagne, Jeanne Hébuterne, enceinte de quelques mois et désespérée.

Désormais « Kiki » peint à sa manière, un peu sèche, très colorée, presque vulgaire. Pour donner un peu de chaleur à son art, il multiplie les modèles qui se succèdent nues ou presque. Après la pose on passe à d'autres jeux, moins picturaux.

Parmi elles une certaine... Kiki. La célèbre Kiki de Montparnasse, Alice Prin pour l'état civil, bourguignonne et sans aucun doute la plus belle fille du quartier.

En l'apercevant à la terrasse de la Rotonde, Kisling a demandé à la cantonade, et à voix haute :

— Qui est cette nouvelle pute ?

Kiki la belle a eu un peu peur. Un ami a fait les présentations. À dater de ce jour, à chaque fois qu'il la croisait, Kisling la traitait de tous les noms d'oiseaux appris pendant la guerre. Kiki la belle était vexée. D'autant plus qu'elle le trouvait bien appétissant avec sa casquette de loubard, sa tenue de plombier zingueur et son foulard rouge, arboré par les assassins ! Si elle avait voulu, elle aurait pu, elle aussi, se montrer aussi mal embouchée que Kisling !

Un jour, Kisling a emmené Kiki chez lui et lui a signé un contrat de modèle pour trois mois. Ils ont conclu l'affaire en devenant amants !

Il la peint souvent. Elle lui inspire une manière de peindre par des glacis déposés sur un fond ivoirin qui fait dire que toutes les femmes de Kisling ont la « jaunisse » !

Puis elle le quitte pour un très joli Japonais aussi connu que Kisling, un certain Foujita, puis pour d'autres encore...

Kisling est désormais un peintre bourgeois, habillé chez les bons faiseurs, couvert de commandes de portraits. Parmi les célébrités qu'il fixe pour l'éternité : Arletty, Suzy Solidor, Valentine Tessier, Colette, Marie Laurencin, des duchesses, des marchandes de bouquets, des garçons tristes comme des petits juifs polonais. Mais aussi de somptueux bouquets de fleurs. Il est toujours de toutes les fêtes de Montparnasse, seuls ses modèles ne sourient jamais...

En 1941, il comprend qu'il faut partir. Direction les États-Unis, loin du nazisme. Son ami le pianiste Arthur Rubinstein l'y attend. Arrivé à destination, il apprend par les journaux... qu'il est mort, coulé par un sous-marin allemand ! Pour prouver qu'il est vivant, il doit peindre un tableau devant témoins ! Dans son atelier de Greenwich Village, il recommence à exécuter des portraits qui ont énormément de succès. L'argent qu'ils lui rapportent lui permet d'organiser un service d'aide aux réfugiés désargentés qui affluent. Il n'oublie pas non plus ceux qui n'ont pas pu fuir et sont restés à Paris.

Il peint aussi des femmes, en se laissant aller à la facilité, et il devient l'amant d'une multitude d'Américaines.

En 1947, la nostalgie le ramène à Montparnasse, élégant et désabusé. On le voit à la Rotonde. Il y retrouve une épave alcoolisée et vulgaire, défigurée par un maquillage à bon marché : c'est Kiki, la belle Bourguignonne. Ils s'embrassent. Elle commande :

— Comme d'habitude, un triple martini !

Puis elle chante d'une voix de rogomme et lui dit la bonne aventure avant de disparaître pour toujours.

Kisling s'installe à Sanary avec son épouse. Les femmes assiègent sa villa, « La Baie », comme des fourmis processionnaires pour se faire peindre par lui. Elles lui proposent des fortunes pour devancer les concurrentes. Il accepte tout car une question le ronge :

— Que deviendra ma femme quand je disparaîtrai ?

Les amis défilent chez eux : Cécile Sorel, Aldous Huxley, écrivain et voisin. Il peint Madeleine Sologne et Michèle Morgan. Son art plaît mais les peintres de l'avant-garde le trouvent complètement « hors du coup ». Sa dernière œuvre représente le curé de Sanary, l'abbé Galli, ex-vedette du film *L'Homme à l'Hispano*, en chape mauve sur un fond haut en couleur.

Il meurt d'une crise cardiaque provoquée par une crise d'urémie, le 29 avril 1953. Renée, fidèle au dernier souhait de son « Kiki », transforme la villa « La Baie » en... restaurant pour continuer à y recevoir des amis.

CARPEAUX

La Danse endiablée

— La frénésie de la luxure ! Une insulte à l'art français !

— Ces ménades aux chairs flasques sentent le vice et puent le vin.

— Que pensera-t-on de nous à l'étranger ?

Ces hurlements sont ceux des Parisiens quand ils découvrent l'œuvre sculptée par Jean-Baptiste Carpeaux pour la façade de l'Opéra de Paris : le groupe de *La Danse*. Quel choc ! Comment, en plein Second Empire, ose-t-on faire figurer des filles nues dansant la bacchanale ? Quel spectacle pour les bambins qui passent devant ce monument incontournable ! Mais qui est donc l'auteur de cette monstruosité ?

Jean-Baptiste Carpeaux, qui se prénomme en réalité Jules, est le fils d'un maçon et voit le jour à Valenciennes le 11 mai 1827. Il est si chétif et si fluet que ses gentils camarades n'hésitent pas à le surnommer « Crapaud ». C'est un enfant très pieux et ses parents le verraient bien dans la soutane d'un prêtre. Cependant, sa scolarité de base achevée, il entre en apprentissage chez un plafonnier. Mais il dessine tout le temps. Et il aime bien aussi faire des petites figurines en terre glaise. Le plafonnier, étonné, suggère de mettre Jules « aux Académies ». Jules y va et commence à étudier l'architecture. Jusqu'au jour où le papa Carpeaux dit :

— La vie est trop dure ici, nous allons tenter notre chance à Paris !

Une fois installés dans un triste logis parisien, la vie s'organise. Le papa maçon va tous les jours sur les chantiers, maman s'occupe du ménage. Jules est un peu seul. Quand il estime qu'il est assez grand pour gâcher le plâtre, papa l'engage comme aide-maçon. Quatre ans à manier la truelle. Jules tripote toujours la terre glaise quand il le peut. Et il s'inscrit à la « Petite École » où l'on dispense un enseignement de dessin, de mathématiques et d'architecture. Il jette des regards en coulisses dans la classe de sculpture et tente de décrocher un prix. Surprise ! Il obtient le prix d'ornement ! Ce qui déclenche la colère de papa maçon :

— Tu es maçon et maçon tu resteras !

Mais le directeur de la Petite École et M. Liet, un ami des Carpeaux, interviennent :

— Bon ! Eh bien, qu'il reste à étudier la sculpture puisque vous dites qu'il a du talent ! D'ailleurs j'ai une nouvelle à vous annoncer : j'ai trouvé un chantier intéressant à Versailles. Nous quittons Paris !

Jules, malingre et mal nourri, se retrouve seul à Paris. Il n'a que seize ans. M. Liet le surveille, l'emmène au Louvre. Jules modèle des petits sujets... qu'il vend pour très peu à des bronziers d'art. L'un de ceux-ci lui propose de travailler pour lui. C'est un gros progrès financier et artistique. Il peut s'inscrire à l'École des Beaux-Arts. Quand il se sent assez sûr de lui il décide de rendre visite à un sculpteur célèbre : le grand François Rude, l'auteur du *Départ des volontaires*, autrement dit de *La Marseillaise* qui orne une des faces de l'Arc de Triomphe. Rude le reçoit avec une certaine réticence. Alors, Jules Carpeaux lui montre une des œuvres qu'il a apportées. Rude le prend immédiatement comme élève. Aura-t-il le temps de venir recueillir l'enseignement de Rude ? Oui, car la Société des Enfants du Nord lui attribue une bourse. Bientôt relayée par une pension de la ville de Valenciennes.

Rude a une idée :

— Mon petit Jules, vous devriez vous présenter au prix de Rome !

Jules a-t-il le profil qui convient ? Saura-t-il se plier aux règles occultes qui font le candidat idéal à ce prix convoité ? Rude suggère qu'un brave sculpteur rodé aux secrets du sérail le guide sur la voie du succès. Désormais Carpeaux ne travaille plus pour Rude mais pour le sculpteur Duret qui signe sans sourciller... les œuvres du petit Valenciennois.

1850 : première montée en loge pour le prix ! Échec ! 1851 : nouvel essai ! Jules ne trouve de consolation que dans la prière fervente de son enfance. 1852 : troisième tentative. L'affaire semble être dans le sac : un des membres du jury est Henri Lemaire, lointain cousin de Jules. Nouvel échec ; le cousin, par jalousie, lui met des bâtons dans les roues et se moque de lui : « Tu es trop petit, tu ne seras jamais qu'un "appareilleur". » Le prix est attribué à un certain Crauk !

Déprimé au dernier degré, Jules trouve refuge dans un château du Valenciennois chez les Delerue, amis et amateurs d'art. Chez eux il crée un bas-relief représentant la *Soumission d'Abd el-Kader*. Quelle aventure ! Il le présente au Salon de 1853, mais le jury, le trouvant trop audacieux, le relègue dans un coin sombre. Désespéré, Jules Jean-Baptiste apprend que l'Empereur va se rendre à Valenciennes :

— J'emporterai mon œuvre à Valenciennes.

Hélas, le cousin Lemaire veille au grain et fait placer l'œuvre du jeune Carpeaux dans un coin inaccessible. Pourtant, Napoléon III s'y intéresse et demande qui en est l'auteur :

— Ce n'est rien ! répond Lemaire en bon cousin attentionné.

Des amis de Carpeaux s'arrangent pour le faire inviter à Lille, lors de la réception offerte par le préfet à l'Empereur. Carpeaux prend le train... Le train déraille.

Il arrive tout de même à temps pour apprendre que la réception vient d'être annulée, des craquements dans les plafonds faisant craindre un accident possible à l'hôtel de ville. Alors, il prend une décision :

— Je montrerai mon œuvre à l'Empereur lors de la réception à la préfecture d'Amiens, dans deux jours.

Invité grâce à l'intervention d'amis sûrs, il arrive devant la préfecture en tirant son bas-relief sur une charrette. Le préfet, méfiant, s'écrie : « C'est une bombe ! », et Carpeaux se retrouve en prison.

À Valenciennes on se démène pour le faire libérer et on demande à l'évêque l'autorisation d'exposer l'œuvre dans la cathédrale :

— Oui, mais à condition qu'on ne fasse aucune démarche pour attirer l'attention de l'Empereur !

Carpeaux décide alors de montrer sa *Soumission d'Abd el-Kader* à Valenciennes lors d'une exposition d'art régional. Le récit de ses mésaventures s'est répandu et la foule est énorme. Enfin, Napoléon voit l'œuvre et distingue Carpeaux qui lui dit :

— Majesté, c'est moi qui l'ai fait.

Napoléon III, enthousiasmé, lui commande un marbre pour l'État et lui demande de devenir le professeur de dessin de son fils, le prince impérial. Carpeaux se jette sur l'Empereur en demandant bêtement :

— Sire, vous n'oublierez pas ?

— Je n'ai qu'une parole, monsieur !

Le préfet d'Amiens serre son ex-prisonnier dans ses bras.

En 1854, Jules décroche enfin ce fameux prix de Rome avec un groupe : *Hector et son fils Astyanax*. C'est la fête à Valenciennes. En 1856, il arrive à la villa Médicis, à Rome. Mais Rome est-elle bien la ville qui convient à ce garçon du Nord ? Lui qui a connu une enfance difficile, qui est méfiant, introverti ? Il s'isole de ses condisciples, se promène seul dans les rues colorées, le carnet de croquis à la main. Il en sort son fameux *Pêcheur napolitain à la coquille*. Puis vient *Ugolin*, un sujet moderne tiré de *L'Enfer* de Dante : Ugolin, chef des gibelins de Pise, est mort de faim dans sa prison. Il s'agit d'un groupe à cinq personnages dans lequel il voudrait traduire « les passions les plus violentes et la tendresse la plus délicate ».

Et puis, un jour, il connaît un coup de foudre en pleine rue. Une jolie Romaine lui fend le cœur en mille morceaux. À peine le temps de se présenter, de lui demander si elle consentirait à poser pour lui, et la belle est partie, entraînée par une mère méfiante. Mais Jules a pu lui donner son adresse à la Villa. En riant, la belle a promis de venir poser... après les vendanges.

Et justement, après les vendanges, la belle frappe à la porte de Jules. Elle n'a pas oublié. On la surnomme « la Palombella » car, au village, on voit les colombes se percher sur ses épaules pour picorer les grains de maïs qu'elle leur offre.

Jules Carpeaux connaît la grande passion. Il ne songe plus qu'à épouser la Palombella, mais le règlement de la Villa Médicis le lui interdit formellement, sous peine d'exclusion immédiate. La Palombella, de son côté, subit les pressions de sa famille qui désire la marier à un riche paysan du village. Un message de sa bien-aimée invite Jules à se précipiter auprès d'elle. Il trouve la belle Palombella à moitié morte. Elle a attendu trop longtemps qu'il choisisse entre l'amour et la gloire. Trop tard. Deux jours après, elle meurt. Jules, fou de douleur, sculpte son beau visage pour ne jamais l'oublier.

M. Schnetz, le directeur de la Villa Médicis, ne l'aide guère en ces tristes circonstances. Il n'apprécie pas l'attitude de Jules. Ni son *Ugolin*, dont il voudrait même arrêter la réalisation. Carpeaux doit se rendre à Paris pour plaider sa cause auprès du ministre des Beaux-Arts qui lui dit de poursuivre son travail sans s'inquiéter de Schnetz ! Quand *Ugolin* est terminé, on crie au génie et on compare Jules à Michel-Ange.

Voici donc Carpeaux et son *Ugolin* de retour à Paris. L'Académie des Beaux-Arts fait la fine bouche ! Mais le public du Salon de 1862 lui fait un triomphe. Le fils du maçon devient le sculpteur attitré de la Cour impériale. Il exécute notamment le buste de la princesse Mathilde, cousine germaine de Napoléon III.

Les mondains qui fréquentent les week-ends impériaux au château de Compiègne et le palais des Tuileries n'apprécient guère les manières « ouvrières » de l'artiste dont les mains sont toujours, disent-ils, tachées de terre glaise... Il sculpte pourtant, et peint la vie de la Cour la plus brillante du monde. Il sculpte une *Flore* pour les guichets du Carrousel à Paris. Elle lui vaut la Légion d'honneur. En 1866, sa statue du prince impérial, enfant unique de l'Empereur, emporte tous les suffrages.

Jusqu'au jour où Charles Garnier, l'architecte du nouvel Opéra de Paris, lui demande de bien vouloir concevoir un groupe intitulé *La Danse* pour l'Opéra. Carpeaux l'entend d'une oreille distraite : il est de nouveau amoureux. Et pas de n'importe qui. Il adore Mlle Amélie de Montfort, la fille du général vicomte de Montfort, un ami des souverains. Elle a vingt-deux ans, et sa noblesse est ancienne. Lui est âgé de quarante-deux ans et de bien modeste origine. Mais, illuminé par sa gloire, Jules emporte la partie. Les parents Carpeaux sont un peu éberlués...

Le mariage a lieu le 28 avril 1869 à la Madeleine. Le jeune couple s'installe dans un hôtel particulier du boulevard Exelmans.

Carpeaux qui aime trouver autour de lui des modèles, même si on lui reproche d'avoir le style « canaille », avise Sébastien Visat, un ouvrier qui, dans son atelier, est en train de confectionner des « tablettes » pour y déposer les bustes en cours.

— Sébastien, tu es un beau gars, musclé comme un gladiateur. Veux-tu poser pour moi ?

Et c'est ainsi que le génie de la danse se retrouve avec le corps de Sébastien Visat. Pour la tête, Carpeaux s'adresse à une certaine Hélène de Doenniges, ex-princesse, veuve, de petite noblesse allemande à la cuisse légère qui, enfant, a joué avec Louis II de Bavière. Plus tard, elle a été la presque fiancée de Ferdinand Lassalle, « le plus bel homme du monde », avocat marron et agitateur révolutionnaire, un des pères du socialisme allemand, tué en duel par l'ex-mari de la belle.

Mais ce ne sont pas les modèles qui déchaînent la colère du public quand on expose le groupe. Ce sont les attitudes des danseuses nues qui semblent en pleine bacchanale. Ce n'est pas de la danse de salon. C'est une « orgie infernale ».

Un critique demande que l'on emmène au poste la danseuse de droite pour ivresse manifeste. D'ailleurs, poursuit-il, « dès qu'il y sera le groupe entier ne peut manquer de s'écrouler ». Un autre spectateur, outré, va jusqu'à asperger d'encre noire les parties les plus impudiques du groupe... On décide d'enlever les danseuses de la façade. Mais Garnier tient bon et décide :

— Alors on les installera au Foyer de la Danse.

Du coup, ce sont les chastes danseuses de l'Opéra qui poussent des hauts cris de vertu outragée :

— On nous prend pour des dévergondées !

La foule ne prête plus qu'une attention dégoûtée aux autres œuvres de Carpeaux. En définitive, c'est la guerre de 1870 qui met un terme au scandale et sauve le groupe. On a d'autres chats à fouetter. Alexandre Dumas fils déclare, encourageant :

— Vous avez fait là une œuvre qui ne ressemble à aucune autre, qui vit et vivra. C'est la Marseillaise de la danse.

Avec le temps, le ménage Carpeaux s'est agrandi de trois enfants. Mais, du fond de l'inconscient de Jules Carpeaux, de vilains démons surgissent, trop longtemps réprimés : une jalousie maladive, des colères frénétiques. Jules commence à soupçonner sa tendre et fidèle épouse des pires turpitudes...

En 1870, l'Empire s'écroule. La clientèle de Jules disparaît. Et l'arrivée des Prussiens aggrave l'instabilité de son caractère. D'autant que ses parents ne cessent de jeter de l'huile sur le feu. Leur ambition secrète : séparer Jules de son épouse.

Pourtant, il continue à sculpter. Un étonnant *Printemps*. La ville de Paris lui a passé commande il y a quelques années d'une fontaine, *Les Quatre Parties du monde*, destinée à l'avenue de l'Observatoire. Carpeaux y pense, mais il pense encore plus aux « infidélités » de son épouse. Infidélités imaginaires, cependant « confirmées » par le papa maçon et la maman. Il est temps que Carpeaux change d'air : un voyage à Londres se révèle profitable. C'est à présent la santé physique du sculpteur qui se dégrade. Amélie, épuisée, commence à songer à une séparation mais elle résiste pour sauvegarder ses enfants. Un de leurs fils meurt en 1871.

Les Quatre Parties du monde provoque un scandale presque aussi grand que *La Danse*. La Ville de Paris refuse l'œuvre. Carpeaux doit s'humilier en de vaines démarches pour faire reporter cette décision.

Entre-temps, il sculpte un charmant *Watteau* en l'honneur de son compatriote, le peintre valenciennois. Et, quand les journaux annoncent que Napoléon III, exilé en Angleterre, est proche de la fin, le fidèle Carpeaux franchit la Manche. Il arrive trop tard. Il ne lui reste plus qu'à prendre un moulage du visage du défunt Empereur.

À son retour à Paris on met en place *Les Quatre Parties du monde*, mais Carpeaux est encore une fois trahi. L'œuvre est en bronze. Alors qu'il avait conçu un monument avec des statues de marbre et une sphère en bronze doré... Il demande que chaque personnage soit patiné pour exprimer les différentes couleurs de peau. Nouveau refus.

Il se console en exécutant une suite de bustes de personnalités, pour essayer de résoudre les problèmes financiers qui l'assaillent. Angoisses aggravées par de douloureuses crises causées par des calculs dans la vessie. Son humeur s'en ressent. Pourtant, un quatrième enfant vient agrandir la famille.

Alexandre Dumas fils l'invite quelque temps au bord de la mer. Mais Carpeaux souffre à présent d'hallucinations effrayantes. On l'opère de la vessie. Une sonde crève l'organe malade. Un cancer se déclenche. La longue agonie commence.

Un prince russe, propriétaire de *L'Amour blessé* de Carpeaux, s'intéresse à lui... Hélas ! cet intérêt cache les plus noirs desseins. Le prince suggère un séjour à Nice mais profite de l'égarement de Carpeaux pour se faire signer un document qui le rend propriétaire de tous les dessins de l'artiste. Puis il obtient une procuration générale pour toutes les affaires du malheureux dément agonisant qui lui abandonne sa villa. Le Russe s'empare des poinçons qui permettent d'authentifier les gravures de Carpeaux. Gravures qui sont la seule source de revenus d'Amélie et de ses enfants... Carpeaux vit désormais chez son bourreau. La porte est close devant Amélie et les parents de Jules prennent parti contre elle.

En 1875, Carpeaux fait une promenade dans le parc en chaise roulante.

— Je vais mourir, dit-il.

Et il ajoute à l'intention de sa mère :

— Oh ! ma petite mère, je t'aime de tout mon cœur.

À 6 heures le lendemain matin, il meurt à Courbevoie. Ce vieillard avait... quarante-huit ans.

Mme Carpeaux, éclaboussée par les calomnies de ses beaux-parents, ne figure pas sur le faire-part de décès. Elle ne peut assister aux funérailles. Elle n'a plus qu'à introduire une action en justice pour retrouver ses droits, son honneur et la dépouille de son grand homme.

PASCIN

Le charme pervers

— Tournée générale pour tout le monde ! Voilà le boyard !

Tous les clients de *La Coupole*, vaste brasserie de Montparnasse, poussent un hurlement de joie. Celui qui a crié le premier n'a pas besoin d'en dire plus : toute la compagnie sait que Julius Pascin, le boyard, l'éternel fêtard, l'éponge à alcool, vient de faire son entrée. Sera-t-il seul ? Sera-t-il suivi de sa horde de « Négresses ». Peu importe : Pascin est là, l'alcool va couler à flots jusqu'à l'aube. Pascin est tellement désespéré. Pascin est tellement dépressif. Pascin est tellement riche !

Il a des yeux de gazelle. Il est étranger et sans patrie. Il est petit et rond, porte autour du cou un foulard de soie blanche et s'habille invariablement de noir. Noir comme son personnage. D'ailleurs, d'où vient-il ?

Julius Pinas a vu le jour en Bulgarie, à Vidin exactement, le 31 mars 1885. Le Danube arrose la ville. Son père est un marchand de grain juif d'origine espagnole, parfois un peu violent. Sa mère est italienne et son grand-père est consul d'Autriche pour la ville. Pour flatter ses correspondants autrichiens, il a transformé son nom Pinas en Pincas. Sa nourrice est turque, sa famille représente l'aristocratie des Balkans, mélange souvent détonant. Une aristocratie séfarade qui a fui l'Espagne quand on l'y a forcée trois cents ans auparavant.

Julius est l'avant-dernier d'une grande famille : six garçons et deux filles. Il est d'un tempérament calme et passe ses loisirs à dessiner. Il a peur de son père, surtout depuis le jour où il l'a surpris en train de cravacher une jeune servante... Comment peut-on traiter ainsi une toute jeune fille ? Un jour, son père le prend par la main et l'emmène jusqu'à son bureau. Surprise : Moïse, le domestique de la famille, après vingt ans de bons et loyaux services, s'est pendu. Pourquoi ? Parce que le père Pincas a violé la toute jeune femme de Moïse qui n'a pas trouvé d'autre solution que de disparaître. Julius s'investit alors d'une mission : se rapprocher des petites gens, des domestiques, pour leur faire oublier la dureté de leur maître... Ses parents ne comprennent pas cette attitude.

Julius se rapproche donc des servantes, et les servantes se rapprochent de Julius. De très près. Les gens de peu ne sont pas trop à cheval sur la pudeur et le jeune Julius ne demande qu'à apprendre les mystères de l'amour...

Julius, très tôt, se révèle attiré par les femmes. Ses tantes l'emmènent avec elles au hammam. Là, il peut à loisir contempler des dames qui, sans pudeur, se livrent devant ses yeux aux soins de leur toilette la plus intime. Il en explore les corps avec une curiosité malsaine. Il aime séduire et il y réussit parfaitement. Il aime pervertir et il passe maître dans cet art glauque.

Quand il atteint ses treize ans, il est temps de penser aux choses sérieuses : direction la pension, une pension à la hussarde, la seule qui puisse lui forger le caractère. Julius, loin de la douceur des petites servantes, connaît les brimades, les punitions corporelles : son père multiplié par dix. Dès lors, il se met à détester l'auteur de ses jours. Aussi, quand il achève ses études, Julius refuse-t-il absolument de travailler avec cet odieux tyran domestique. Il trouve un prétexte pour justifier sa révolte mais prend soin de cacher la raison véritable de son besoin d'émancipation : Julius vient de faire la connaissance d'une dame considérablement plus âgée que lui. Elle est roumaine, d'origine grecque, aristocrate, elle a la poitrine plantureuse et accueillante, et elle jouit de certaines facilités pour le plaisir puisqu'elle dirige une maison de rendez-vous honorablement connue à Bucarest.

Julius s'installe plus ou moins dans la maison de plaisir. Mais il n'oublie pas d'emporter son carnet de croquis. Il ne manque pas de modèles : des aventurières internationales, des prostituées toutes fraîches issues de la campagne, des servantes qui lui rappellent celles de Vidin et jusqu'à des esclaves noires directement importées d'Afrique où on peut les acheter pour quelques pièces... Julius découvre sa vraie famille... Il n'en changera pas jusqu'à la mort.

Julius dessine... comme ça, pour le plaisir. Un jour, il feuillette une revue humoristique allemande : *Simplicissimus*. Elle est publiée à Munich. Rien de plus facile que d'envoyer quelques dessins à la direction. Il ne reste plus qu'à attendre. Sait-on jamais...

Heureuse initiative. Julius reçoit très vite une lettre du directeur de *Simplicissimus*, M. Lang. Qui lui expédie de l'argent pour prix de ses dessins. Mieux encore : Lang propose au jeune Pincas de venir rejoindre l'équipe de la revue à Munich. Dans la journée, Julius rédige deux lettres : une à ses parents pour les informer du tour que prend sa vie. Une autre en forme d'adieu pour la plantureuse patronne du bordel.

Le voilà à Munich. L'œil de velours prêt à saisir toutes les perversions de cette époque décadente. C'est qu'avec les années Julius est devenu beau, d'une beauté orientale, un peu féminine. Les femmes lui sautent au cou comme les papillons se laissent attirer par les belles fleurs. Munich, pour lui, est le centre d'un monde voué au plaisir. C'est aussi le centre d'une civilisation des armes qu'on ne découvrira qu'en 1914. Pincas a bien fait de s'expatrier : ses dessins connaissent tellement de succès qu'il est payé 400 marks-or par mois. Une fortune qu'il dilapide au fur et à mesure.

Munich est une capitale mais elle connaît des limites. Quand Julius estime qu'il connaît les plaisirs bavarois sur le bout... des doigts, il part explorer les possibilités de Berlin. Il quitte *Simplicissimus* pour *Jugend*, son équivalent berlinois. On le paie tout aussi royalement. Et il se fait des relations dans le milieu des artistes.

Julius Pincas, toujours aussi « panier percé », connaît parfois des fins de semaine difficiles. Alors il accepte des « commandes » comme l'illustration d'un ouvrage de Henri Heine.

Mais il a bientôt la tête ailleurs. Il songe à partir... pour Paris, bien évidemment.

Il arrive à Paris le soir de Noël 1905. Il a vingt ans et il croit tout connaître de la vie et de ses plaisirs. De toute manière, il continue à expédier des dessins que l'on attend aussi bien au *Simplicissimus* qu'au *Jugend*. La manne de marks-or se poursuit dans son portefeuille. Une bonne raison pour ne pas se mêler aux rapins faméliques de la Butte Montmartre.

Julius dessine n'importe où, se promène. Paris lui apporte de nouvelles amitiés : un certain Villon qui pour l'instant dessine pour les journaux humoristiques, et Willy, le mari qui exploite le talent de Colette, sa petite femme bourguignonne.

Une seule chose l'intéresse vraiment dans la vie « parisienne » : les maisons où l'on rencontre des filles faciles. Malheureusement, celles-ci ont une fâcheuse tendance à côtoyer des marlous et leurs « surins » meurtriers.

Parmi cet océan de filles, Julius, avec logique, se laisse soudain séduire par une vraie jeune fille. Une très jolie étudiante des Beaux-Arts, Hermine David, qui apprend à peindre des miniatures sur ivoire. Des sujets bien éloignés de ceux qu'affectionne Julius. La maman d'Hermine a des idées toutes faites sur la mentalité des rapins. Alors tous les matins, pour être certaine qu'Hermine ne succombera à aucune tentation, maman prend le temps de coudre les robes sur le corps virginal de sa fille. Ainsi il lui est impossible de se déshabiller dans la journée ! Malin ça, comme idée. En principe.

Car la passion de Julius lui monte à la tête. Il faut qu'il possède Hermine. Avec l'aide d'un ami peintre, il attire Hermine dans son nouvel atelier, rue Lauriston. Julius, abandonnant ses tenues sombres de croque-mort, s'est revêtu d'un kimono et d'une couronne de fleurs. Hermine est conquise. Après, il faut que Julius tire l'aiguille pour recoudre les vêtements d'Hermine. Et chaque nouveau rendez-vous est l'occasion d'une nouvelle et fastidieuse séance de couture...

Maman David doit avoir des points de couture secrets, car un soir elle remarque qu'il y a comme un air de bâclé dans la robe de sa fille... Hermine, cuisinée par sa mère, avoue qu'elle a perdu sa vertu : maman explose et exige une rupture définitive... mais la douce Hermine réplique qu'il n'en est pas question. Maman, la mort dans l'âme, s'incline et accepte que son ange... se mette en ménage avec cet inquiétant peintre au regard de velours oriental et aux très mauvaises fréquentations... C'est la vie.

Le couple emménage à Montparnasse et tout semble aller pour le mieux dans le meilleur des mondes artistiques. Mais, en 1913, voilà que Julius Pincas devenu Pascin croise le regard d'une beauté fatale prénommée Lucy. Aussitôt il ressent dans les entrailles un feu qui ne trompe pas ! C'est son nouvel amour.

Il trouve plus prudent de quitter Paris et de rejoindre un de ses frères à Londres. Mais Lucy l'y suit... par la pensée. Cela devient une obsession. Julius franchit le pas :

— Lucy ! Épouse-moi !

Lucy, qui n'est pas née de la dernière pluie,

comprend que le terrain est dangereux et refuse de devenir Mme Pascin.

On propose à Julius une exposition à New York : voilà une façon de résoudre le problème. Julius, Hermine et une quantité d'œuvres partent pour le nouveau continent. Des nus bien venus, des portraits d'Hermine délicieux... Tout va bien. Les clients s'intéressent à ce nouveau talent. Dès qu'il est à New York notre peintre bulgare décide de devenir citoyen américain et il commence à remplir des formulaires. Durant l'été 1918, c'est Hermine qui devient légitimement « Mme Julius Pascin ». Le voyage de noces se transforme très rapidement en une sorte de course contre la montre : de train en train, les Pascin visitent à toute vitesse New York, en particulier Harlem et toutes ses beautés noires, la Floride, la Caroline du Sud, le Texas, la Louisiane, le Mexique puis ils sautent à Cuba avant de se diriger vers... l'Afrique du Nord pour aboutir en Tunisie.

Mais, pour l'incorrigible Julius, ce long périple est aussi un parcours de tous les bordels de chaque région, de chaque pays, de chaque État, de chaque ville. Hermine l'attend à l'hôtel, inquiète de savoir comment il va rentrer : un jour, ses vêtements sont en lambeaux, un matin son visage est tuméfié par les coups d'une bagarre récente. Un autre jour, c'est tout à la fois l'ivresse et les bleus.

Cependant Julius peint, dessine, transcrit tout ce monde pourri où il adore se vautrer. Il le transforme en œuvres gracieuses, en images admirables d'un univers frelaté qu'il regarde avec tendresse.

Pourtant Julius, en se regardant dans les miroirs, se surprend à se dégoûter profondément. Un matin, il quitte le « cabaret » tunisien où il vient de passer la nuit et il marche droit devant lui. Jusqu'à une voie de chemin de fer sur laquelle il se couche en attendant que le premier train le découpe en trois morceaux bien nets. Mais il a choisi une ligne désaffectée et l'aurore triomphante lui rend le goût de la vie. Il ne lui reste plus qu'à rentrer à l'hôtel où Hermine songeait à appeler la police pour signaler sa disparition !

Il faut bien rentrer à Paris. C'est chose faite au mois d'octobre 1920. Julius se retrouve en plein dans le Montparnasse des « Années folles », alors qu'il n'a aucun besoin de folie supplémentaire. C'est l'univers dont il a toujours rêvé : la « foire » perpétuelle, une nuée de femmes plus ou moins fraîches. Hermine, lassée, le quitte. Julius retrouve Lucy. À présent elle est mariée... à un peintre connu : Per Krogh. Un peintre bon enfant car, devant le déferlement de passion entre Lucy et Julius, il accepte placidement de partager son épouse avec le Bulgare. Lucy passe ses nuits avec Julius. Au matin elle rejoint Per Krogh et leurs enfants, comme si elle avait simplement été chercher une baguette de pain frais. Per Krogh se fait une raison, mais Julius, lui, souffre mille tourments de cette situation... Alors il replonge dans la débauche la plus effrénée. Au point que Lucy fait une démarche surprenante : elle rencontre Hermine pour essayer de mettre au point avec elle un plan de sauvetage de l'homme qu'elles aiment toutes les deux. Elles décident qu'il faut laisser à Julius une certaine liberté sexuelle tant que ses débordements ne le mettent pas en danger.

Julius possède un vrai « harem » présidé par Julie, une Martiniquaise aux formes opulentes. Julie est toujours là avec Dal-Al qui n'est autre que sa fille. Il y a aussi Jacqueline, Alberte, Marfa la noire, la « mère Luce » Minima qui tire volontiers les cartes. Et tout un escadron de petites mulâtresses très jeunettes, ses « Négresses », dont les peaux mordorées prennent si bien la lumière. Toutes sont prêtes à poser, de jour comme de nuit, les cuisses plus ou moins écartées. Quand elles sont fatiguées, elles dorment en vrac n'importe où... comme des chattes.

Lucy et Hermine supportent tant bien que mal cet état de choses. Au moins Julius n'a pas de problèmes d'argent. Il porte ses dessins chez ses marchands qui le paient immédiatement en liquide, à coups de 10 000 francs. De véritables distributeurs à billets avant la lettre.

La vie est décidément trop facile. Julius n'a plus de goût pour rien. Alors l'alcool prend le dessus. D'autres sensations fortes aussi. Au matin avec « mal aux cheveux », Pascin se « purge » en peignant... ses meilleures œuvres. Des petites femmes dénudées entre vice et tendresse. Julius est comme une comète alcoolisée qui passe sans cesse de Montparnasse à Montmartre et même plus loin. Il saute souvent dans un train et disparaît plusieurs jours en province, entouré de ses femmes et d'une nuée de parasites. Il affirme volontiers, péremptoire :

— Un peintre doit mourir à quarante-cinq ans !

Un soir à Marseille, des copains conviés à dîner ont invité tellement d'amis de leurs amis que Julius s'en va dîner seul dans un petit restaurant. Il ne rejoint la fête dont il est le héros qu'au dernier moment, à l'instant des discours. Tous les invités sont ivres morts et personne ne remarque qu'il vient de gagner sa place en marchant à quatre pattes sous les tables.

Soudain, il décide de repartir pour les États-Unis. Après tout, il est citoyen américain... Pour réfléchir, pour faire le point sur sa vie, sur Hermine, sur Lucy Per Krogh. Quand il revient, il est déterminé à s'éloigner de la « bringue ». Il loue la « Villa des Camélias », un pavillon à Clamart pour... Lucy et lui.

Mais, au bout de trois jours, l'infernal démon qui le pousse l'amène à la gare de Lyon et toute la troupe des « Négresses » et des parasites prend le train pour Saint-Tropez où elle envahit la maison du sculpteur Calder.

Lucy et Hermine se consolent mutuellement de leurs tentatives infructueuses pour le ramener à la raison. Pascin prend un malin plaisir à les ridiculiser toutes les deux. Ensuite il regrette et fond en larmes en leur baisant les mains et en jurant qu'il va changer. Il continue à vendre tout ce qu'il peint. Mais ce qu'il peint, dit-il, qu'est-ce que c'est :

— Des gamines qui montrent leurs fesses ! C'est la faute à Bernheim qui me commande toujours les mêmes tableaux ! Mais qu'est-ce qu'ils en foutent de mes tableaux en Amérique ?

Des amis lui proposent de changer de style. Julius réplique avec une logique incontournable :

— Je m'ennuie, alors je bois. Et pour boire, j'ai besoin d'argent. Je n'arrive même plus à me saouler. J'ai le foie comme une éponge...

Julius aime regarder les autres en train de vivre. Et de « vivre pour claquer ». Il ne peut plus échapper à l'engrenage infernal : débauche des sens, alcool, dégoût insurmontable, alcool. Dès qu'on voit paraître celui qu'on surnomme le « boyard » dans les cabarets de Montmartre ou de Montparnasse, quelqu'un crie avant lui :

— Tournée générale pour tout le monde !

De tournée générale en tournée générale, Julius commence à ressentir les effets pervers de ces milliers de bouteilles sur sa santé. Il se dit qu'il aimerait revenir en Bulgarie mais il se sent trop faible. Il voudrait reprendre la vie commune avec Hermine, et il décide de rompre avec Lucy. Celle-ci lui tord les doigts de la main droite pour l'empêcher de partir et il supplie qu'elle le tue plutôt que de briser son « outil de travail ». Il part tout de même avec ses valises tandis que Lucy l'abreuve d'insultes...

Mais, au lieu de rejoindre la douce Hermine, il commence une liaison avec une fille de Montparnasse qui le séduit par ses qualités sensuelles. Elle est d'une telle vulgarité que les amis de Pascin s'éloignent de lui. Pourtant, Dieu sait s'il en faut pour effrayer la bande des Montparnos. À présent, le séduisant Pascin fait place à un homme grossier, ordurier, l'insulte à la bouche. Il se sent de plus en plus seul.

Un soir, il insiste pour inviter Francis Carco à un dernier verre dans un bar, à 4 heures du matin. Carco refuse. Le lendemain, on retrouve Pascin mort. Il s'est ouvert les veines, a écrit sur le mur avec son propre sang : « Adieu Lucy », et puis, pour accélérer son dernier voyage, il s'est pendu à l'espagnolette de la fenêtre.

Le lendemain, on inaugure la première exposition qui lui soit consacrée...

RIVERA

Le cannibale

— Moi, mes chers amis, tel que vous me voyez, j'ai mangé de la chair humaine. Et plus d'une fois encore !

L'assistance, malgré l'abondance des boissons alcoolisées, tequila et whisky, se fige. Le silence devient aussi épais que la fumée des cigarrillos noirs. Les femmes gloussent d'énervement.

— Mais où as-tu mangé des hommes, Diego ?

— Là où l'on peut se procurer facilement des cadavres !... À l'École de médecine de Mexico, bien sûr. Il y en a plein les frigos attendant qu'on les découpe en tendres filets prêts à rôtir. Alors, quoi de plus facile ?

Diego, l'énorme peintre, a bien l'air d'un ogre. Comment mettre sa parole en doute ? D'ailleurs, il ne rechigne pas à donner des détails... gastronomiques qui lèvent le cœur des plus délicats. Les autres doutent encore un peu.

Diego Rivera a vu le jour le 8 décembre 1886 à Guanajuato, une ville minière. Il fait partie d'une paire de jumeaux mais son frère Carlos est mort dès l'âge de un an et demi et sa mère a sombré alors dans une mélancolie inguérissable. Elle s'est désintéressée de Diego.

Entouré par deux tantes bigotes et une sœur, Maria, Diego a été élevé par Antonia, une nourrice indienne, au milieu des forêts. Cette grande femme toujours vêtue de rouge et de bleu l'a initié à la culture indienne et il a découvert du même coup la sorcellerie et la médecine des plantes. Il buvait à la mamelle le lait d'une chèvre. Dès son plus jeune âge, il a passé beaucoup de temps dans les bordels de la ville. Mais, pour connaître sa première expérience sexuelle, il a dû attendre d'avoir... neuf ans. Son initiatrice a été une jeune institutrice de l'école protestante. À dix ans, il a commencé à fréquenter l'École des Beaux-Arts de Mexico.

À dix-huit ans, si l'on en croit ses propres souvenirs, il aurait fréquenté l'École de médecine de Mexico : c'est là qu'il aurait convaincu ses camarades de manger des cadavres pour se fortifier. Il précise que les morceaux de choix sont les cuisses et les seins des femmes, et la cervelle des jeunes filles à condition qu'elle soit préparée à la vinaigrette.

Il se fait remarquer par un nu qui retient l'attention d'un professeur, lequel le félicite mais... le met en garde contre la jalousie de ses futurs confrères. Un dessinateur de génie, José Guadalupe Posada, s'intéresse à lui. Chaque jour, Diego se rend chez lui pour le regarder graver et dessiner des caricatures : des scènes populaires, des danses macabres si prisées par les Mexicains. À son contact, Diego comprend les beautés de l'âme indienne et les richesses de l'art populaire de son pays. Il comprend aussi les nécessités d'une révolution salutaire pour rénover le pays. La révolte des « peones » réprimée dans le sang en 1906 est l'étincelle qui lui fait comprendre sa vocation pour la lutte permanente.

Diego décide d'aller respirer l'air de Madrid, afin de fuir sa famille et les difficultés financières. Il y part en 1909, pour voir les peintures du Greco, de Vélasquez, Rembrandt, Raphaël, Breughel et Michel-Ange. C'est la Belle Époque et il bénéficie d'une bourse d'études accordée par le gouverneur de l'État de Veracruz. Devant Goya, il se sent une vocation de... faussaire. Mais il ressent surtout la différence de classe sociale entre les pauvres paysans espagnols et les arrogants représentants de la noblesse du XVIIIe siècle. Une certaine Maria Gutierrez Blanchard succombe à son charme de géant au regard si doux. Alors, sans doute effrayé, il part pour Paris où il séjourne à Montparnasse.

Chez Ambroise Vollard il découvre Cézanne. Il reste si longtemps devant la vitrine — quatorze heures ! — que Vollard, inquiet et intrigué, change le Cézanne exposé et le remplace par tous ceux qu'il a dans la galerie. À son retour chez lui, Diego est saisi de fièvre et de délire...

Après Paris, c'est Bruxelles et la rencontre d'une jeune Russe, Angelina Beloff, blonde aux yeux bleus, peintre et honnête jusqu'à l'invraisemblable. Ces deux contraires s'attirent comme des aimants et se marient.

Le 5 octobre 1910, le président Porfirio Diaz organise les fêtes fastueuses du Centenaire de l'indépendance du Mexique. Mais un certain Francisco Madeiro prépare une insurrection qui va amener une révolution. Révolution qui fait un million de morts. Les paysans mexicains se révoltent car ils vivent exactement dans les mêmes conditions que celles qu'ont connues leurs ancêtres sous les conquistadores, trois cents ans plus tôt : quelques grands propriétaires et leurs milices règnent sans pitié sur des domaines qui comptent parfois un million d'hectares. Les étrangers dominent dans tous les secteurs de base du pays. Les classes dirigeantes font blanchir leur linge à Londres. C'est le règne du kitsch Belle Époque. Tous les esprits libres émigrent. La révolution se donne deux chefs, Francisco Villa, général de la « division du Nord » et Emiliano Zapata surnommé « L'Attila du Sud ». Ils se battent pour la liberté avec des images de la Vierge sur leurs grands chapeaux.

Diego Rivera a vingt-quatre ans quand l'émeute éclate. Il est à Paris mais revient au Mexique.

Un an plus tard, il retourne à Paris où le mouvement « dada » fait parler de lui. Et Pablo Picasso aussi. Diego se lance dans le cubisme. Adieu la peinture du Greco. Il rencontre Picasso en 1911. Et Foujita et Picabia et Modigliani, Kisling, Braque, Soutine, Max Jacob. Il entre parmi les Montparnos. Modigliani et lui vident des bouteilles et font les quatre cents coups. Les Rivera et les Modigliani partagent un moment le même appartement.

Puis, en 1914, la guerre interrompt le versement de la bourse d'études. La vie devient difficile, d'autant qu'Angelina met au monde un garçon en 1915. Diego n'en vit pas moins une folle passion avec Marievna Vorbera-Stebelska, une amie d'Angelina, blonde et russe. Il en résulte Marieka, l'« enfant de l'armistice », mais notre peintre révolutionnaire refuse de la reconnaître sous prétexte qu'elle a été conçue dans « la liesse de la victoire ». Au moment de la rupture, Marievna le frappe d'un coup de couteau et il en gardera pour la vie une cicatrice sur la nuque. Au même moment son fils Dieguito meurt, en 1918, d'une méningite aggravée par la malnutrition et le froid.

Diego voyage ensuite en Italie où il découvre les fresques de Giotto : une rencontre qui va influer sur tout le reste de sa carrière. Cela fait quatorze ans qu'il vit en Europe, en France et en Espagne surtout et il commence à connaître la gloire.

Grâce au grand critique d'art Élie Faure, il comprend que son génie personnel, sa force sauvage et presque monstrueuse doivent être mis au service de la glorification du génie de la race indienne. Il décide de rentrer au Mexique, abandonnant Angelina.

Il débarque à Veracruz en 1921. Sa tête est pleine des espérances portées par la Révolution russe et les communistes. Pour lui, pas de doute, c'est la fin de la bourgeoisie capitaliste. Sa réputation, un peu sulfureuse, a passé l'Océan. Autour de lui et d'un de ses amis, José Vasconcelos, tout un cénacle d'artistes se crée. Diego a l'occasion de découvrir l'art des Mayas. Il épouse alors Lupe Marin, une belle métisse, qui lui donne deux filles.

Mais en 1923, alors qu'il est occupé à peindre des fresques à l'École préparatoire, il voit pour la première fois la femme de sa vie : Frieda Kahlo. Elle n'est encore qu'une gamine et ressemble à une petite guenon. Il est imposant, avec un grand crâne, l'air typiquement indien et des yeux écartés au regard charmeur. Il y a chez lui de l'Indien, de l'Italien, du Juif, du Russe, et il en est très fier. Il est très laid mais séduisant. Il est sensible aux femmes et elles le savent.

Frieda Kahlo a vu le jour en 1907, à Coyoacan, une ville qu'animent seuls les marchés indiens hebdomadaires. Elle rêvait de Mexico. C'est la fille d'un photographe « officiel » d'origine germano-hongroise, artiste fragile et épileptique ruiné par la révolution. Sa mère, bigote, a d'abord fait bouillir la marmite comme elle le pouvait. Dotée d'un mari très infidèle, elle était devenue sévère. Après la naissance de Cristina, la sœur de Frieda, fatiguée par la naissance de six filles, elle a sombré dans la dépression. Frieda, comme Diego, a été élevée par une nourrice. À l'âge de six ans, une poliomyélite l'a laissée infirme de la jambe gauche. Une jambe qui la fera souffrir toute sa vie, et qu'elle s'efforce de cacher en portant des bottes. Les enfants l'insultent : « *Frieda, pata de palo !* », « Frieda patte de bois ! » Elle n'en fait pas moins partie des rares jeunes filles qui accèdent à l'Université.

Diego, lui, vit avec une panthère jalouse. Souvent Lupe vient le surveiller du coin de l'œil en tricotant. Un soir donc, une fillette qui paraît avoir à peine douze ans, en uniforme de collégienne, entre dans la salle. Fixant Diego dans les yeux, la gamine demande la permission de le regarder peindre. Il accepte sans y prêter la moindre attention. Lupe la fusille d'un œil noir : Frieda soutient son regard.

Deux ans plus tard, l'autobus dans lequel est montée Frieda est pris en écharpe par un tramway. La jeune fille est traversée par une pièce métallique comme par une épée. Sa colonne vertébrale est brisée en trois endroits, ainsi que son col du fémur, ses côtes, son pied droit est écrasé, son épaule gauche démise, son vagin perforé. C'est un miracle qu'elle survive. Mais elle a dix-neuf ans et elle se bat. Clouée au lit, elle peint. Un miroir installé au-dessus de son lit lui permet de se voir et de se prendre pour modèle. Et trois mois après l'accident, elle reprend l'autobus... et rompt avec son fiancé Alejandro.

En 1928, nouvelle rencontre entre Diego et Frieda. Cette fois Frieda est devenue une vraie jeune fille dont les sourcils broussailleux le frappent. Sans qu'il le sache, depuis leur première rencontre, elle a décidé qu'elle serait son épouse et qu'elle lui donnerait des enfants. C'est pour y parvenir qu'elle s'est mise à peindre, elle aussi. Diego a quarante-deux ans. Il a l'air d'un éléphant. À la faveur d'un voyage à Moscou pour le Parti communiste mexicain dont il est un des piliers, il a rompu avec Lupe. Mais il est père de quatre enfants et il est l'amant de Tina Modotti. Chez elle, parfois, il croise encore la boiteuse Frieda qui cherche toujours son regard. Comme lui, elle est un mélange de sang indien et juif. Un mélange de provocation et de détermination. Elle le fascine et, de plus, elle peint. Quand elle l'invite à venir chez elle pour voir ses peintures, elle est dévorée par le trac. Mais, devant les œuvres de Frieda, Diego est définitivement conquis. Il reconnaît en elle son égale en passion et en art. Il lui fait la cour, bien que le père de Frieda l'ait mis en garde contre les roueries de sa fille :

« C'est un démon occulte ! »

En réalité, le fait que Diego soit communiste n'enchante pas les Kahlo. Ni ses mariages, ses frasques et ses enfants. Il a quarante-trois ans et elle vingt-deux. Mais elle est infirme, pas jolie, et sans dot. Ils se marient donc le 21 août 1929. Elle est habillée en Indienne. Lupe, l'ex-Mme Rivera, vient troubler la fête en faisant, au vin d'honneur qui suit, une scène de jalousie. Diego tire sur les bibelots et blesse un invité.

Frieda a peur de lui. La nuit, quand ils se promènent dans les rues de Mexico, il s'amuse à tirer à coups de revolver sur les lampadaires. Parfois, dans les soirées, il tire sur le phono. Mais elle est séduite. Ce qu'elle aime chez lui, c'est le mélange de machisme et d'innocence, de jouissance et de tendresse. Diego se nourrit essentiellement de fruits et ne boit que de l'eau minérale. Il dit qu'il est à la fois homme et femme et pour le prouver montre volontiers ses seins. Il lui lance :

— Tu as une tête de chien !

Elle réplique :

— Et toi tu as une tête de crapaud !

Dans les fresques gigantesques qu'il peint, Diego exalte le corps plantureux et généreux de... Lupe, transformée en déesse mythique d'une fertilité qui sera toujours refusée à Frieda.

En 1929, on confie à Diego la décoration du palais d'Hernán Cortés à Cuernavaca. C'est l'occasion d'un vrai voyage de noces pour Diego et Frieda. Diego, secrétaire général du Parti communiste mexicain, loge chez l'ambassadeur des États-Unis, ce qui provoque des réclamations de ses camarades. Au cours d'une réunion ubuesque, Diego Rivera, secrétaire général du Parti, s'exclut lui-même définitivement... Pour les communistes, Diego est un traître. Il prend conscience de la définitive solitude de l'artiste.

En 1930, Diego et Frieda arrivent à San Francisco où Diego doit réaliser des peintures murales. Pour Frieda, déçue par une fausse couche, c'est un rêve qui s'accomplit. Mais, au retour, le Mexique est en proie aux guerres civiles et à la crise économique.

Diego est de nouveau invité à New York pour une exposition de ses œuvres. Puis c'est un voyage à Detroit. Diego y découvre un monde de Mexicains émigrés pris à la gorge par la grande crise. On lui confie des décors pour l'usine Ford. Henry Ford lui-même lui fait visiter son musée de la Machine. Une amitié surprenante débute entre ces deux géants, entre le communiste et le capitaliste antisémite.

Frieda veut toujours avoir un enfant de Diego mais son état de santé rend ce rêve presque impossible. Enceinte de trois mois et décidée à tout tenter pour garder cette fois l'enfant, elle consulte un spécialiste de

Chicago qui lui apprend qu'elle est... syphilitique. Elle hésite à avorter. Nouvelle fausse couche et hémorragie qui manque d'être fatale.

Diego, pendant ce temps, après un an de travail, parvient à terminer l'œuvre colossale des fresques de l'usine Ford. Le résultat, sorte de chapelle Sixtine à la gloire du monde du travail, glace le sang de la bonne société de Detroit : trop de femmes nues, trop de poings levés, trop d'étoiles rouges.

Mais Diego et Frieda ne sont plus là au moment de l'inauguration. Une nouvelle commande attend le génial artiste mexicain : cent mètres carrés de décor pour le Radio City de New York en plein cœur de Manhattan. Matisse et Picasso ont refusé la proposition. Diego a accepté le défi et se met au travail. Paradoxalement, John Rockefeller, qui est au cœur du projet, a pourtant été portraituré par lui, à Mexico, comme symbole du capitalisme cupide et immoral. Le temps presse : Diego n'a que deux mois pour achever l'œuvre avant la date symbolique prévue pour l'inauguration : le 1er mai 1933. Il engage une équipe pour l'aider. Dès les premières images, le scandale éclate : le projet de Rivera est une apologie de l'activisme communiste : le portrait de Lénine préside à une étreinte fraternelle entre le Noir américain et le soldat soviétique. On lui suggère discrètement qu'Abraham Lincoln remplace Lénine. Mais Frieda, qui déteste le monde où elle évolue aux États-Unis, est devenue totalement communiste. Elle pousse Diego à la résistance et celui-ci refuse de transiger. La force armée le chasse des échafaudages. Six mois plus tard, les fresques sont détruites.

Diego entre alors dans une phase dépressive. Il entreprend de copier les fresques du Radio City pour la New Workers School. Sous les yeux de Frieda, une nuée de jeunes filles américaines en socquettes s'agglutinent autour de son homme pour lui apprendre l'anglais. Parmi elles, Diego distingue Louise Nevelson, une artiste peintre née à Kiev qui devient son assistante et provoque la jalousie de Frieda.

Quand, en décembre 1933, Diego et Frieda rentrent au Mexique, ils n'ont plus un sou en poche. Frieda vient de faire une nouvelle fausse couche. Leurs amis américains se sont cotisés pour leur offrir les billets de retour.

À Mexico, Diego peint sur un panneau du palais des Beaux-Arts... une copie de la fresque du Radio City de New York associée à un portrait vengeur de Rockefeller.

C'est à ce moment que Cristina, la sœur chérie de Frieda, devient sa maîtresse. Frieda décide de se séparer de son mari infidèle et de partir pour Paris. Ce voyage est une déception pour elle. Elle déteste tout en vrac, les surréalistes, André Breton, ce « fils de pute lunatique », la cuisine française, la saleté ambiante, la colibacillose qu'elle attrape et le mauvais temps. Elle revient puis elle part pour New York avec un photographe américain athlétique et séduisant. Une exposition de ses œuvres est un succès. Mais son athlète photographe, inconstant lui aussi, se marie. Sans Diego, elle n'est plus rien malgré ses tentatives désespérées de flirts avec d'autres hommes et d'autres femmes. Elle revient, brisée.

Le 3 mai 1936, des troubles éclatent à Barcelone : c'est le début de la guerre civile. Frieda est aux côtés de Diego pour manifester en faveur des républicains espagnols. Le 9 janvier 1937, elle accueille à Tampico un proscrit soviétique : Léon Trotski, que sa femme Natalia accompagne. Ils sont logés chez elle à Coyoacan. Frieda joue la coquette avec le « petit vieux » soviétique, et ils fuguent quelques jours ensemble. André Breton, sur ces entrefaites, arrive au Mexique pour y rencontrer Trotski. Cette fois Frieda est séduite et lui est ébloui. Une amourette sans suite.

Diego alors, à son tour, entérine la séparation en demandant le divorce qui est décidé par consentement mutuel en octobre 1939. Le prétexte en est la frigidité de Frieda, conséquence de son lourd passé d'accidents. Ils ont été mariés treize ans.

En 1940 une bombe est lancée chez Trotski. On soupçonne à tort Rivera qui parvient à s'enfuir aux États-Unis grâce à son amie, l'actrice Paulette Goddard. Il se retrouve à San Francisco. Il y peint le couple Paulette Goddard et Charlie Chaplin.

Le 20 août de la même année, Ramon Mercader assassine Trotski d'un coup de pic à glace dans le crâne. Frieda, accusée de complicité, sombre dans la dépression. Elle rejoint Diego à San Francisco. Diego, officiellement déclaré incapable d'être fidèle, et Frieda se « remarient » alors sous condition qu'ils n'auront... aucune relation sexuelle. C'est le 8 décembre 1940, jour des quarante-quatre ans de Frieda.

Les temps deviennent alors durs pour le grand peintre de fresques. Il se lance dans le portrait de familles bourgeoises. Frieda, elle aussi, peint des bourgeoises parmi lesquelles Maria Félix, superbe actrice et... maîtresse de Diego. Diego, lui, peint Dolores del Rio et... Maria Félix.

Frieda souffre de plus en plus, elle est prise dans un cycle infernal de calmants et de marijuana. Atteinte par la gangrène du pied, elle subit une greffe osseuse qui dégénère et provoque six opérations successives. Diego, pour la distraire, vient danser auprès de son lit.

Il travaille alors à une fresque mobile qui doit voyager en Europe dans le cadre de l'exposition « Vingt siècles d'art mexicain ». Les grands héros défenseurs du genre humain, entendez Staline et Mao Tsé-toung, y triomphent des ennemis de l'Humanité : l'Oncle Sam, John Bull et Marianne. L'œuvre est refusée par le ministère de la Culture pour des raisons... diplomatiques.

Frieda peint une sorte d'ex-voto, *Le marxisme guérira les malades*. En 1953, elle assiste à une exposition de ses œuvres... dans son lit à baldaquin qui a été transporté dans la galerie d'art. Au lendemain de cette fête, la gangrène gagne du terrain et elle doit être amputée. Elle se fait confectionner une botte pourpre qu'elle garnit de clochettes.

C'est en accompagnant Diego à une manifestation politique que Frieda prend froid et meurt d'une embolie pulmonaire le 13 juillet 1954, à quarante-sept ans. Un an après, Diego épouse son assistante, conformément à une promesse faite à Frieda. Il continue à se dépenser sans compter pour de nouveaux projets mais un cancer du pénis marque le début de la fin. Il rêve de réintégrer le Parti communiste, se rend à Moscou. Il fête encore ses soixante-dix ans, prend parti pour la révolution cubaine, se déclare contre la révolte de Budapest et meurt le 24 novembre 1957.

L'éléphant et la colombe se retrouvent au paradis communiste. Elle et lui mêlés comme mère et fils, amant et amante, homme et femme, ying et yang, indissociables et indiscernables.

ROUSSEAU

Les chères disparues

— Moi, monsieur, moi qui vous parle j'ai connu le Mexique. Et pas n'importe lequel. Car moi, monsieur, j'ai participé à la campagne du Mexique, sous le Second Empire. J'étais musicien de mon régiment. Vous l'ignorez peut-être : je ne suis pas seulement peintre mais je suis aussi musicien ! Parfaitement : je joue de la flûte.

L'homme qui parle avec tant d'enthousiasme de son brillant passé militaire et exotique est né en 1844, le 21 mai, sous le signe réaliste et sentimental du Taureau, dans la bonne ville de Laval. Il a vu le jour dans une tour du XVe siècle qu'on dit peuplée de fantômes... Il s'en souviendra. Fils d'un ferblantier et d'une « punaise de sacristie », il peut en effet avoir participé à la désastreuse expédition du Mexique qui s'est terminée par l'exécution de Maximilien d'Autriche. Elle a eu lieu en 1863. Il avait dix-neuf ans... L'âge de toutes les aventures.

Quatrième enfant de la famille, il s'est distingué, il faut bien le reconnaître, en remportant en 1860, au lycée, un prix de dessin... accompagné d'un prix de musique. Henri Rousseau serait-il doué pour les arts ?

Mais son père, lancé dans des affaires calamiteuses, a dilapidé tous les maigres avoirs de la famille. Alors le jeune Rousseau est devenu clerc chez un huissier. C'est à peu près vers cette époque que notre brillant sujet s'est révélé un mauvais garnement. Il a décroché, entre autres récompenses, une condamnation pour abus de confiance. Comment échapper à ce mois de prison ? Comment éviter le scandale : tout simplement en s'engageant dans l'armée qui n'est pas regardante. Le voilà parti pour sept ans au 51e régiment d'infanterie. Et voilà donc comment il a découvert le Mexique, ses cactus et ses animaux bizarres !

Eh bien non ! Pas du tout. Il a bien été arrêté pour son délit caractérisé. Mais il s'est retrouvé rapidement dispensé du service militaire par la mort de son père qui a fait de lui un « soutien de veuve ». Henri Rousseau a bien signé mais il n'a jamais traversé la mer. Son régiment a participé sans lui à la campagne du Mexique. Il rêve aujourd'hui qu'il l'a faite. Henri Rousseau est un peu mythomane.

Le voilà marié, à vingt-cinq ans, à la douce Clémence Boitard, fille de sa logeuse : elle n'a que quinze ans. Il faut bien vivre et faire vivre son épouse. Pour l'instant, grâce à un cousin de Clémence, il s'est hissé jusqu'au poste enviable de commis de deuxième classe à l'octroi, c'est-à-dire l'organisme qui est chargé de surveiller les transports de marchandises et de faire payer les taxes à l'entrée de Paris, plus exactement à la porte de Vanves. Henri Rousseau devient donc « douanier ». Pour le distinguer d'un autre Rousseau, on le surnomme « Rousseau l'imbécile ». On s'amuse à lui faire des farces ; comme il adore les histoires de fantômes, ses collègues, lors d'une ronde qu'il fait dans la Halle aux Vins, suspendent un squelette qui bringuebale sur son passage. Nullement ému, Rousseau sort sa gourde de rhum et propose au « fantôme » de trinquer.

Henri aime toujours à taquiner le pinceau. En 1884, il obtient une carte qui lui permet de copier officiellement les tableaux des maîtres exposés au musée du Louvre, avec une prédilection pour les maîtres italiens du XVe siècle. Il se dit, abusivement, élève de Gérôme, le maître pompier, et de Bonnat, autre peintre de la bourgeoisie nantie.

Et puis, survient la rencontre de sa vie. Signac, le futur maître du divisionnisme. Signac n'a que vingt et un ans et il vient de fonder le Salon des artistes indépendants (« Ni jury ni récompense »). Il invite Rousseau à y exposer. Dès lors, pratiquement chaque année, le Douanier Rousseau accroche ses œuvres aux cimaises du Salon. L'avant-garde considère avec sympathie cet « artiste » qui la fait rire ainsi que le reste du monde. Après le Salon des Champs-Élysées, voici le Salon des Refusés. C'est de là que partira sa notoriété, avant de dire sa « gloire ».

Mais la vie des artistes comme celle des simples mortels est jalonnée d'épreuves. En 1888, après dix-neuf ans de bonheur tranquille, Rousseau devient veuf de Clémence, le « bonheur de sa vie », morte de tuberculose. Il reste seul avec quatre enfants survivants sur les six que son union lui a apportés. Puis ses fils meurent. Il expédie alors sa fille, unique rescapée, chez son frère à Angers.

Rousseau, sentimental forcené, ne peut vivre sans amour... Joséphine Nourry, femme du cocher Le Tensorer, devient sa maîtresse. Mais il devra attendre pour l'épouser qu'elle soit enfin veuve, cela va sans dire, c'est-à-dire onze ans...

En 1893, approche pour lui l'âge de la retraite. Rousseau prouve qu'il a plus d'une corde à son arc : peintre musicien, il se lance dans l'écriture d'un vaudeville. Il a rencontré Alfred Jarry, comme lui originaire de Laval, et le sollicite de donner son avis sur ce *Paradis perdu*. Son compatriote farceur déclare :

— Nous trouvons cela prodigieux !

Jarry multiplie les blagues à son encontre. Il faut dire qu'il le trouve bizarre, ce peintre qui couche tout habillé, qu'il surnomme « Le Visité » et avec qui il partage force libations d'absinthe et de vin blanc !

— Et si vous proposiez votre *Bohémienne endormie* à la mairie de Laval ? Après tout, elle a figuré en bonne place aux Indépendants de 1897 ?

Mais la mairie de Laval refuse cette œuvre qui sort par trop des normes de la « bonne peinture » telle qu'on la conçoit à l'époque... Rousseau a pourtant désormais le privilège d'approcher les grands maîtres de l'époque, les Cabanel, les Bouguereau, les Gérôme, grands spécialistes de tableaux antiques qu'on qualifiera plus tard de pompiers. Ils sont les gardiens de la tradition la plus rétrograde, mais Rousseau ne leur cache pas la vénération qu'il porte à leurs « grandes machines ».

Quant à lui, sa technique est simple : Henri Rousseau croit aux fantômes. Il sait que c'est sa bonne Clémence qui guide sa main. Elle lui murmure même à l'oreille depuis l'au-delà :

— Courage, tu mèneras cela à bonne fin !

Comment résister ? Pourtant, comme l'absence de Clémence est lourde ! À minuit, Rousseau lâche ses pinceaux et il attrape sa flûte. Planté devant le portrait de Clémence il joue... « Clémence », la valse qu'il a composée en l'honneur de la disparue. De temps en temps, il se console en jouant dans l'orchestre de l'Amicale du Ve arrondissement.

Hélas, les dieux qui président à l'hymen des mortels en veulent au tendre Henri. En 1903, Joséphine meurt elle aussi : le voici veuf pour la seconde fois. Henri, toujours incapable de continuer à vivre seul, s'éprend cette fois d'une certaine Léonie, une veuve de quarante-quatre ans, qui a donc onze ans de moins que lui. Il lui faut d'abord convaincre son futur beau-père du sérieux de ses intentions. Alors Henri Rousseau apporte au célèbre marchand Ambroise Vollard un tableau de deux mètres de haut et lui explique :

— Je désire me remarier. Pourriez-vous me faire un certificat attestant que je suis un peintre sérieux pour décider les parents de ma future ?

Il n'épousera pourtant jamais sa Léonie. Il déménage et s'installe dans le quartier de Plaisance. Pour vivre, il se fait professeur. Sur sa porte, on peut lire : « Henri Rousseau, cours de diction, musique, solfège ». Moyennant finances, il enseigne tout en vrac, la diction, le solfège et la clarinette, aux garçons bouchers du voisinage.

Il réunit chez lui, pour des soirées familiales et artistiques, les braves gens du quartier et ceux qui représentent l'avant-garde artistique et littéraire.

Il n'hésite pas à aller jouer du violon aux carrefours pour faire danser le petit peuple de Paris ravi de cette aubaine.

Il se lance dans le portrait :

— Ne bougez pas ! Il faut que je prenne vos mesures !

Et le Douanier, tel un arpenteur des visages, se met à mesurer au millimètre près les nez, les oreilles et les sourcils avec un mètre de couturière. Il approche les tubes de couleur du visage de ses clients pour juger de l'effet que leur carnation va donner sur la toile. Combien de commerçants du quartier se sont fait « faire le portrait » par le Douanier ? Il existe peut-être encore dans des greniers de famille de ces portraits naïfs qui valent de l'or... Il fait celui de son ami Jarry qui se dépêche de découper son visage à coups de revolver pour le remplacer par un trou béant au milieu de la toile. Courteline se rend acquéreur de son *Portrait de Pierre Loti*, nouvel académicien français coiffé d'un fez, pour le ranger en bonne place dans son « Musée des horreurs » : il le revendra plus tard pour 500 francs-or, à son grand étonnement, et cela lui permettra de s'offrir un magnifique voyage en Italie !

Car, quoi qu'on dise, Henri Rousseau est un artiste sérieux. Pour se pousser auprès des puissances politiques, il s'affirme socialiste, athée et il adhère à la franc-maçonnerie. Il participe en 1905 au Salon d'automne, dans la section des « fauves », ces peintres aux couleurs violentes. C'est l'époque de ses grands tableaux exotiques. Souvenirs du Mexique où il n'a jamais mis les pieds ? Non, ce sont des interprétations d'images découpées dans les magazines, de visites au zoo du Jardin des Plantes. Ce qui n'empêche pas l'artiste d'avouer :

— Les animaux que je peins me font peur !

Au point que, devant ses tableaux, il est obligé d'ouvrir la fenêtre pour reprendre souffle.

Par ailleurs, le cercle de ses relations s'agrandit. Grâce à Jarry, il rencontre un autre poète, Guillaume Apollinaire. Rousseau le peint en compagnie de sa muse, Marie Laurencin. Il transforme la frêle Marie en grosse dondon, ce qui provoque ses protestations, mais Rousseau réplique :

— Apollinaire est un grand poète, il lui faut une grosse muse !

Sans réplique...

Paul Gauguin, révolté mais farceur, lui fait parvenir une fausse invitation à dîner du président de la République. Rousseau se précipite à l'Élysée et prétend ensuite avoir été reçu par le chef de l'État... sur le perron faute d'avoir été en habit.

Il y a aussi Degas qui le considère avec intérêt. Est-il sur le chemin de la « gloire » ? Hélas, un nouvel accroc judiciaire vient ternir son parcours : dupé par un escroc, notre douanier se retrouve sur la paille humide des cachots pour « chèque sans provision » au détriment de la Banque de France ! Il proteste :

— Mais je suis un artiste, moi, monsieur ! Tenez, regardez mes tableaux ! Est-ce là l'œuvre d'un escroc ?

Intéressante question qui laisse le juge perplexe. Ce dernier prend une décision qu'on peut qualifier d'ambiguë :

— Libérez Rousseau, rien qu'en examinant sa « peinture » si j'ose dire, on voit bien qu'il est irresponsable !

Rousseau se voit donc condamné à deux ans avec sursis, ce qui lui arrache ce cri du cœur, à l'intention du président Bomboy :

— Merci, monsieur le président, je ferai le portrait de votre dame !

Vient le moment de régler les honoraires de son avocat. Démuni, Henri lui propose deux tableaux en précisant :

— À condition que vous me donniez 20 francs pour les cadres !

Naïf peut-être, mais rusé et matois !

Et voici qu'un peintre au regard de braise entre dans sa vie : Picasso, Pablo Ruiz lui-même, le peintre andalou. Rousseau est invité chez l'Espagnol à des soirées « musicales et familiales » au cours desquelles il exécute des mélodies de sa composition. Tandis qu'il joue de la flûte ou du violon, les amis du jour se saoulent à mort. Il y a Fernande Olivier et Max Jacob, Braque et la collectionneuse Gertrude Stein, et encore Marie Laurencin, délicate femme peintre et maîtresse d'Apollinaire. Bien qu'éthérée et fragile, un soir, elle est tellement ivre qu'elle tombe la tête dans les tartes et se met à danser dégoulinante de confiture !

On propose au Douanier (encore un canular !) d'entrer à l'Académie des Beaux-Arts. Le voilà transporté de joie. Il se voit à l'Institut et il commence les visites protocolaires. Le peintre Harpignies, pince-sans-rire, lui fait une objection de taille :

— À l'Institut ! Impossible, Pasteur ne voudra jamais de vous !

Problème d'autant plus insoluble que Pasteur est mort et enterré *depuis longtemps !*

Il est vrai par ailleurs qu'il ne se sent plus en très bonne forme. La solitude lui pèse et en 1910 il se blesse à la jambe.

Le 2 septembre 1910, notre peintre naïf social et républicain, atteint par la gangrène, rend son âme à Dieu dans la tristesse d'une chambre d'hôpital. Peu avant d'expirer, il demande, en parlant de son ami Robert Delaunay :

— Pourquoi Robert a-t-il cassé la tour (Eiffel) ?

Léonie, adorée mais réticente, malgré les demandes pressantes des amis, ne se dérange pas pour lui rendre visite.

Ainsi disparaît un peintre raffiné, héritier direct des peintres du Moyen Âge, qui ne comptait jamais le temps qu'il devait passer devant son chevalet. On l'enterre dans la fosse commune du cimetière de Bagneux. Aujourd'hui, il repose, grâce à ses amis fidèles, dans sa ville natale, Laval. On retrouve sa *Bohémienne endormie* en 1923 chez un plombier de Paris. En 1944, c'est chez un paysan belge que réapparaît *La Guerre*.

COURBET

L'orgueilleux Assyrien

— Gustave, je vous aime. Je vous adore. Gardez-moi toujours auprès de vous. Je suis mariée à un homme sans foi ni loi.

— Ma chère Thérèse, moi aussi je vous adore. Votre corps superbe m'inspire les plus belles toiles. Depuis que vous posez pour moi je sens que mon inspiration a des ailes. Mais je ne peux pas vous imposer de vivre dans l'adultère. Et puis, je ne veux pas me marier. Mon destin est de rester célibataire : pour préserver mon génie...

— Assez de génie, mon amour. Je dois vous avouer que je suis enceinte de vous. Bientôt vous serez père. Cela ne vous fera-t-il pas changer d'avis ?

Le peintre, qui serre son modèle entre ses bras puissants, secoue sa longue chevelure dans un effort pour rester fidèle à ce qu'il croit être son destin. D'ailleurs, Gustave Courbet ne varie jamais dans les opinions qu'il croit juste de défendre. Thérèse Binet, le beau modèle, n'a plus qu'à affronter son avenir seule.

Jean Désiré Gustave Courbet est le fils d'Eléonor Régis Jean Joseph Stanislas Courbet, un homme de la campagne un peu chimérique, qui conduisait une voiture à cinq roues, un « cudot » comme on dit en

Franche-Comté. Ce père, qui est un peu hobereau, un peu paysan, mais riche propriétaire terrien, a épousé Mlle Sylvie Oudot, une femme prudente et avisée, qualités indispensables à la survie en ce début du XIXe siècle. Gustave a vu le jour en 1819, le 10 juin exactement. Le Premier Empire venait de s'achever. Le grand-père de Gustave était un fidèle des idéaux de 1789. Il lui a donné pour principe de vie : « Crie fort et marche droit ! »

Nous sommes à Ornans, dans la vallée de la Loue. Gustave fait des études sans aucun éclat au petit séminaire. Le moment venu, son père songe pourtant à lui faire préparer Polytechnique et il continue au Collège royal de Besançon où il s'initie à la peinture et à la lithographie. Mais la discipline, presque carcérale, lui déplaît. Il faut le retirer de l'internat. Il faut dire que les règles que lui-même s'est fixées sont assez contestataires : « Ne jamais se confesser — Rendre les classes impossibles — Écrire des lettres d'amour aux jeunes filles du Sacré-Cœur — Multiplier les combats de nuit dans les dortoirs — Tendre des ficelles au censeur pour le faire s'étaler par terre. »

Quand il part pour Paris c'est, en principe, pour y faire des études de droit. Mais il sait déjà que la peinture sera son seul véritable intérêt. Dès le premier jour de son arrivée, il informe ses parents qu'il se met à peindre. Pour se mettre au défi, il improvise une « nature morte » : un pot blanc posé sur une serviette blanche. Le sujet le plus difficile. Il recommence cinquante fois son tableau avant d'être satisfait du résultat.

Il fréquente plusieurs ateliers libres, chez Steuben, chez Suisse, mais, si l'on en croit ses premières œuvres, il subit l'influence des romantiques. Rien de plus normal : nous sommes dans les années 1840. Beaucoup d'autres influences, reçues dans la fréquentation du Louvre, aussi bien françaises qu'étrangères, transparaissent dans ces œuvres de jeunesse. En 1844, le Salon refuse *L'Homme blessé*, un autoportrait, mais accepte *Courbet au chien noir*, autre autoportrait.

La troublante Irlandaise qui inspira au peintre une brève et folle passion.
Henri de Toulouse-Lautrec, *Jane Avril dansant*, 1891.
Paris, musée d'Orsay.

L'art de saisir l'insaisissable.
William Turner, *Pluie, vapeur et vitesse*, 1844. Londres, National Gallery.

Comment imaginer que derrière ce délicat visage se cache une horrible mégère ! Jean-Baptiste Greuze, *La Cruche cassée*. Paris, musée du Louvre.

Scandale ! un cadavre sert de modèle pour représenter la Vierge. Le Caravage, *La Mort de Marie*, vers 1705 - 1706. Paris, musée du Louvre.

Cette toile, une des premières de l'art abstrait, fut cachée pendant plus de trente ans.
Francis Picabia, *Udnie, jeune fille américaine ou la Danse*, 1913.
Paris, Musée national d'art moderne.

L'innocence d'une femme qui cache bien des surprises.
Pierre Bonnard, *Paysage avec Madame Bonnard*, 1928. Reims, musée Saint-Denis.

Le chef-d'œuvre promis à l'envoûtante Alma Mahler.
Oskar Kokoschka, *La Fiancée du vent*, 1914. Bâle, Kunstmuseum.

Une des œuvres
de l'homme qui peignait
avec la tête dans les étoiles.
Bartolomé Esteban Murillo,
Le Jeune Mendiant.
Paris, musée du Louvre.

Un tableau qui pourrait
nous mettre en appétit.
Chaïm Soutine, *Le Petit Pâtissier*.
Fondation Barnes.

Des modèles inattendus
pour une série de chefs-d'œuvre.

Paul Cézanne, *Les Grandes Baigneuses*, 1906. Philadelphie, Museum of Art.

Voici le résultat, quand un peintre a la bonne idée de recommander un confrère. Jean-Honoré Fragonard, *L'Escarpolette*, 1767. Londres, Wallace Collection.

Un tableau dérangeant commandé par un vice-roi. José de Ribera, *La femme à barbe allaitant* (*Magdalena Ventura avec son mari et son fils*), 1631. Tolède, Hospital de Tavera.

Une jolie Bourguignonne
qui sera le modèle
de plus d'un peintre de Montparnasse.
Kisling, *Kiki de Montparnasse*, 1927.
Genève, musée du Petit-Palais.

« Une insulte
à l'Art français »" ?...
Jean-Baptiste Carpeaux,
La Danse.
Paris, musée du Louvre.

Un regard
entre vice et tendresse
sur les petites femmes.
Julius Pascin,
Nu aux bas noirs, 1906.
Collection privée.

Le mélange réussi de la politique et du talent brut.
Diego Rivera, *Débarquement des Espagnols à Veracruz (21 avril 1519)*, 1951.
Mexico, Palais national.

Une œuvre d'un peintre
naïf et sentimental.
Henri Rousseau dit le Douanier,
La Noce, 1904 - 1905.
Paris, musée de l'Orangerie.

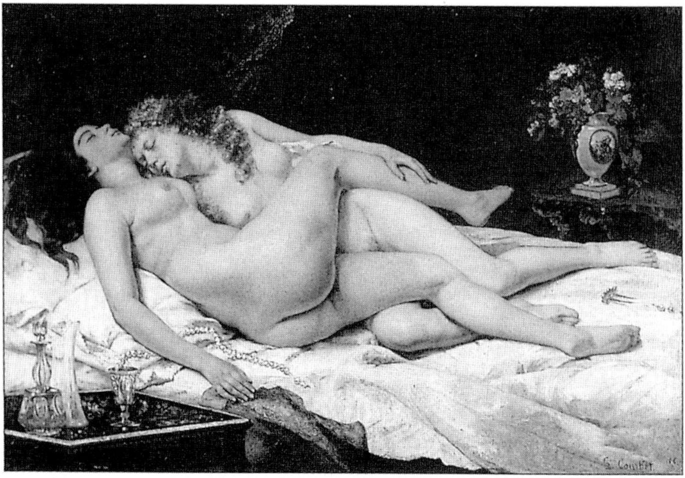

Un peintre qui aimait peindre les femmes endormies :
Gustave Courbet, *Le Sommeil*, 1866.
Paris, musée du Petit-Palais.

John Singer Sargent, dans son atelier,
avec le portrait enfin terminé de Judith Gautreau.

Une toile
du jeune fou
qui aimait trop
les femmes.
Max Ernst,
*Le Costume
de la mariée*, 1940.
Venise, collection
Peggy Gugenheim.

Une timide
jeune femme
aux longues tresses
qui sera
le grand amour
du peintre.
Amedeo Modigliani,
Jeanne Hébuterne,
1919.
Fondation Barnes.

Le plus beau portrait du grand philosophe peint par un… joyeux luron.
Franz Hals, *Descartes*.
Paris, musée du Louvre.

Il n'aura fallu qu'un seul après-midi pour exécuter ce merveilleux pastel du grand musicien.
Giovanni Boldini, *Giuseppe Verdi*, 1886.
Rome, Galerie nationale d'art moderne.

Les titres des tableaux de Gauguin, rédigés en maori, font glousser tout Paris.
Paul Gauguin, *Aha oe feii ou Quoi ? Tu es jalouse ?*, 1892. Moscou, musée Pouchkine.

Des « barbouillades »
connues
dans le monde entier.
Maurice Utrillo,
Rue Saint-Rustique,
à Montmartre, 1926.
Rennes,
musée des Beaux-Arts.

Isabey, le jaloux, souhaitait que l'auteur de ce tableau devienne un simple « peintre de clair de lune ». Johan Barthold Jongkind, *Vue de Paris. La Seine ou l'Estacade*, 1853. Musée d'Angers.

Un amour fou et fatal.
Domenikos Theotokopoulos, dit le Greco, *La Femme à la fourrure*.
Glasgow, Pollock House.

L'œuvre majeure de « celui qui épouvante le plus »…
Edvard Munch, *Le Cri*, 1893.
Oslo, Nasjonalgalleriet.

Sur commande de Louis XV, Vernet passera dix ans de sa vie à peindre les ports du royaume.
Joseph Vernet, *La Nuit, paysage avec pêcheurs au clair de lune*.
Londres, Christie's.

Un génie, peu gâté par la nature,
à la rancune redoutable.
Jérôme Martin Langlois,
Portrait de Jacques-Louis David, 1825.
Paris, musée du Louvre.

Une figure insolite de Montparnasse.
Tsuguharu Foujita, *Autoportrait*, 1928.
Paris, Musée national d'art moderne.

Une fin tragique pour un simple malentendu.
Pierre-Paul Prud'hon,
Marie-Françoise Constance Mayer-Lamartinière,
Paris, musée du Louvre.

Un dessinateur, poète et visionnaire… William Blake, *Elohim créant Adam*, 1796. Londres, Tate Gallery.

Tout un monde grouillant et imaginaire. Rodolphe Bresdin, *La Comédie de la mort*. Collection privée.

Un portrait de celui qui était surnommé « Compère la Mort ».
James Sydney Ensor,
Autoportrait aux masques, 1899.
Anvers, Sammlung Cleomir Jussiant.

Un peintre misogyne aux mots d'esprit cruels mais si souvent justes :
Edgar Degas,
L'Absinthe, 1876.
Paris, musée d'Orsay.

Au Salon de 1847, il fait partie des refusés. Delacroix, Barye, Daumier lèvent l'étendard de la révolte picturale, dépassée par la Révolution tout court. Courbet, sûr de lui, dit à son père, avec son accent jurassien, en parlant des grandes œuvres des maîtres anciens :

— Tout ça c'est de la « mârde » !

En 1848, il fait un voyage en Hollande où il se laisse séduire par Rembrandt et Holbein. En 1849, il peint *L'Après-dîner à Ornans*, tableau d'une société de petits-bourgeois de sa province, sa propre famille, occupée à écouter un ami violoneux. Cela plaît beaucoup. Le musée de Lille s'en porte acquéreur.

C'est à l'occasion du Salon de 1849, dont le jury d'entrée a été supprimé, que Courbet s'affirme avec un autoportrait puissant : *L'Homme à la ceinture de cuir*.

Mais c'est *Un enterrement à Ornans*, immense toile de sept mètres sur trois, présentée au Salon de 1851, qui établit par le scandale la réputation de Gustave. En effet, Gustave peint des paysans « affreux », les habitants d'Ornans, avec autant de soin que s'il s'agissait des notables de la Cour. Selon la critique, ces « ignobles caricatures provoquent le rire ». Frans Hals et Vélasquez, les grands maîtres du XVIIe siècle, ne sont pourtant pas loin. Louis Napoléon offre 2 000 francs d'un des autoportraits : *L'Homme à la pipe* ; Courbet ne veut rien savoir à moins de 4 000. L'affaire en reste là. Berlioz se fait peindre par Courbet puis, effaré, refuse le tableau.

Mais à présent, Gustave Courbet est devenu « le chef des réalistes ». On le voit, sûr de lui pérorer à la brasserie Andler, chez la mère Grégoire, rue Hautefeuille. Une certaine Justine (ou peut-être est-ce Joséphine ?), son amie du moment, est représentée avec lui dans *Les Amants dans la campagne*. Ses outrances entretiennent la chronique scandaleuse et rien dans son allure ne le pousse à la discrétion : il mesure 1 mètre 80 ; pour l'époque, c'est un « géant de la nature » au type « assyrien », aux yeux bleu-noir et brillants, aux longs cils soyeux d'antilope (certains lui trouvent un regard de bœuf !). Sa moustache et sa barbe achèvent de faire fondre les cœurs. Ses lèvres sensuelles semblent faites pour le baiser passionné. Bon vivant, il ne se cache pas de boire cinq litres de vin par jour. Il peut se permettre de se moquer du « qu'en dira-t-on » car sa fortune personnelle le met à l'abri de la misère habituelle des rapins débutants. Certains le tiennent pour « un paysan du Danube, sans mœurs ni intelligence ». Mais Louise Colet, provençale et femme de lettres, se laisse aller entre ses bras, le temps de poser pour *L'Amazone*. Les femmes, d'ailleurs, Gustave aime surtout les peindre endormies, seules ou à deux... Baigneuses, dormeuses, paresseuses.

Les Baigneuses, présentées au Salon de 1853, auraient, dit-on, provoqué un coup de cravache impérial de la part de Napoléon III. Le nu n'est supportable à l'époque qu'à une condition : représenter des déesses ou des anges. Courbet pousse un coup de gueule :

— Montrez-moi des anges et je les peindrai !

Toujours aussi brutal et arrogant, lui dont les œuvres déchaînent de violentes polémiques. C'est un collectionneur distingué, Alfred Bruyas de Montpellier, qui achète ces baigneuses impudiques. Courbet, « apôtre du laid », remercie Bruyas en en faisant l'un des personnages de *La Rencontre* ou *Bonjour, monsieur Courbet* ou encore *La Fortune rencontrant le Génie* ! Génie dont il n'oublie pas de faire un autoportrait... Un parmi la quarantaine qui jalonnent sa carrière. Courbet est désormais certain d'être un peintre « social ». Mais sa peinture décrit des gens qui ne délivrent pas de message, des gens qui travaillent, qui s'ennuient souvent, qui ne pensent pas. Des gens normaux, et il les peint « grandeur nature ». Quel comble d'honneur et d'horreur : c'est une grande révolution en matière d'art. Désormais, ses « Baigneuses » dévoilent des formes envahies de cellulite, symbole d'une vie de paresse. Puis c'est *L'Atelier du peintre*, ou plus précisément *Allégorie réelle, Intérieur de mon atelier déterminant une phase de sept années de ma vie artistique*, où l'on remarque surtout une femme nue plus préoccupée de regarder Courbet en train de peindre un paysage verdoyant que de protéger sa nudité des regards de tous les visiteurs mâles. Le jury refuse *L'Enterrement à Ornans* et *L'Atelier* mais accepte onze autres œuvres.

Pour l'Exposition internationale de 1855, Courbet décide d'exposer ses œuvres à l'écart de quiconque, avenue Montaigne, dans une baraque en planches intitulée « Réalisme ». Le prix d'entrée est de 1 franc. Il a investi 12 000 francs, il espère en récolter 100 000, mais c'est la déception.

Puisqu'il est, à son corps défendant, « chef des réalistes », il va s'intéresser à la « peinture sociale ». Ce sont *Les Casseurs de pierre*, résultat d'une scène entrevue sur une route. Puis *Les Demoiselles de village* : ces jeunes bourgeoises faisant l'aumône à une gardeuse de vaches sont ses propres sœurs Zoé, Zélie et Juliette...

La Femme au perroquet permet d'évoquer le génie du Titien. *Les Dormeuses* séduisent l'ambassadeur de Turquie à Saint-Pétersbourg, Khalil Bey, qui espère qu'elles se réveilleront quand elles seront installées dans sa chambre. Elles y auront d'ailleurs pour voisines les belles odalisques du *Bain turc* d'Ingres. Pour Courbet, géant chaste et pur au fond, ces « dormeuses » livrées au plaisir de Lesbos sont une dénonciation des vices que la société du Second Empire engendre...

Ce qui vaut à Courbet les éloges les plus populaires, ce sont les scènes de sous-bois, les cerfs surpris en pleine nature. Tous thèmes qu'il a appris à découvrir lors d'un séjour en Allemagne. Là-bas il vend et, rentrant à Paris, il prétend être un sujet de conversation tellement universel qu'il est « défendu de parler de M. Courbet » outre-Rhin.

En 1860, la ville de Besançon entreprend d'organiser une... « Exposition universelle ». Courbet envoie quarante toiles.

L'année suivante, il ouvre un atelier. Quarante-deux élèves s'inscrivent pour recevoir un enseignement qui sort des sentiers battus et dont le mot d'ordre est : « Fais ce que tu vois et ce que tu sens. Peins ce que tu voudras ! » C'est l'anarchie. Le modèle vivant qu'il propose est... un bœuf roux.

C'est en 1861 que le beau Gustave peint *La Femme aux bas blancs* dont la pose ouvre toute une série de tableaux licencieux. Série qui passe par *Paresse et luxure*, peint pour Khalil Bey, et culmine avec la fameuse *Origine du monde* pour le même client. Maxime Du Camp décrit l'œuvre comme un admirable portrait de femme « dont on a négligé de représenter les pieds, les jambes, les cuisses, le ventre, les hanches, la poitrine, les mains, les bras, les épaules, le cou et la tête ». Ce qui reste de la dame, peint en très gros plan, longtemps caché, est aujourd'hui librement exposé au musée d'Orsay... La même année, il sculpte un jeune *Pêcheur de chavots* entièrement nu et destiné à une fontaine d'Ornans. Les habitants choqués le font déboulonner pour indécence... en 1871. Les entrepreneurs refusent d'exécuter l'ordre municipal. Les gendarmes, le garde champêtre s'en mêlent et le *Pêcheur* perd un bras... Courbet récupère les débris, fait restaurer la statue et l'offre à un ami fidèle de Morteau. Un autre exemplaire du *Pêcheur* sera remis en place, jusqu'à ce que des ivrognes l'abattent en 1909. Il sera muni d'un caleçon et classé monument historique en 1947 !

En 1862, son grand ami Proudhon disparaît. Proudhon, jurassien comme lui, qui disait de Gustave :

— Il ne sait ni parler ni écrire : les études classiques ont laissé peu de traces chez lui...

1862, c'est aussi l'année où Courbet accepte l'invitation d'un mécène qui le reçoit près de Saintes. On organise des fêtes en plein air où 10 000 invités se gavent et boivent 700 litres de punch ! Quel bel été en compagnie de Corot et d'autres. C'est sans doute vers cette époque qu'il lance à Corot :

— Vous êtes le plus grand peintre de notre temps... après moi !

Corot aime bien Courbet... à cause de ses défauts !

Une certaine Laure Boreau dont il exécute quatre portraits doit sans doute lui apporter sa compagnie nocturne.

Il peint des fleurs qu'il expose en janvier 1863 en Saintonge. Mais il peint aussi secrètement *Le Retour de la conférence*, caricature d'ecclésiastiques en goguette. Refusé au Salon pour « outrage à la morale religieuse ».

Delacroix et le romantisme disparaissent. Le « réalisme » de Courbet prend le relais. *Le Déjeuner sur l'herbe* de Manet fait scandale. Courbet applaudit du bout des doigts ces jeunes qui le trouvent déjà... un peu démodé. Il déteste la manière claire de Manet et s'écrie :

— J'y vois trop clair. Il faudrait que je me crève un œil !

Pour l'instant, il garde ses deux yeux de gazelle assyrienne et ce sont eux qui séduisent, à Trouville, en 1865, Jo l'Irlandaise, magnifique rousse qui pose pour Whistler de jour comme de nuit. Pas bégueule, Jo se partage entre l'Américain et le Franc-Comtois qui l'immortalise.

Pour l'Exposition de 1867, Courbet installe une nouvelle baraque en bois mais il a des concurrents : Théodore Rousseau, son ami et compatriote jurassien, Manet, qui a les dents longues.

Puis Courbet voyage : Louis II de Bavière, le roi fou, le décore. Est-ce alors qu'il déclare : « Je peins comme un dieu » ?

On lui propose la Légion d'honneur en 1870 mais son sang socialiste ne fait qu'un tour et il la refuse avec énergie malgré l'insistance de Thiers en personne. D'ailleurs, il se présente aux élections législatives et il obtient 50 000 voix... Pas mal pour un artiste.

1870 : la guerre contre la Prusse est suivie par la Commune et ses débordements. C'est le moment ou jamais pour Courbet de démontrer qu'il est un socialiste pur et dur. On le nomme à la tête de la commission chargée de la conservation des musées et de leurs trésors. Est-ce pour cette raison qu'il signe la pétition demandant le « déboulonnage » de la colonne Vendôme, monument « dénué de toute valeur artistique », perpétuant l'idée de guerre, « que réprouve le sentiment d'une nation républicaine » ? Courbet d'ailleurs voudrait la voir remonter sur l'esplanade des Invalides, fréquentée par des militaires à jambe de bois... Lieutenant au 45e bataillon pendant le siège de Paris, il offre un tableau qui est mis en loterie. Avec l'argent on fond un canon qu'on baptise « Courbet ».

Le 14 septembre 1870, treize jours après la reddition de Sedan, on décide finalement de « déboulonner » la colonne Vendôme. Courbet, tout fier d'avoir inventé ce mot nouveau, lance un appel aux artistes allemands pour que, ensemble, on fonde canons français et allemands afin d'élever, place Vendôme, un monument commun à la République. Pas de réponse.

Le 16 mai 1871, la colonne est, non sans mal, abattue. Courbet qui, cinq jours auparavant, a démissionné de la Commune, croit avoir détruit la guerre. Mais la Commune est abattue à son tour et Courbet, « le révolutionnaire », est passé en jugement. On vient l'arrêter chez lui, le 7 juin 1871 et les sbires en profitent pour détériorer ou effacer à l'essence les œuvres de l'atelier.

Le voilà enfermé pour six mois à la prison Sainte-Pélagie. Il réclame des pinceaux et des toiles qu'on lui refuse dans un premier temps sous prétexte « qu'il n'est pas là pour s'amuser ». Puis, après un transfert pour raison médicale, on accède à sa demande et il en profite pour peindre une superbe série de « natures mortes », ou bien, de mémoire, des paysages aimés ou des marines. Sur le mur, il peint une femme, histoire d'avoir de la compagnie. Sans doute cette femme est-elle cette Léonie dont il réclame la présence en termes un peu vaniteux :

— Elle sera sans doute la femme la plus enviée de France, puisque je pourrais choisir dans toute la société française n'importe quelle femme sans que jamais elle me soit refusée.

On ne saurait être plus certain de son charme !

Durant son séjour en prison sa mère quitte ce bas

monde et sa sœur Zélie aussi. Mais un autre chagrin l'attend. Il avait eu un fils, Désiré, qu'il chérit et qui meurt à vingt ans.

La liberté retrouvée est marquée par les dettes. Le Salon de 1873, revanchard, présidé par Meissonier, « milimaître » chantre de la gloire napoléonienne, refuse ses œuvres. Barbey d'Aurevilly propose que Courbet soit scellé dans une cage de fer dans le socle de la Colonne. Puis, l'Assemblée vote la reconstruction de la colonne Vendôme et on lui présente la facture (323 091,28 francs-or !) qu'il paiera à raison de 10 000 francs par an... Courbet n'a plus qu'une seule solution : fuir en Suisse. Il achète une maison au bord du lac Léman, « Au bon port ». Il y peint le portrait d'Henri Rochefort, autre exilé qui refuse de se reconnaître dans la toile et en fait don à un ami...

En 1877, on vend à Paris par autorité de justice tout ce qu'on a pu saisir qu'il ait laissé derrière lui. Il est ruiné.

Atteint d'hydropisie, il meurt « sans idéal ni religion » le 31 décembre, au milieu des forêts qu'il a tant aimées et qui ne l'ont jamais déçu. Son premier versement pour la reconstruction de la Colonne tombe le lendemain. Son père et sa sœur Juliette arrivent pour l'enterrement. Henri Rochefort, submergé par l'émotion, ne peut lire l'éloge funèbre comme il en avait l'intention.

Si sa famille, grâce à Jules Grévy, n'aura pas à payer la facture, on n'inscrira pas non plus, comme il l'avait réclamé dans sa jeunesse, « Courbet sans courbettes » sur la tombe de celui qui se proclamait volontiers « le premier homme de France » ou « le maître peintre ». Juliette détruisit tous les documents qui auraient pu nous en apprendre davantage sur sa vie intime.

SARGENT

Un peintre aux dents longues

— Ma fille est déshonorée. Depuis aujourd'hui sa vie sociale est ruinée. Elle est la risée de tout Paris ! Tout Paris, vous m'entendez ! Elle en mourra de chagrin !

La dame très bourgeoise et légèrement empâtée qui s'exprime ainsi serre convulsivement un mouchoir de soie du meilleur goût. Elle est là, tremblante d'indignation, dans l'atelier d'un des peintres les plus mondains du Paris de la fin du siècle. Que reproche-t-elle à cet élégant jeune homme ? D'avoir séduit sa fille ? De lui avoir fait un enfant ? Pas du tout. Ce sont des problèmes qui trouvent aisément une solution dans la haute société. La fille en question, la très belle Mme Judith Gautreau, vient d'être déshonorée... à coups de pinceau. Le coupable ne s'en relèvera pas de si tôt...

Juste après la guerre de 1870, au moment où Paris, la paix retrouvée, reprend sa place de phare des arts et des lettres, un jeune peintre américain de dix-huit ans arrive pour conquérir la capitale tout d'abord, le monde entier plus tard, il n'en doute pas. Il se nomme John Singer Sargent. Il n'a pas eu l'Atlantique à franchir car il est né à Florence.

Chez qui va-t-il s'inscrire comme élève ? De toute

évidence, s'il veut conquérir le beau monde, il doit recevoir les leçons d'un peintre à la mode. Ce ne sera ni Manet ni Degas ; c'est chez Carolus-Duran qu'il s'inscrit. Un peintre qui a des relations. John Singer Sargent est très doué mais ce sont les relations du maître qui lui valent d'être, très jeune, « admis au Salon »... Et même, il y remporte des prix... À moins de trente ans, le nom de Sargent commence à briller au firmament des arts établis...

John Singer expose des portraits mondains : dames élégantes capables de lui ouvrir toutes grandes les portes de la bonne société. Il est beau. Il peint avec beaucoup de chic, en s'inspirant des Vélasquez qu'il est allé copier au musée du Prado, à Madrid. En vain : sa carrière marque le pas. Il lui faudrait faire le portrait d'une personnalité en vue.

— Permettez-moi, chère madame, de vous présenter un des plus brillants espoirs de notre jeune peinture : John Singer Sargent.

La belle dame sourit. Il s'agit de Mme Pierre Gautreau, la femme d'un banquier parisien. Elle est déjà connue pour son audace en matière de toilettes. On sait la liaison qu'elle a entretenue avec le fameux Gambetta, l'orateur borgne et méridional. Mais de quoi s'étonner de la part d'une Américaine ?

— Vous savez qu'elle a passé son enfance dans une plantation de Louisiane. Elle se nommait alors Judith Avegno. Son père est mort durant la guerre de Sécession.

La belle Judith Gautreau n'hésite pas à mettre en valeur sa gorge et ses bras que chacun trouve admirables. Son teint est audacieusement rehaussé par de la poudre de lavande. Ses cheveux resplendissent d'un roux flamboyant. John Singer comprend que cette créature un peu sulfureuse peut lui ouvrir les portes de la renommée.

Judith la rousse accepte volontiers que Sargent fasse

son portrait et la première séance de pose a lieu en 1883. Dès le début elle annonce :

— Je ne vais pas pouvoir continuer à poser dans votre atelier, cher ami. En effet, j'ai l'habitude de passer l'été chaque année en Bretagne.

Devant l'air décontenancé de Sargent, elle ajoute :

— Mais pourquoi ne viendriez-vous pas passer quelque temps là-bas, dans notre propriété des « Chênes », à Paramé ?

Et Sargent s'embarque pour la Bretagne. Il déclare bientôt à son modèle :

— J'aimerais vous peindre dans votre attitude favorite : étendue sur un sofa.

Puis il trouve que cette attitude est bien rabâchée. Assise sur un fauteuil alors ? Et puis non, Judith doit être peinte de profil. Son profil est particulièrement frappant : un front un peu fuyant, un nez qu'on dit « à la François Ier » surplombe une bouche petite qui met en valeur le menton volontaire. L'hôtesse pose mais elle s'impatiente :

— Cher ami, quand allez-vous vraiment attaquer mon portrait ? Nous ne pouvons pas passer tout l'été à des « études ». Et puis, je vis comme une recluse avec toutes ces heures passées dans cette chambre. Ma vie mondaine s'en ressent. J'ai des obligations, même en Bretagne !

— C'est bon. J'ai pris ma décision. Je vais vous peindre debout, nonchalamment appuyée sur un guéridon et la tête de profil.

La toile vierge commandée arrive, mais le portrait n'avance pas comme le peintre le voudrait. Il a des problèmes pour mettre le profil en valeur :

— Et ce bras droit... Si je le rapproche du corps l'attitude est trop raide. Si je l'éloigne la position devient extravagante !

— Alors cher ami, où en sommes-nous ? Savez-vous que vous m'avez déjà mobilisée pendant trente séances de pose... Je me demande si vous n'avez pas la tête un peu ailleurs... Ne serait-ce pas notre voisine, la belle Judith Gautier, qui vous enlève un peu de concentration ?

Judith Gautier. La fille de Théophile et la maîtresse de Wagner : une personnalité très en vue à Paris. Et qui dissimule son âge... La fameuse Judith possède non loin des « Chênes » des Gautreau une maison qui donne sur la plage. La maison se nomme « Près des oiseaux ». John Singer Sargent est fréquemment l'hôte de Mme Gautier. Là, il dessine : le jardin, la maison, la maîtresse de maison au piano. Mais Judith Gautier préfère les performances du jeune Américain lorsqu'ils sont au lit. Son talent devant un chevalet la laisse un peu froide...

D'un côté, chez Judith Gautier, l'atmosphère est insouciante et confortable. De l'autre, chez Judith Gautreau, Sargent est en proie à des affres picturales. Comment rendre la carnation de rousse de son modèle ? Une peau blanche aux reflets bleutés... D'autant que la belle dame ne l'encourage guère par ses commentaires.

En octobre, la situation est si tendue que Sargent rentre à Paris sans avoir terminé le portrait dont il attend tellement. Il a besoin de respirer un peu l'air de Florence. Quand il revient à Paris, il retouche la jupe. Les amis qui lui rendent visite l'encouragent.

Mais le peintre doute :

— Le fond est trop sombre. Et puis que va-t-on penser de cette posture ? Un portrait qui ressemble à un camée. Cela risque de choquer le jury du Salon.

— Mais non, ton fond est très bien !

— Je vais lui faire un jus rose.

Mais le jus rose est trop rose. Alors Sargent ajoute du vert. C'est mieux. Le maître respecté Carolus-Duran affirme :

— C'est très bien. N'y touchez plus et envoyez-le tel quel au Salon !

Ce qui est fait sous le titre de *Portrait de Mme X.*

À dieu vat ! Au fond, Sargent est content de lui.

Il estime qu'il est temps de déménager et de quitter son quatrième étage un peu sombre de la rue Notre-Dame-des-Champs pour s'installer boulevard Berthier, le quartier des peintres à la mode. Au 41, dans une petite maison qui possède un atelier particulièrement bien agencé. Le loyer est de 3 000 francs par an. Il faut avoir du courage et de la foi dans l'avenir. Mais Sargent n'en manque pas : il engage un valet italien et même un cuisinier. Tout est prêt pour accueillir la clientèle la plus élégante.

Le 1er mai 1884, le grand jour arrive. C'est l'ouverture tant attendue du Salon sur les Champs-Élysées. À la fermeture, à 17 heures, quarante mille personnes en ont franchi les portes... Parmi elles, au moins deux mille peintres qui sont venus admirer ou critiquer les confrères accrochés aux cimaises. Pour faire parler de lui, Sargent n'a pas raté son coup. Tout le monde tombe à bras raccourcis sur son *Portrait de Mme X*. Sargent, plus timide encore qu'à l'habitude, est caché derrière une porte. Lorsque il accepte de voir son œuvre *in situ*, c'est la désolation. Mme Gautreau semble en pleine décomposition. Les femmes sont les plus acharnées à « dégringoler » le modèle, son maquillage fameux, et les trucs de sa toilette.

Quand Sargent, abattu, regagne son atelier, une double visite intempestive achève de lui casser le moral. Mme Gautreau, flanquée de sa mère, vient réclamer le portrait. Mme Avegno, ayant renvoyé sa fille chez elle, fait une scène terrible au peintre :

— Ma fille est déshonorée. Depuis aujourd'hui sa vie sociale est ruinée. Elle est la risée de Paris ! Tout Paris, vous m'entendez ! Elle en mourra de chagrin !

Du coup, le timide Sargent contre-attaque. La barbiche en bataille, il hurle aux oreilles de Mme Avegno :

— Je suis peintre mais je ne peux pas faire de miracles. J'ai représenté votre fille telle qu'elle se montre chaque jour dans le monde, maquillage inclus.

Et quant à sa toilette, c'est elle qui l'a choisie parmi sa garde-robe habituelle ! D'ailleurs, il n'est pas question de décrocher ce portrait avant la fin du Salon, ce serait contraire à toutes les règles...

Quelques jours plus tard John Singer Sargent, confiant en l'avenir, s'embarque pour l'Angleterre. Ce voyage lui fera du bien. Les passions s'apaiseront et, quand il reviendra, il sera fin prêt pour reprendre sa carrière de portraitiste mondain.

Il regagne Paris après Noël. Mais déjà il sait que les choses ont mal tourné. Au lieu d'un courrier nombreux lui passant des commandes du Tout-Paris, des lettres d'injures et des factures : l'atelier à 3 000 francs par an semble désespérément sans objet.

Voilà Sargent réduit à demander des délais pour régler son loyer. Son propriétaire, M. Poirson, consent à recevoir en guise de paiement un portrait de sa fille exécuté par ce locataire talentueux mais impécunieux... Sargent n'a même plus les moyens de peindre sur la fine toile qui serait nécessaire et doit se contenter d'un canevas rempli de nœuds. Il lui faut bien admettre la triste réalité : le portrait de Judith Gautreau, au lieu de lui apporter la fortune, vient de ruiner sa réputation.

Il tient bon jusqu'au Salon d'automne où il n'a rien de récent à présenter. Alors Sargent expose un portrait exécuté lors de son voyage en Angleterre.

Mais après le Salon, il ne lui reste plus qu'à envisager une carrière outre-Manche. Là-bas il semble que le *Portrait de Mme X* n'ait pas eu de conséquences néfastes. Il garde encore l'atelier du boulevard Berthier pendant un an, dans l'espoir que des commandes lui donneront l'occasion d'y reprendre sa vie rêvée. En vain. Un autre peintre mondain, Giovanni Boldini, lui succède dans les lieux.

Il va désormais vivre en Grande-Bretagne et y faire une carrière très heureuse et comblée d'honneurs aussi bien à Londres... qu'en France. Quant à Mme Judith

Gautreau, elle figure désormais au Metropolitan Museum de New York.

Mais le véritable objet du « scandale » Gautreau était aussi ailleurs. Sargent a exposé au Salon de 1884 un pendant de la belle Judith : le portrait du Dr Samuel Pozzi, gynécologue et Don Juan à la mode. Sa robe de chambre cramoisie et la tenture de velours devant laquelle il se tient, la main sur le cœur, rappellent au Tout-Paris qu'il est l'amant de la rousse Judith... erreur fatale !

ERNST

L'irrésistible

Une procession passe dans la campagne allemande, non loin de Cologne. Nous sommes à la fin du siècle dernier. La foule endimanchée, chargée de fleurs, suit les bannières de soie peinte et chante avec ferveur les cantiques traditionnels. Chacun y va de ses vœux les plus sincères, de ses demandes ou de ses remerciements. Soudain, au détour d'un chemin, un enfant blond apparaît, pieds nus, vêtu d'une chemise qui lui tombe aux pieds. Une femme s'écrie :

— Mais c'est l'Enfant Jésus qui vient se joindre à nous !

Toute la procession s'est arrêtée. L'« Enfant Jésus » se glisse au milieu du cortège et la procession repart en chantant avec une ferveur décuplée pour rejoindre la chapelle qu'on aperçoit un peu plus loin dans le paysage verdoyant...

Mais, avant que l'on s'engouffre dans la chapelle, l'arrivée des gendarmes vient remettre en question la divine apparition. L'Enfant Jésus n'est qu'un bambin connu du voisinage : le petit Max Ernst, que ses parents affolés recherchent. La mère accourt, le visage inondé de larmes.

— Il nous échappe toujours ! Il adore les trains, et la voie de chemin de fer est si proche. Nous avons toujours peur qu'il se fasse écraser.

Elle est partagée entre l'envie de serrer l'Enfant Jésus

sur son cœur et celle de lui administrer une bonne fessée, histoire de marquer le coup pour quelques jours...

Une fois rentré au foyer, le petit Max, tout content, se met à brailler :

— Je suis l'Enfant Jésus, j'ai été reconnu !

Le père de Max, Philippe, taciturne et dévot, remué malgré lui, et peintre à ses moments perdus, décide d'immortaliser ce moment en peignant la chair de sa chair une croix à la main et bénissant le bon peuple croyant...

L'Enfant Jésus en question est né le 2 avril 1891 à Brühl, chez des bourgeois qui vont bientôt se retrouver à la tête d'une nichée de huit enfants dont Max est le second. Philippe Ernst gagne le pain quotidien en enseignant les bases scolaires à de jeunes sourds-muets.

Au moment où Max atteint ses six ans, Maria, sa sœur aînée, meurt. En apparence Max continue à rire et à jouer comme par le passé, mais, à partir de cette disparition, ses nuits sont peuplées de cauchemars et d'angoisses liées à cette notion nouvelle : la mort.

L'univers de la réalité devient désormais secondaire. Cet univers qui débouche sur la mort fait place à un monde beaucoup plus merveilleux et rassurant. Max commence à converser avec les animaux et les plantes. Il se met à identifier des êtres fantastiques jusque dans les dessins des veines de son bois de lit. Il entend dans le ciel le cri rauque des mouettes. Plus tard, il essaiera de les traduire en peinture.

Neuf ans après la mort de Maria, un double événement vient encore frapper Max en plein cœur. On lui annonce la naissance de sa nouvelle petite sœur, Apollonia. Il ne sait trop ce qu'il faut en penser, mais en rentrant dans sa chambre quelques instants plus tard, il s'évanouit car il y découvre, encore tout chaud, le cadavre d'un être qu'il aimait par-dessus tout : son cacatoès. En revenant de son évanouissement, il déclare de manière péremptoire :

— L'âme de mon cacatoès s'est réincarnée dans Apollonia !

Décidément, Max est un peu... surréaliste.

Inquiet et instable, il se réfugie dans la lecture : les romans d'aventures d'abord, du genre Jules Verne, les contes de Grimm, puis plus tard, quand il entre à l'université de Bonn, à dix-huit ans, les philosophes et les poètes allemands, Nietzsche, Freud, et aussi Dostoïevski. Il voudrait être psychiatre. Son père aimerait le voir avocat ou médecin. Il se passionne pour la philosophie et pour... les maladies mentales. Il commence à peindre ses fantasmes, seul dans sa chambre d'étudiant.

Quand il sort de sa chambre, Max est très remarqué par les femmes. Comment passer inaperçu quand on est grand, blond, mince, quand on possède de beaux yeux bleus, un profil racé et qu'on est, en plus, timide ? Quand on est un poète aussi qui, dans ses premières peintures ou poésies, basées sur l'inconscient et l'imaginaire, cherche à « voir les yeux fermés »...

Max fréquente tout un groupe de jeunes artistes pleins de fougue, entre Brühl, sa ville natale, Bonn et Cologne toutes proches. Un jour, il approche Guillaume Apollinaire. En 1911, il a l'occasion d'admirer les œuvres d'un jeune peintre espagnol : Pablo Picasso. Quand il sort de cette exposition, sa décision est prise : il sera peintre, à part entière, quoi qu'il doive lui en coûter.

Il lui faut deux ans pour exposer une première petite œuvre : *Promenade*.

Les amis de Max sont comme tous les jeunes un peu turbulents : tout leur est occasion de faire la fête et de boire un peu plus que de raison. Un soir, tout le groupe rit autour d'un feu de bois. L'un d'eux s'exclame :

— Je veux mourir ! Il n'y a rien de plus beau que la mort !

Et le voilà qui saute au milieu du brasier. Il faut toute

la rapidité de ses compagnons un peu dessoûlés pour l'arracher aux flammes. Mais il est brûlé. À demi évanoui. Ses cheveux ont plus ou moins disparu.

— Vite, il faut le porter dans une maison et appeler un médecin !

On sonne à la première porte qui se présente. Un homme vient ouvrir après un moment qui semble interminable :

— Monsieur ! Vite, nous avons besoin d'aide. Notre ami s'est gravement brûlé : il faut l'étendre.

L'homme, aussi modeste d'allure que sa demeure, prend un temps pour répondre :

— Excusez-moi. Mon épouse est morte aujourd'hui. Je n'ai pas d'autre lit à vous offrir que celui où elle repose.

Et voilà le jeune fou à demi mort couché à côté de la femme complètement décédée. C'est à ce moment que le « suicidaire » sort de son évanouissement. Juste assez pour réaliser qu'il est à côté d'un cadavre. Alors il se met à hurler comme un damné. Du coup, il prend ses jambes à son cou et s'enfuit dans la nuit, brûlures ou pas !

En 1913, Max a vingt-deux ans et... il arrive à Paris avec dans la tête l'idée d'approcher ceux dont il a entendu dire tant de bien à Bonn, de faire la connaissance de Picasso, Braque, Matisse... Mais, trop timide, il se contente de fréquenter les petits bars et aussi de se glisser entre les draps de petites Françaises sympathiques. Il se nourrit de frites et de bouillons à bon marché. Au hasard d'un bar, il rencontre le peintre Pascin.

Au bout de quelque temps tout de même, il rentre en Allemagne où il se gave d'expositions. Il y fait la connaissance d'un jeune sculpteur alsacien et enthousiaste, Hans Arp. Ils sympathisent et Arp lui fait découvrir de nouveaux noms comme Baudelaire et Mallarmé. Max s'essaie à la sculpture.

Mais, en 1914, Max se retrouve enrôlé dans la vilaine guerre meurtrière. Il n'a quant à lui pas d'autre ambition que de... rester en vie. Il est mal noté. Les dieux sont heureusement avec lui puisqu'il se retrouve au Service géographique de l'armée, loin des rigueurs du front. Cela lui laisse le temps de peindre une *Bataille de poissons*.

Après la guerre, il vend aux portes des usines un journal, *Der Ventilator*, que les forces anglaises d'occupation interdisent parce qu'il démoralise les laborieuses populations germaniques. Mais surtout, avec quelques amis survivants, il décide de créer un mouvement artistique pour dénoncer l'absurdité et l'horreur auxquelles ils viennent d'échapper : Ce sera le mouvement dada de Cologne que rejoint bientôt Arp. L'année précédente, en 1918, autour d'un Roumain nommé Tzara, un petit groupe cherchait nom. Quelqu'un a proposé :

— Ouvrons le dictionnaire avec un coupe-papier et voyons quel est le premier mot qui nous tombe sous la main !

Ce mot est « Dada » !

Est-ce la vraie version ? Ne seraient-ce pas plutôt les garçons de café qui ont surnommé un groupe d'étrangers les « dadas », le seul mot qu'ils percevaient régulièrement dans la conversation ? En tout cas, le « dadaïsme » est né. Le « dadaïsme », c'est la négation de tout. La révolte permanente contre la société, la morale... On place le génie au même rang que l'idiot congénital. Ernst et Arp confectionnent des « fatagagas », c'est-à-dire des « Fabrications de tableaux garantis gazométriques ». On l'avait compris !

Max et ses amis décident d'ouvrir une « Exposition dadaïste » à Cologne. Dans un couloir trône un urinoir. Plus loin une communiante déclame des poèmes obscènes ! Le scandale est si grand que le public manque de mettre le local à sac. La police intervient et fait fermer l'exposition. Max pourtant voulait simplement lutter contre le conformisme. En attendant, conformiste malgré tout, il s'est marié : il a épousé une jeune étudiante de Bonn, Louise Strauss.

Un jour de promenade dans les rues, Max se rend compte que son esprit est obsédé par les images d'un catalogue de vente. C'est la révélation : ces images conventionnelles imprimées en noir et blanc vont servir de matériaux à des « collages », des associations bizarres qui permettent de découvrir de nouveaux liens entre les choses, entre les êtres humains, entre l'animal, le minéral, le mécanique et l'anthropologique... Quand il se trouve à la tête d'un certain nombre de « collages », il les expédie à Paris où ils laissent béats d'étonnement un certain André Breton et aussi Tristan Tzara et Philippe Soupault.

Pendant ce temps, à Cologne, il commence à peindre des toiles, étranges cauchemars aux formes pourtant poétiques, *Œdipus Rex* ou *L'Éléphant Célèbes* dont le point de départ est un... aspirateur. Il est très influencé par la peinture métaphysique de Giorgio de Chirico.

Après un séjour en Suisse où Giacometti l'héberge, il reprend la sculpture. Il sculpte *Les Asperges de la lune*. Beaucoup ricanent...

À l'occasion d'une exposition dadaïste dans le Tyrol, Tzara lui suggère de venir à Paris. Breton présent approuve cette suggestion ainsi que Paul Éluard. Max opine silencieusement. Il est ailleurs, fasciné par Gala, autrement dit Elena Dimitrievna Diakonova, mystérieuse fille d'un haut fonctionnaire du tsar et présentement l'épouse d'Éluard. Éluard, qui a acheté *Œdipus Rex* et *L'Éléphant Célèbes*, propose aussi que Max illustre des poèmes dont il est l'auteur. Mais les autorités refusent de lui délivrer un passeport pour la France.

Alors, le beau Max passe la frontière illégalement. Il a trente-trois ans. Son épouse reste seule à Bonn, avec leur petit Jimmy, qui n'a que trois ans. Grâce à de faux papiers, il trouve un petit travail à Paris et fabrique des... « articles de Paris » sous le pseudonyme de... Jean Paris ! Il loge chez les Éluard. Tout un monde littéraire fréquente leur maison de Saint-Brice : Aragon, Breton, Paulhan, Arp, Desnos. Max portraiture le groupe et l'intitule *Au Rendez-vous des amis*. Les Parisiens sont fascinés par ce représentant du « mystère allemand », mystère dont ils sont coupés depuis quatre ans.

Le surréalisme s'installe, s'organise et commence à explorer des voyages et des rêves insoupçonnés.

Justement, à propos de voyage, voilà qu'Éluard prend un jour le train pour Monte-Carlo. Seul. Il joue au casino de l'argent que son père l'a chargé de porter à la banque et gagne. « Malheureux en amour... », peut-être. En tout cas avec l'argent gagné, il s'embarque à Marseille pour Tahiti. Une fois arrivé, il télégraphie à Gala : « Viens me rejoindre à Saigon avec Max ! »

Max réalise tout ce qu'il possède à Paris et en Allemagne. Et vogue le paquebot. Le voilà parti avec Gala pour un lointain voyage vers l'Extrême-Orient. Le retour, Max l'effectue à bord d'un cargo dont l'équipage est ivre mort. Des escales en Afrique et une panne en mer Rouge le guérissent définitivement de l'Aventure... Il rentre à Paris juste à temps pour assister à la publication du *Manifeste du Surréalisme*. Puis il part au bord de la mer et là, comme à son habitude, il se prend à rêver, le regard dans le vague.

Ce vague, pour l'heure, ce sont les lattes du plancher mille fois lavé et relavé, avec les veines en relief. Vite un papier et un crayon gras pour relever ces délicats reliefs au moyen d'un frottage. Cela va lui inspirer des « frottages ». Après les planchers, il frotte des tissus, des cannages. On crie aux « enfantillages ». Cette définition satisfait pleinement le beau Max...

Après les « frottages » viennent les « grattages » de la peinture à l'aide de peignes, de truelles, de lames de rasoir. On parle de lui, on lui commande des décors de ballet. Il peint avec passion une série d'œuvres importantes aux titres alambiqués : *Deux femmes et un singe munis de tringles*, *Couple étroitement enlacé dans les flammes*, *Deux enfants menacés par un rossignol*, *Vision provoquée par l'aspect nocturne de la porte Saint-Denis*. C'est du délire pur mais un délire ô combien poétique et esthétique sur le plan formel... Rien d'étonnant : le livre de chevet de Max est le *Traité de la peinture* d'un certain Léonard de Vinci...

Max Ernst est désormais un nom connu. Comme celui d'autres surréalistes : Dali, Magritte, Picabia, Chirico, Masson, Miró, etc. Jeanne Bucher, une marchande inspirée, s'intéresse à lui. Il est lancé. On le demande en Belgique, en Angleterre, en Allemagne, en Suisse et les collectionneurs font monter sa cote. La galerie Berheim expose ses « oiseaux, ses fleurs nouvelles, ses forêts volantes, ses malédictions, son satanas ». C'est tout un programme...

Le maître de la haute couture Jacques Doucet aime beaucoup une peinture représentant cinq vases. Mais elle vaut 5 000 francs : il trouve la somme un peu forte et propose de payer 2 000 francs... pour un tableau ne représentant que deux vases.

Max, beau, riche et adulé, tombe amoureux d'une jeune femme de vingt ans, Marie-Berthe Aurenche. Ils s'enfuient à Noirmoutier. Mais le père de Marie-Berthe est un ami du préfet de police Chiappe. Il retrouve les tourtereaux. La jeune amoureuse ramenée à Paris s'enfuit de nouveau pour rejoindre Max qu'on veut arrêter pour détournement de mineure. Max s'échappe en taxi. André Breton, en véritable ami, se fait arrêter à sa place en se faisant passer pour lui. Max et Marie-Berthe se réfugient à Bordeaux en attendant qu'elle ait vingt et un ans ! Max divorce alors de son épouse allemande et épouse Marie-Berthe... Les Aurenche lui apprennent alors que, selon la tradition, ils descendent directement de la duchesse d'Angoulême, fille de Louis XVI, et que Marie-Berthe est donc prétendante au trône de France... Gala, entre-temps, est tombée définitivement amoureuse de Dali, lui-même fasciné par son « torse énergique et ses fesses très fines ».

C'est pour Max la période de gloire montante. Ses œuvres vont rejoindre les Goya dans les collections privées. Il peint *Le Monument aux oiseaux* et publie un livre de collages : *La Femme 100 têtes*, suivi du *Rêve d'une jeune fille qui voulait entrer au Carmel*. Puis ce sont les séries des « Villes entières » et des « Jardins Gobe-avions »... Au bout du compte, après dix ans de mariage, Max et Marie-Berthe réalisent que leur bel amour fou est retombé comme un papier mal collé au mur. Marie-Berthe sombre dans la folie. Il faut dire qu'une certaine Leonora Carrington, anglaise et poétesse, vient de rencontrer Max à Londres et que leur coup de foudre réciproque fait trembler les murs de leur chambre.

Cependant, l'amour, la peinture et le surréalisme ne suffisent pas à protéger Max d'un événement extérieur lourd de conséquences. Il achète une maison à Saint-Martin-d'Ardèche. Une maison acquise pour y cacher son amour avec Leonora. Il passe un an à décorer ce nid d'amour. Il se consacre à la peinture de grands paysages dramatiques. Mais les Allemands approchent. Les « nazis », et pas du tout les Allemands chers au cœur de Max. Nous sommes en 1939 et Max est interné comme... sujet allemand. Il part menottes aux poignets. Le dernier regard de Leonora est plein de folie.

Max connaît l'angoisse des camps d'internement jusqu'au moment où on lui permet de revenir dans sa maison. Quand il retrouve Leonora, elle a vécu cachée en se nourrissant à peine et un voisin vient de conclure une affaire avec elle : la maison contre un litre d'alcool. Max se retrouve sans foyer. Marie-Berthe est partie pour un asile psychiatrique en Espagne ; elle finira ses jours troublés au Mexique.

Alors, Max songe à quitter l'Europe. Pour où ? La libre Amérique. À Marseille, il retrouve Breton et d'autres amis du temps du « dadaïsme » avec une excentrique Américaine qui fera beaucoup parler d'elle : une certaine Peggy Guggenheim. Son grand-père était propriétaire de la plupart des mines de cuivre du monde et son père a coulé avec le *Titanic*. Adieu Leonora, adieu Saint-Martin-d'Ardèche... Peggy l'aime, le cajole. Elle est riche : elle lui achète tous ses tableaux et finit par l'emmener avec elle à New York... Les « parties » qu'elle donne pour clore les vernissages font beaucoup de bruit dans tous les sens du mot. Le déshabillé en plumes d'autruche roses de Peggy est connu du Tout-New York.

Ils filent le parfait amour jusqu'au jour où... les États-Unis déclarent la guerre à l'Allemagne. Peggy vit donc avec un ennemi. Mais si on se mariait ? Max hésite un peu : il a divorcé de Marie-Berthe dans l'idée d'épouser Leonora l'Anglaise ; tant pis : va pour une Américaine richissime.

Peggy a de l'allant, des dollars. Elle est pétulante. Mais Max n'est pas fait pour cette vie mondaine et luxueuse. D'autant plus que la médaille a son revers. Peggy est jalouse comme trois panthères ! Quand elle sort, elle enferme Max à clef !

Un jour, elle a une idée à laquelle elle aurait mieux fait de réfléchir avant de la proposer mais enfin, tant pis, c'est le destin :

— Max chéri ! J'aimerais faire une exposition qui réunirait les œuvres des trente et une meilleures femmes peintres de New York. Dans ma galerie « Art of this Century ». Tu pourrais te charger de les rencontrer et de sélectionner les meilleures, *of course* !

— *Of course* ! répond Max comme dans un rêve.

Trente et une femmes peintres ! Et voilà comment Max rencontre une certaine Dorothea Tanning. Encore le coup de foudre ! Peggy, folle de rage, dévaste l'appartement. Mais elle se résigne. Divorce. Dorothea devient à son tour Mrs Max Ernst. En 1946, une fois la guerre terminée. Va-t-il enfin se ranger ?

Toutes ces émotions n'empêchent pas Max de continuer à peindre. En 1942, toujours à la recherche d'idées nouvelles, il a fait une expérience : il a suspendu une boîte de peinture à un fil. La boîte, qui était trouée, se balançait dans tous les sens au-dessus d'une toile vierge. La peinture coulait plus ou moins au hasard : c'est le *dripping* et cela se nomme désormais *abstract art*, ou *concrete art*.

Un jeune peintre, Jackson Pollock, hurle d'enthousiasme et se précipite pour peindre grâce au dripping.

Max et Dorothea s'envolent pour Sedona dans l'Arizona et il construit une maison de ses mains pour y cacher leur amour. Le paysage désertique l'incite à reprendre la sculpture et c'est à cette période qu'on doit : *Tête d'homme intrigué par le vol d'une mouche non euclidienne*, qui suggère l'homme cerné par l'atome et le nucléaire.

Il est heureux et cela dure jusqu'en 1949, année où il décide de revenir en France avec Dorothea. Une grande exposition est organisée. C'est un échec total ! Les jeunes ne s'intéressent plus au surréalisme dont les audaces ont été balayées par la vague d'horreur de la Seconde Guerre mondiale encore plus surréaliste que leurs œuvres. Max Ernst est dépassé. Les nouvelles de New York lui apprennent que là-bas non plus il ne fait plus florès. Est-ce la descente aux enfers pour l'artiste qui atteint la soixantaine ? *Un essaim d'abeilles dans un palais de justice* est une œuvre qui flirte avec le tachisme abstrait... Max et Dorothea vont et viennent entre Paris et Sedona.

Et puis une exposition, en 1953, connaît un succès inattendu. Et la biennale de Venise lui attribue son Grand Prix... André Breton, qui se dit toujours le « pape du surréalisme », saute de rage. Il a toujours interdit à ses disciples d'accepter le moindre honneur. Max Ernst se retrouve excommunié ! Le Prix national des arts l'année suivante n'arrange rien. C'est à nouveau la fortune et la gloire. Il se définit alors comme un « tremblement de terre très doux » !

En 1958, Max Ernst, terriblement cosmopolite, se fait naturaliser français. Il alterne séjours à Paris et séjours à Huismes en Touraine. Il nous quitte en 1976 pour aller découvrir un monde meilleur et plus surréel dans le ciel duquel vole éternellement « Loplop », son oiseau imaginaire favori.

MODIGLIANI

Alcool et tuberculose

— Qui est ce beau brun ?

— C'est un Italien. Il est fou de peinture.

Sur le boulevard du Montparnasse, cette question et cette réponse sont répétées des dizaines de fois entre 1909 et 1920. Quelqu'un précise parfois :

— C'est Amedeo Modigliani, un nom impossible à prononcer, alors, on dit « Modi », c'est plus simple...

Comme si, avec Modi, quelque chose pouvait être simple.

Amedeo a vu le jour à Livourne, en Italie, le 12 juillet 1884. Il descend de Spinoza. Son père est courtier, d'une famille de banquiers qui servirent le Vatican. Sa mère est juive d'origine marseillaise. Son père meurt et sa mère se voit contrainte de donner des leçons pour élever ses quatre enfants. Il lit Nietzsche et, à douze ans, parle plusieurs langues. Sa personnalité s'affirme. Il sait dès son plus jeune âge qu'un destin hors du commun va le pousser à se dépasser au-delà de ses forces, à se brûler les ailes. À quinze ans, « Dédo », comme sa mère le nomme, tombe gravement malade : on diagnostique une pleurésie, puis une affection thyroïdienne, puis des problèmes pulmonaires. On le croit à l'article de la mort. Il délire :

— Je veux des pinceaux, je veux des toiles ! Je veux peindre !

Il en réchappe et désormais la peinture devient son obsession. Il entre chez un peintre de Livourne au talent mineur. En 1900, la maladie le frappe encore. Il s'éloigne alors vers Capri, Naples, Rome. Puis il intègre l'École des beaux-arts de Florence. Florence ne lui suffit pas, le voilà à Venise.

Il arrive à Paris en 1906 et s'installe tout d'abord à Montmartre, plus exactement rue Caulaincourt, c'est le quartier des artistes. Il est très sage et s'intéresse à Toulouse-Lautrec, à Steinlein. Il découvre en 1907 Cézanne et Picasso, son voisin qui demeure au Bateau-Lavoir. Paris vient de découvrir le fauvisme et le Picasso de l'« époque bleue » qui va lancer le « cubisme ». Il est beau, cet Italien, un grand front, des yeux bruns, enfoncés dans les orbites. Et des cheveux rebelles bouclés. Des lèvres charnues qui s'affaissent un peu, avec mélancolie.

Chaque année lui apporte son aventure :

1907, premier amateur, le docteur Paul Alexandre. 1908, premier envoi aux « Indépendants ». 1909, rencontre avec le sculpteur roumain Brancusi très inspiré par l'art nègre. Justement une exposition a lieu. Modigliani ressent comme un coup de foudre pour ces formes nouvelles, ces raccourcis, ces corps expressifs : c'est décidé, il sera sculpteur. Il faut qu'il se rapproche de son nouvel ami et il déménage : il arrive cité Falguière, au cœur du Montparnasse des sculpteurs. Mais la sculpture, ça coûte cher. Il faut acheter des blocs de pierre, très lourds. Il choisit souvent la pierre plutôt que le dîner qui serait pourtant nécessaire. Pour que les planchers résistent à ces blocs, il est indispensable de se loger dans un rez-de-chaussée. Autre complication.

— Et puis la taille directe, ça produit une poussière de pierre. On passe son temps à avaler cette cochonnerie. Et ça fait tousser. Déjà que j'ai les poumons en mauvais état... Non ce n'est pas ce qu'il me faut !

— Pourtant, c'était bien, ce que tu faisais, Modi. Ces têtes inspirées de l'art nègre.

— L'art des Baoulé, plus précisément. Je n'en ai pratiquement terminé aucune... Vingt-cinq ébauches, ce sera toute ma carrière de sculpteur... Mais, en tout cas, j'ai appris en sculptant une certaine simplification des traits. Je crois que je tiens un style nouveau !

Désormais Modi, qui n'a pas les moyens de s'offrir des modèles et qui n'aime guère les femmes dont le métier est de poser, hante les terrasses des cafés, un bloc et un crayon à la main. C'est là qu'il peut dessiner et surtout qu'il peut monnayer immédiatement ses dessins... Pour une bouchée de pain. Personne ne songerait à lui demander s'il peint et, si l'on voyait ses peintures, personne ne songerait à les acheter. Mais les dessins, on aime bien... De 1909 à 1914, Modigliani dessine et sculpte, rien d'autre. En s'inspirant tout à la fois de Picasso, des statues nègres, de Brancusi et de Toulouse-Lautrec.

Il se promène vêtu d'un veston de velours noir. Il aborde les clients et les clientes potentiels et leur dit en les regardant droit dans les yeux :

— Je suis Modigliani, juif, *jew* !

Il ouvre le journal qu'il tient sous le bras et en sort des dessins en ajoutant :

— Cinq francs.

Bienheureux ceux qui peuvent et qui veulent bien dépenser ces cinq francs... Bienheureux ces quelques amis qui l'aident... à se loger, à se vêtir, à trouver les pinceaux, les couleurs et les toiles qu'on cherche désespérément. Qui vous aident à vous nourrir aussi ! Le gros problème pour Modi, c'est qu'on trouve plus facilement quelqu'un qui vous offre un verre que quelqu'un qui invite à un bon repas :

— Garçon ! Un Pernod pour Modi !

L'alcool, ça fait oublier la faim. Et puis ça remonte le moral :

— Modi ! Je vais me marier. Si tu voulais... j'aimerais que tu fasses le portrait de ma future femme !

Modigliani regarde la fiancée. Elle ne lui déplaît pas puisqu'il accepte la commande :

— Je viendrai chez toi demain.

— N'oublie pas de me dire combien tu veux...

Le lendemain, Modi s'installe chez le futur marié, le sculpteur Lipchitz :

— Bon, ton portrait, je te le ferai pour 10 francs... et un peu d'eau-de-vie...

Lipchitz voudrait pouvoir payer un peu plus :

— Reste encore un peu, fignole !

— Non, c'est bien comme ça. Tu veux que je gâche tout ?

Il termine en une seule séance. Dix francs, le prix de deux dessins...

Parfois, le soir, Modi couche chez quelqu'un, à même le sol. Il lui faut, pour survivre, accepter n'importe quoi. Il fait des retouches chez un photographe. Il peint des enseignes. Et en plus il n'est pas facile, le Modi. Il a son orgueil. Dame ! Il est si certain de son génie. Même si personne ne le comprend. D'ailleurs il ne voudrait pas devenir l'esclave d'un marchand... ni même d'un client. En voilà un, justement, qui ose marchander le prix de quelques dessins. Alors Modigliani n'hésite pas : il met le feu à la liasse ! Quelques chefs-d'œuvre partent en fumée ! Une autre fois, à la terrasse d'un café, il est occupé à faire le portrait d'une touriste étrangère. Il le tend à la cliente qui dit :

— Mais il faut le signer !

Modi reprend le dessin et signe, complètement en travers du visage... Un autre jour, Modi propose toute une liasse de dessins à un ami, en échange... d'un verre de gin. L'autre refuse et Modi lui jette un regard meurtrier en lançant :

— Il y a des besoins qui demandent à être satisfaits... immédiatement !

Jusqu'au jour où une journaliste anglaise, Beatrice Hastings, croise la route de Modi. Elle déguste du fromage blanc dans une crémerie. Il est en face d'elle et elle se dit :

— Haschich et eau-de-vie. Il est moche.

Elle l'observe encore un peu et remarque surtout chez Modi sa « férocité, sa gloutonnerie ».

Quand, un peu plus tard, elle le retrouve rasé de frais à *La Rotonde* elle le trouve charmant. Il la salue en soulevant sa casquette et lui dit :

— Voulez-vous voir mes peintures ?

Après l'examen des peintures, Beatrice et Modi vont se livrer aux ébats de la passion. Dès lors la vie semble tourner à l'envers : l'alcool, la drogue, les bagarres sont le pain quotidien du beau Modi.

Beatrice habite à Montmartre, rue Norvins, et presque tous les soirs Modi quitte Montparnasse pour Montmartre. Chez Beatrice, il trouve le fragile Max Jacob qui dort là car il n'a pas de logis. Beatrice explique :

— Max me tient compagnie et puis, avec lui pour me protéger, j'ai moins peur des voleurs !

Parfois « Dédo » arrive chez elle complètement saoul. Il frappe à la porte. Elle sait, rien qu'au son de sa voix, qu'il est complètement « hors de lui ». Alors elle refuse d'ouvrir. Modi sort un revolver de sa poche et tire dans la porte. Beatrice fait de même depuis l'intérieur...

Elle finit par se lasser, au bout de deux ans, de cet homme fascinant, « à la fois perle et pourceau ».

En 1914, Modi s'est remis vraiment à peindre. Heureuse idée. Nous voilà en 1916. Modi rencontre un petit bonhomme, un Polonais, juif comme lui. Les deux hommes sympathisent. Justement le Polonais, Léopold Zborowski, est poète et marchand de tableaux. Enfin il essaie de placer ceux des peintres qu'il apprécie. Un marchand qui ne discute jamais des « problèmes artistiques ».

Vers 1917 apparaissent chez Modi les premiers nus

en peinture — les nus de Modi, jusqu'alors, étaient surtout dessinés. Parmi ceux-ci on pourrait sans doute reconnaître Lunia Czecowska, son amie spirituelle. Une des femmes qui compteront dans sa vie. Une certaine Simone Thiroux aussi, qui finit par donner un enfant à Modi. Mère et enfant disparaissent sans laisser de traces.

1917 est aussi l'année du grand amour. Jeanne Hébuterne, une timide jeune femme aux longues tresses blondes, vient le voir :

— Je peins en amateur, seriez-vous assez aimable pour me dire ce que vous pensez de mes peintures ?

Jeanne tombe amoureuse de lui. Elle ne parle pratiquement jamais. Elle a dix-neuf ans. Elle quitte sa famille, s'installe dans le taudis de Modi, veille sur lui comme une mère. Mais la vie à deux est pleine de problèmes, de manque d'argent. La drogue et l'alcool sont toujours à portée de main. Jeanne pose pour Modi. Mais le démon du peintre surgit encore. Un soir, chez Max Jacob qui a enfin trouvé à se loger, Modi met le feu à la chambre. Et éclate d'un de ces rires sardoniques qui sont sa marque.

En 1918, Zborowski organise une exposition des nus de Modi. Mais ces nus exposés dans la vitrine de la galerie « Berthe Weill », pudiques mais érotiques, provoquent les protestations des pères de famille du quartier. La police les fait retirer.

Un voyage à Cagnes-sur-Mer, avec Soutine et Foujita, n'apporte aucune satisfaction. On rentre sans valises car le propriétaire les a fait saisir pour se rembourser du loyer jamais réglé. Soutine lui avait pourtant proposé que Modi fasse le portrait de la bonne amie du propriétaire, une certaine Mlle Rose, mais celle-ci, en voyant les portraits exécutés par le bel Italien, a poussé des cris d'orfraie en hurlant qu'on l'insultait...

Une visite à Renoir tourne court. Renoir dit :

— Peignez-vous avec joie ? Moi, je pelote des fesses pendant des jours et des jours avant de terminer la toile !

Modigliani, un peu trop éméché, répond, à peine poli :

— Moi, monsieur, je n'aime pas les fesses !

Après Zborowski — Zboro, l'amoureux de Modi qui se privait de tout pour son artiste, qui courait Paris toute la nuit pour vendre des « Modi » à n'importe quel prix et qui, au petit matin, empruntait 40 sous afin d'acheter le lard et les haricots rouges qu'il faisait cuire et dont ils devaient tous deux se contenter pendant des semaines — après Zboro, donc, un autre marchand se manifeste : c'est le célèbre marchand Paul Guillaume qui s'intéresse à lui. La voie vers la gloire semble tracée, toute droite. En définitive Modigliani revient à une version épurée et équilibrée du « cubisme ». Il peint ses amis : Kisling, Max Jacob, Blaise Cendrars, Soutine, Picasso et Utrillo, autres méconnus qui le soutiennent de leur amitié. Le comprennent-ils ? Difficilement, surtout quand il a bu. Alors, il « perd la tête ». Il fait n'importe quoi. Souvent il se met à hurler des poèmes n'importe où, à n'importe quelle heure. S'il est chez des amis, les voisins cognent au plafond, au plancher, dans les murs... Peine perdue ! Autant Modi se montre charmant, cultivé, attentionné quand il est à jeun, autant, quand il a « son compte », il est l'incarnation du démon de l'alcool.

Jeanne Modigliani, un ravissant bébé, voit le jour en 1918 à Nice. Son père l'exhibe à *La Rotonde* en proclamant qu'elle a l'air... con ! Est-ce le début de la stabilité ?

Mais ses poumons vont de moins en moins bien. Il faut que Modi aille se refaire une santé à Nice. C'est « Zboro » qui a trouvé l'argent pour que le squelette vivant qu'est devenu Modi puisse faire le voyage. Il loge dans un « clandé » et ces dames, compatissantes, posent pour lui dès que leurs « jules » ont le dos tourné. Un de ces souteneurs survient mal à propos et surprend sa pouliche en pleine pose. Il réclame le prix d'une passe à Modi qui n'a pas un sou vaillant.

Puis, c'est le retour à Paris. Mais il est trop tard. Modi, le beau Modi, meurt à l'hôpital de la Charité, le 24 janvier 1920. Il dit :

— Italia, cara Italia !

Jeanne se précipite à l'hôpital, trouve le corps inanimé de son amant sur la dalle glacée de la morgue. Elle exige qu'on lui rende tout ce qui restait de son bonheur. Pour en faire quoi ? Elle est seule, sur le point d'accoucher de leur deuxième enfant. Il ne lui reste plus qu'à rentrer chez ses parents. Le 25 janvier, Jeanne se suicide en se jetant par la fenêtre du grenier situé au cinquième étage. Elle est allée rejoindre son grand et bel amour un peu fou.

Bientôt un des nus exposés chez « Zboro » et retiré naguère par ordre de la police se vend un million. Modi et Jeanne auraient eu de quoi vivre sans problèmes.

HALS

Un joyeux luron

— Frans Hals, levez-vous !

Le jeune homme que l'on vient d'interpeller se lève, l'air penaud. Il comparaît devant les échevins de la ville de Haarlem en cette froide journée du 20 février 1616. De quoi l'accuse-t-on exactement ? Frans Hals, âgé de trente-cinq ans, peintre de son état et jouissant d'une fort bonne réputation comme auteur de portraits, est tout simplement accusé d'avoir roué de coups son épouse Anneke, fille d'un certain Herman Abels. Y a-t-il des circonstances atténuantes ? Frans Hals fait valoir qu'il a frappé son épouse alors qu'il était en état d'ivresse. Mais cela ne fait qu'aggraver son cas. D'ailleurs Hals et la boisson, voilà le couple habituel pour sa famille et ses voisins. Les disputes sont nombreuses dans le ménage de Frans.

Frans ne fait pas mystère de son goût pour le vin et la bière. Il appartient officiellement à une société joyeuse : « Les Francs Buveurs » dont la devise explicite et paradoxale est : « L'amour par-dessus tout ! »

— Votre seigneurie, vous comprenez... Quand nous avons une réunion des Francs Buveurs... nous buvons, je suis de bonne humeur et puis quand je rentre au logis, alors je trouve Anneke qui m'accueille avec des récriminations et des pleurs et des jérémiades et les enfants qui braillent. Ça m'énerve et alors c'est plus fort que moi, pour obtenir le silence je tape... Oh, pas méchamment, vous savez !

Les juges se livrent à un conciliabule à voix basse puis le président du tribunal prend la parole :

— Frans Hals, eu égard à vos talents de peintre et à votre repentir qui semble sincère, le tribunal vous admoneste publiquement et vous enjoint de mieux vous comporter à l'avenir. Vous ne devez plus vous livrer à l'ivrognerie, vous ne devez plus frapper votre femme ni vos enfants. En cas de récidive, nous vous avertissons solennellement que les mesures qui vous puniront seront sans faiblesse... Et qu'elles prendront en compte vos mauvaises actions aussi bien anciennes qu'à venir. Vous pouvez rentrer chez vous.

Et Frans Hals, un des plus grands peintres flamands, reprend le chemin de son domicile, les yeux baissés devant les ricanements de ses concitoyens de Haarlem.

Quels déboires ont amené ce grand artiste à un tel comportement ?

Au début, tout semble aller bien pour l'enfant qui voit le jour en 1580 — à moins que ce ne soit en 1584. Ses parents se trouvent alors à Anvers — à moins qu'ils ne soient à Malines. On sait seulement que son père devient échevin à Haarlem vers 1585, il s'y fixe sans doute pour des raisons religieuses. Et sa mère, Lysbeth, est originaire de cette ville hollandaise. Frans, le futur peintre, est leur premier enfant. Haarlem, en tout cas, sera le centre de toute sa carrière.

Après quelques années d'apprentissage chez un peintre connu, Van Mander, Frans commence à voler de ses propres ailes. Il se fait une réputation flatteuse comme portraitiste. Et cela lui permet, alors qu'il atteint ses vingt-quatre ans, d'épouser Anneke. Trois ans après, ils sont déjà les parents de trois garçons...

Quelques années plus tard, en sortant de sa confrontation avec les échevins, Frans songe à l'avenir. Ne plus frapper Anneke ? Peut-être... Ne plus boire ? Certainement pas.

Dans les quelques semaines qui suivent, Frans cesse pourtant de boire. Mais cela n'arrange pas son humeur. Le sevrage est trop pénible. Il peint un *Homme tenant un crâne* un peu macabre. Et, paradoxalement, il s'en prend à Anneke. Il la houspille, l'enguirlande et la menace. Cette situation se termine en 1616... à la mort d'Anneke, qui suit d'ailleurs de près celle d'un de leurs enfants.

Voici Frans veuf, mais il a sur les bras la charge de ses enfants encore en bas âge. Une seule solution : trouver une nouvelle épouse. Malgré sa réputation, cela ne semble pas trop compliqué. Dès février 1617, Hals épouse une certaine Lisbeth Pieters Reynier. Il ne faut pas être grand clerc pour deviner qu'ils n'ont pas fait connaissance après le deuil. En effet, quand Lisbeth devient la seconde Mme Hals, elle est très fortement enceinte... Il en naîtra une petite Sara...

Hals va-t-il mettre un peu d'ordre dans sa vie ? Après tout, on reconnaît ses compétences... en matière de boisson tout autant qu'en littérature puisqu'il accède à la Chambre de rhétorique des « Pampres de la Vigne » !... Ses qualités picturales sont aussi reconnues puisque la corporation des Arquebusiers lui passe commande d'un portrait collectif de ses membres... À vrai dire, ils se sont adressés à lui parce que... ses tarifs sont assez modestes...

Frans Hals immortalise donc les officiers de Saint-Georges qui composent la corporation des Arquebusiers. Mais ce qu'il préfère, c'est peindre à grands coups de brosse les portraits si vivants de types populaires qui l'entourent : *Le Marchand de harengs* ou *La Bohémienne* dont on n'est pas vraiment certain qu'elle soit bohémienne, mais dont on peut admirer le sein généreux à peine voilé, et le sourire plein de sous-entendus. Il peint aussi *Malle Babbe*, la vieille sorcière locale au rictus sardonique qui semble parler à son hibou.

Après la naissance un peu involontaire de la petite Sara, le foyer de Frans s'enrichit, si l'on peut dire, de... sept fils supplémentaires... parmi lesquels Claes, Reynier, Frans II, Jan. Tous deviendront peintres... Frans adore ses enfants car il passe son temps à en faire les portraits à tous les âges depuis la tendre enfance jusqu'au moment où ils apprennent à jouer du luth et du violon. Dans la famille Hals on aime la peinture mais aussi la musique.

Le portrait de la corporation des Arquebusiers est une réussite. Mais elle n'ouvre pas pour autant à son auteur les portes de la respectabilité. Hals fait peur par son goût de l'originalité, par ses propos qui tendent à pulvériser les principes bourgeois. Mais cette horreur qu'il inspire fascine aussi. Ses portraits sont tellement vivants ! Alors, après les Arquebusiers, ce sont les officiers de Saint-Adrien qui passent commande. Hals les représente en plein banquet. Puis, à leur tour, les officiers des Archers de Saint-Adrien veulent qu'on les immortalise. Puis la Compagnie du Capitaine Reynier Read. Mais là, les choses tournent court. Voilà-t-il pas que ces messieurs un peu trop sûrs d'eux ne viennent pas poser aux heures convenues. Et ils bougent pendant les séances, et ils se mêlent de donner des avis et des conseils sur l'art de peindre. Hals les plante là et la toile reste inachevée... Heureusement, les officiers des Archers de Saint-Georges prennent la relève. Paul Claudel dira, quelques siècles plus tard :

— Tout ça est peint avec les deux mains à la fois dans un éclaboussement de trombones et de sauce !

En tous les cas, ces messieurs, saisis dans la spontanéité d'une fête ou d'un banquet corporatif, sont un éblouissement de couleurs et de vie.

Frans Hals est-il plus riche pour autant ? Que nenni ! Il est incapable de mettre un florin de côté. Dame, avec toute sa nichée et ses mauvaises habitudes, rien d'étonnant ! Pourtant, il a de puissantes relations. Les bourgeois les plus huppés de Haarlem acceptent d'être les parrains de ses fils. Si Frans était un peu plus policé, un peu plus à jeun, et s'il se contentait de peindre les bourgeois honnêtes au lieu de faire le portrait des pires représentants du bas peuple...

Pour l'instant Frans est toujours couvert de dettes. C'est pourquoi le boulanger qui lui fournit le pain quotidien prend le taureau par les cornes et, un jour, une fois la livraison faite, repart avec cinq tableaux qu'il a décrochés du mur... Pour solde de tout compte.

Pourtant tous les bourgeois de Haarlem défilent dans son atelier, heureux de se faire peindre en somptueux habits de velours et de dentelles. Ils sont tous là, le col engoncé dans les fraises amidonnées, l'épée à la main et le regard bravache fixé sur la ligne dorée de leurs fortunes... Hals, qui frôle sans cesse la misère, sait donner à tous ces gens un air de santé et de joie de vivre. Il traduit le bonheur d'être important, bien dans sa peau et assis sur un tas de pièces d'or. Frans ne peindra jamais que les bourgeois de Haarlem, ville de 40 000 habitants. Sauf pourtant, en 1644, le portrait de Descartes, sans doute au moment où celui-ci se rend en Suède pour répondre à l'invitation de la reine Christine. Invitation qui sera mortelle pour le philosophe trop fragile des bronches.

Jamais Frans n'ira voir ailleurs de quoi les gens ont l'air. Ah si, pourtant, une fois, il accepte d'aller peindre un portrait corporatif à Amsterdam. Mais il ne va pas terminer l'œuvre. Le voyage lui a coûté trop cher !

En plus de ces portraits officiels, Frans doit se plier à des corvées telles que la restauration de peintures pour le couvent de Saint-Jean. Car les huissiers et les saisies se succèdent chez lui. Que lui réclame-t-on ? Le prix d'une paire de souliers impayés. Ou celui de la toile à peindre dont il a besoin. Les juges se montrent presque arrangeants :

— Vous pourrez à la volonté de votre créancier payer en tableaux peints. Sinon, vos meubles seront saisis !

Même ses élèves lui font des procès. L'une d'elles, Judith Layster, qui le copie à la perfection, le poursuit pour avoir débauché un de ses jeunes apprentis. Apprenti peintre que Hals utilise à des travaux mineurs, ce qui lui permet de faire rentrer des sommes substantielles qui normalement reviendraient de droit à ladite dame Layster qui a formé elle-même cet apprenti !

Et même la famille s'en mêle. Frans, un de ses fils, est un simple d'esprit et les bourgeois doivent prendre des mesures pour l'entretien de ce pauvre être dont le père se désintéresse. Comment pourrait-il faire autrement, lui qui est si mal organisé et constamment dans la misère !

Et du côté de Sara les choses ne vont pas mieux. Seule fille élevée au milieu de trop de garçons, de trop de boisson, de trop de musique et de laisser-aller, Sara a la cuisse plus que légère. Au point que sa mère, au nom de Frans, demande à ce qu'on enferme à l'Hospice du Travail cette gourgandine. Décidément quelle famille ! L'hospice la calmera un peu puisqu'elle en sortira assez vite pour se marier.

Frans atteint ses soixante ans. Il peint toujours avec autant de génie mais sa palette s'est assourdie. Comme il convient à un tableau représentant *Le Trésorier de l'hôpital au moment où il présente ses comptes*... Parmi ces hommes dignes et altruistes on remarque qu'un des régents, l'œil aviné et le chapeau de travers, est... au bord du coma éthylique.

Son impécuniosité est telle que la Guilde des peintres le dispense de payer ses cotisations. Pourtant il en est élu... président. On sait être compréhensif à Haarlem ! On lui alloue même pour l'hiver de 1663 à 1664 une pension d'indigent, qui se monte à 150 *carolus gulden*, payable en quatre fois. Par ailleurs la municipalité décide de lui fournir chaque hiver trois brouettes de tourbe pour qu'il puisse chauffer sa maison. Cette année-là, âgé de plus de quatre-vingts ans, il peint les « régents » et les « régentes » de l'hospice des vieillards, vieillards et vieillardes eux-mêmes, aux regards sérieux et même impitoyables.

La municipalité de Haarlem n'aura pas trop longtemps à se préoccuper de le chauffer car il meurt le 29 août 1666. On l'enterre dans le chœur de la « Groote Kerk » ou grande église protestante. Il y est toujours.

BOLDINI

Monstre de virtuosité

— Mon Dieu, quel malheur ! Mon Dieu, venez-nous en aide !

Ces cris déchirants résonnent dans la maison du signor Boldini, peintre honorablement connu de Ferrare. Quel malheur vient de s'abattre sur la maison ?

— L'oncle Ricardo vient de mourir. Dieu ait son âme !

La famille Boldini est en fait plutôt soulagée d'apprendre cette nouvelle, certes fort triste, mais pas vraiment tragique. L'un des fils, Giovanni, lance, un peu goguenard :

— Espérons qu'il aura pensé à nous dans son testament !

— Eh bien, tu ne crois pas si bien dire : votre oncle Ricardo vous laisse tout ce qu'il possède à vous... les garçons Boldini !

C'est donc sans doute grâce à l'oncle Ricardo qu'un des peintres les plus parisiens va prendre son envol... vers Paris.

Giovanni Boldini est un enfant de Ferrare, en Italie. Il a choisi le 31 décembre 1845 pour y apparaître. Ses parents ont déjà sept enfants. Ils en auront treize au bout du compte. Antonio Boldini, le père, est peintre, spécialisé dans les sujets religieux. C'est-à-dire qu'il peint de faux Giotto, de faux Guardi, de faux Mantegna et de faux Canaletto qu'un antiquaire peu scrupuleux, parrain de Giovanni, refile à des touristes naïfs.

Dès qu'il tient debout, Giovanni, que l'on surnomme « Zanin », veut dessiner, comme papa. Plus tard, il va longuement contempler tous les maîtres de la Renaissance qui ont décoré les palais des ducs d'Este. Papa Boldini, dont la virtuosité de faussaire fait plaisir à voir, ne saute pas de joie en voyant les premiers essais de Giovanni. Non qu'ils soient mauvais, bien au contraire, mais l'auteur de ses jours considère que la peinture est un « fichu métier ». Mais Giovanni copie une Vierge de Raphaël avec tant de talent que les chanoines de la cathédrale déplacent leur soutane pour venir l'admirer.

Pour l'instant Boldini est encore blond comme un petit page. Et très élégant : tout l'argent qu'il gagne est dépensé en vêtements sur mesure. C'est qu'il sent en lui frémir un tempérament de feu. Son ami Pasini, qui est musicien, lui dit :

— Accepterais-tu de faire le portrait de ma fiancée ?

Giovanni accepte mais son cœur d'amadou s'enflamme sur-le-champ quand il aperçoit... la sœur de son modèle. Les affaires vont rondement : le portrait est vite fait et la sœur, Giulia, se retrouve dans le lit de Giovanni. À moins que ce ne soit lui qui se retrouve dans le lit de Giulia.

C'est à ce moment que l'oncle chanoine lègue une jolie somme aux fils Boldini. Giovanni décide tout d'abord que ce pactole va lui permettre d'échapper au service militaire en se payant un remplaçant selon la coutume de l'époque. Mais il est bien vite ramené à la dure réalité :

— Signor Boldini, vous êtes exempté de service... Trop petit !

Giovanni se redresse sur ses talons comme un petit coq qu'on viendrait d'arroser d'eau froide :

— Moi trop petit ! Trop petit !

Ah ! On va bien voir ! Puisqu'il est trop petit pour

l'armée, il va mener la grande vie. Et d'abord adieu Ferrare. À nous Florence, la vraie ville de l'Art. Et en même temps adieu Giulia, sa tendre amie, qui reste avec ses yeux pour pleurer. Et adieu le tailleur et sa note à rallonges. Il sera payé plus tard... peut-être...

À Florence on n'attend pas le très petit Ferrarais. Quelle allure avec ses gilets brodés, ses hauts talons et cet accent impossible ! Giovanni ne cherche pas à fréquenter les garçons de son âge. Il visite les musées nombreux et somptueux, il s'inscrit à l'Académie des Beaux-Arts et fréquente les cafés élégants où il sait qu'il peut rencontrer les peintres déjà « lancés ». Le premier qu'il découvre n'est pas génial mais il est riche et il fréquente la clientèle huppée. Dans ce monde, Giovanni Boldini a choisi ses proies : les femmes.

La première de ses victimes est une Russe. Giovanni n'y va pas par quatre chemins :

— Je vous aime, mon adorée. Je veux que vous soyez ma femme...

La jeune Russe, romantique comme seules peuvent l'être les Slaves, se retrouve très vite dans le lit de Giovanni. Quelques mois plus tard, il file vers d'autres amours. La Russe, Olga ou Natacha, jure qu'elle ne se mariera jamais ! Et elle tient parole. Qui aurait pu affronter la concurrence de Giovanni ?

Mais Giovanni, s'il est un amant hors pair, n'oublie pas sa vocation. Il peint, il fréquente les milieux élégants, il lance des phrases qui font mouche. En principe, si elles font mouche, c'est parce qu'elles sont venimeuses... Il multiplie les portraits pleins de « brio ». Mais il réalise aussi des scènes de genre et il voyage : il en a les moyens : Naples, Monte-Carlo, Paris où il débarque pour l'Exposition de 1866 : le triomphe du Second Empire. Il se met à fouiner dans tous les coins... élégants, à la recherche de portraits à faire et de femmes à séduire.

— Mon cher Boldini, vous avez une fichue « patte ». J'ai une proposition à vous faire.

— Que voulez-vous dire, monsieur Cornwallis West ?

— Eh bien, mon petit Boldini, je vous offre la sécurité financière jusqu'à ce que vous soyez vraiment « lancé ».

— Pourriez-vous préciser ce que vous envisagez ?

— Vous me suivez à Londres, je vous installe dans un véritable atelier près de Hyde Park, je vous présente à toutes mes relations mondaines. Le reste viendra tout seul pour peu que vous sachiez utiliser la chance. À vous la fortune et la gloire...

Que désirait M. Cornwallis en échange de son aide ? L'histoire ne le dit pas. En tout cas Giovanni Boldini, vingt-huit ans, devient un parfait Londonien. Il peint des scènes de genre qu'on lui paye 40 livres pièce : une fortune. Un jour une amie de Cornwallis, lady Bechis, accepte de poser pour le jeune Ferrarais. C'est la ruée, toutes les ladies veulent se faire portraiturer par le tout petit Italien. Lui peint comme un fou et amasse... de quoi venir vivre à Paris.

Il y arrive en 1871... Paris fume encore des combats de la guerre qui vient de s'achever et des atrocités de la Commune. Est-ce bien l'époque pour un peintre des élégances ? Boldini, comme beaucoup, se dirige vers Montmartre, rue Frochot. Très vite il fait la connaissance de Berthe, une jolie femme qui pose nue et qui l'invite à s'installer chez elle. Association profitable puisqu'elle va poser pour lui sous d'innombrables travestissements. Quand Giovanni n'est pas dehors à s'enivrer de l'air des rues de Paris qu'il va peindre ensuite avec son brio habituel. Berthe lui trouve un atelier à Pigalle. Tout lui est motif de peindre : la Seine, le bois de Boulogne, Bougival, Versailles, les bals masqués, la pluie sur les trottoirs... Il a la langue pointue et fréquente les gens d'esprit parmi lesquels celui qui sera son grand ami et confident : le dessinateur, peintre et humoriste Forain. Sem aussi, le caricaturiste à la plume impitoyable, est de toutes les fêtes. Boldini aime la peinture de Manet et il porte une profonde vénération au peintre aristocrate Edgar Degas... qui lui dit, en soupirant devant une « tête de cheval » :

— Vous êtes un monstre de talent !

Les amateurs se pressent maintenant aux portes de l'atelier de Pigalle. On parle de grands ancêtres : Watteau, Fragonard, Tiepolo.

Au Salon de 1875, les scènes de genre de Giovanni plaisent beaucoup. Mais le portrait de la comtesse de Rasty fait marcher les langues :

— Il paraît que le peintre est l'amant de son modèle.

— Mais il est en ménage avec Berthe, son modèle habituel.

— Il a plus d'un tour dans son sac. Il a loué un entresol discret uniquement pour y recevoir la belle comtesse !

— Je sais, c'est rue Demours.

Pour l'instant, le concert de louanges est universel. Tous les peintres conventionnels, les Meissonier, les Detaille, grands spécialistes de scènes militaires, applaudissent le savoir-faire de Boldini.

— C'est autre chose que ces soi-disant « impressionnistes ». Ces barbouilleurs, ces Renoir, Monet, Cézanne, Pissarro et autres Sisley !

Le secret de Boldini : il donne de la société en place une image heureuse et surtout facile à déchiffrer.

Dès lors les plus jolies femmes de Paris prennent date pour qu'il les peigne en les flattant au maximum. Beaucoup d'entre elles vont succomber à son charme et il sèmera sous ses pas les cœurs brisés. Il aime, vite, et il laisse encore plus vite. Il court les musées et étudie les effets de Van Dyck, de Frans Hals, de Vélasquez. Il regarde même les impressionnistes et leur vole leur amour de la lumière.

Désormais Boldini ne sera plus qu'un virtuose surdoué. Il s'installe dans l'hôtel particulier que le malheureux John Sargent a dû abandonner. Il peint Robert de Montesquiou, arbitre des élégances, qui inspire Proust, « son admirateur dévoué », la cantatrice italienne Lina Cavalieri qui n'est pas trop cruelle pour son compatriote. Il exécute un merveilleux portrait au pastel de Verdi en chapeau haut de forme, portrait qu'il termine en un seul après-midi. La romancière Gyp, Cléo de Mérode et ses célèbres bandeaux qui la font surnommer « Ventre affamé » (parce qu'elle n'a pas d'oreilles !), toutes sont là. Lantelme, la comédienne qui se noiera bizarrement. La folle marquise Casati, Henri Rochefort le journaliste, Yvette Guilbert. Ce défilé mondain dure... cinquante ans. Il peint S.A.R. Eulalie, infante d'Espagne.

Les portraits mondains de Boldini représentent les fées de cette féerie permanente. Pas d'âme, pas de secret trahi : des robes superbes, des bijoux, des jambes somptueuses gainées de soie... Et il les peint à grands coups de pinceaux qui zèbrent la toile comme les coups d'épée de Zorro... Il refuse du monde. Une comtesse souffre le martyre pour maigrir et parvenir à la ligne ultramince qui caractérise les femmes « Boldini », souples comme des lianes. *Le Jardinier de Vieil Picard à Besançon*, Dieu merci n'est pas obligé de se transformer en liane pour poser. Son portrait de gros bonhomme affalé sur un banc n'en est que plus touchant et humain. Mais, ce jour-là, la foule n'assiégeait pas l'atelier pour prendre date. Boldini a peint sans hâte excessive.

Car, après les séances de pose, Boldini court les fêtes des deux faubourgs : le faubourg Saint-Germain et le faubourg Saint-Honoré. Puis il faut filer à Cabourg, cher à Proust, à Deauville envahi par d'autres peintres mondains couverts de duchesses et de mécènes.

À Deauville justement, quelques décennies plus tard on peut entendre une très jolie femme s'écrier depuis sa calèche qui roule sur l'avenue du Bois.

— Pour être laid, il est laid. Regardez-moi ce nabot !

L'élégante jeune femme qui ne peut retenir ce cri est vêtue à la dernière mode. Mais, malgré sa répugnance, elle aussi sera bientôt prête à se mettre aux pieds du « nabot » pour qu'il daigne faire son portrait et la représenter dans un éblouissement de satin et de plumes...

Jean Lorrain, l'élégant homme d'esprit couvert de bagues, que l'on dit ami des femmes jusqu'à la porte de leur chambre mais pas plus loin, approuve le jugement de l'élégante dame :

— Ma chère Antoinette, est-ce donc la première fois que vous voyez Boldini ? Ne trouvez-vous pas que l'on dirait un « crapaud qui va aux fraises ».

Les deux mauvaises langues s'étranglent de rire tandis que le dénommé Boldini passe indifférent et sûr de son talent... Son talent pour décrire avec un brio infini ce monde cher à Marcel Proust.

En effet, avec les années, le page blond de Ferrare est devenu un monsieur rond aux yeux exorbités. Bien sûr, quand il dit à une jolie femme : « Mademoiselle, je voudrais faire votre portrait », elle se sent fondre.

Ces séances ne manquent pas de sel. Avec un sens du théâtre que seuls possèdent les Italiens, le peintre saute, hurle, rit, danse, chante devant la toile, jette ses palettes par terre, se met en colère et termine, s'il est satisfait, en entonnant... *La Marseillaise*. Puis, pour signifier que l'œuvre est achevée, il peint sur son crâne chauve... un serpent.

La princesse Bibesco assiste à tout ce spectacle mais après le serpent sur le crâne, le prince trouve qu'on découvre un peu trop les épaules de son épouse. Il exige une écharpe pudique. Or le tableau est très réussi. La princesse semble voler dans le décor et on surnommera l'œuvre : *L'Aéroplane*...

Boldini, en tout cas, refuse d'ajouter l'écharpe. Le prince Bibesco lui envoie du papier bleu. Et interdit la vente ou l'exposition de la princesse. Elle ne sera vendue qu'après la mort de Boldini...

Est-ce après ces séances de pose que Boldini s'exclame :

— Des femmes comme il faut ? Je n'en connais pas !

Pas très galant. Mais après tout... Il est irrésistible, il faut bien l'avouer. Des histoires aussi fâcheuses que croustillantes courent sur son compte. Puisqu'à présent il ressemble vraiment à un « crapaud qui va aux fraises » il doit avoir des talents cachés mais très efficaces pour être à ce point séduisant.

À soixante ans Giovanni Boldini, décidément incorrigible, tombe follement amoureux d'une jeune fille : la « Divina ». Il voudrait l'épouser mais la belle, prévenue des habitudes du peintre, incorrigiblement coureur, renonce à ce qui l'aurait sans doute rendue heureuse... pour quelques mois. Elle se marie ailleurs. Don Juan Boldini découvre les affres de la jalousie... jusqu'à ce que Lina, Anglaise encore en fleur, vienne partager sa vie... La différence d'âge ne les effraie pas. Après tout, il est riche et il sait plaire. À chaque Salon annuel il triomphe... jusqu'en 1914, l'année de tous les bouleversements...

Boldini et Lina partent pour Londres, puis ils rejoignent Barcelone, puis Cannes. Quand ils rentrent à Paris en 1916, Boldini est prêt à reprendre ses portraits de belles mondaines. Malgré tous les conflits et toutes les catastrophes, les élégantes sont une espèce indestructible. Mais ses yeux sont fatigués. Où sont les soirées entre amis jeunes et fringants qui discutaient d'un avenir prometteur ?

Boldini sent que la mort se rapproche. La meilleure preuve d'ailleurs, ce sont tous ses meilleurs amis qui disparaissent les uns après les autres. Il voudrait se réconcilier avec son ami Sem qu'une sombre affaire de caricature empruntée et jamais rendue a éloigné de lui depuis plusieurs années. Un jour, il se décide à téléphoner à Sem :

— Je sens que je vais mourir... Venez vite me voir.

Boldini attend, mais personne ne vient alors que les deux amis sont voisins.

Alors une idée diabolique se glisse dans son esprit farceur. Boldini s'étend sur son lit, dispose quelques cierges autour du lit, les allume. Quand Sem se présente enfin, il voit Boldini mort sur son lit. Il est pris de tremblements convulsifs sous le coup de l'émotion. C'est le moment que choisit le peintre, toujours gamin malgré ses quatre-vingt-trois ans, pour sauter du lit en hurlant de rire ! Sem lance :

— De ma vie je ne remettrai les pieds dans cette maison.

Et les voilà définitivement fâchés. Ils le regretteront amèrement tous les deux, mais resteront enfermés dans l'entêtement des vieillards...

À présent Giovanni n'attend plus que la mort. Il refuse de recevoir une journaliste italienne qui insiste au-delà du bon goût pour être reçue. Enfin, lassé, il cède. Et dès qu'il aperçoit Emilia Cardona, Boldini se dit qu'il a bien fait de céder. Il tombe amoureux. Et il le fait comprendre. Mlle Cardona sourit, amusée. Diable d'homme ! Il a toutes les audaces. Il dit :

— Ce n'est pas ma faute si je suis vieux ! Ça m'est arrivé tout d'un coup !

Elle se laisse prendre au jeu au point... de devenir Mme Boldini le 19 octobre 1929. Elle a à peine vingt ans, il en avoue quatre-vingt-sept ! Et, miracle, c'est un « mariage d'amour ». Ils ne seront heureux que deux ans... Mais de quoi se plaindre après tout ?

GAUGUIN

La Maison du Jouir

— Quand même, si j'avais su qu'un jour je te trouverais en train de peindre la bonne toute nue ! Jamais personne n'aurait fait ça chez moi !

— Mais chez vous, c'est le Danemark, ce n'est pas le pays de la peinture. D'ailleurs, je te ferai remarquer que la bonne justement avait l'habitude. Elle a travaillé chez le grand Eugène Delacroix...

— Je suppose qu'elle était un peu plus fraîche qu'aujourd'hui. Delacroix, ça fait quand même plus de vingt ans qu'il est mort. Tout de même, si j'avais su, je ne l'aurais pas engagée !

— Bon, en tout cas, ça prouve que je suis un vrai peintre. Un nu, ce n'est pas rien. Il faut déjà en tâter ! Mette, je vais me consacrer à la peinture !

Cette scène qui n'est même pas une dispute marque le tournant d'une vie. C'est le jour où Paul Gauguin, brillant agent de change, décide de... finir en peintre maudit.

1848 : à Paris, c'est la Révolution. Louis-Philippe, le roi des Français, est contraint à l'exil. Mais les événements et l'arrivée au pouvoir du prince Louis-Napoléon vont bientôt contraindre à l'exil les anti-monarchistes. Parmi eux, un journaliste, Clovis Gauguin. Il est l'époux d'Aline, elle-même la fille d'une pasionaria, Flora Tristan, « la fille des rayons et des ombres », bas-bleu, ardente féministe et théoricienne de l'unité ouvrière. Épouse d'un graveur lithographe qui lui a tiré dessus à coups de pistolet et a violé sa propre fille, Flora est morte depuis deux ans, à Bordeaux, d'une congestion cérébrale qui a interrompu définitivement une tournée de conférences socialistes. Alors, pour trouver un havre de repos en dehors de France, Aline a songé à rejoindre la maison de son oncle à Lima, au Pérou. Avec son mari, Clovis Gauguin, journaliste du *National*, et ses deux enfants, Marie et Paul. On s'embarque sur l'*Albert*.

Mais Clovis meurt lors d'une escale en Patagonie, d'une rupture d'anévrisme, et Aline se retrouve veuve au Pérou. Heureusement, l'oncle Don Pio, qui va sur ses quatre-vingts ans, a les moyens de subvenir aux besoins de sa nièce et de ses petits-neveux. Pour Paul, qui est né le 7 juin 1848 à Paris, c'est le bonheur presque absolu. Après tout, du sang indien coule dans ses veines. Il descend des conquistadores et d'un vice-roi du Pérou. Un de ses oncles est déjà vice-président du pays.

En 1855, après sept ans d'exil, Aline décide de rentrer à Paris. La révolution au Pérou menace sa famille. En France, un grand-père vivant à Orléans veut partager son bien dont une part lui revient. Elle s'installe chez l'oncle « Zizi » et met Paul, qui parle essentiellement espagnol, en pension à Orléans. Orléans est bien loin du soleil et de l'exotisme du Pérou : Paul ronge son frein en attendant de pouvoir s'évader. Un jour, il prend son bâton et un ballot sur l'épaule pour s'enfuir seul vers la forêt de Bondy. Aline le met illico dans une institution parisienne, sans succès. Puis c'est le retour à Orléans d'un Paul taciturne, renfermé et très mauvais élève. Un professeur s'écrie :

— Ce garçon sera un crétin ou un génie !

À dix-sept ans, Paul trouve un engagement en qualité de pilotin à bord d'un navire, le *Lusitano*, commandé par un « charmant papa », le capitaine Fombarel. Direction Rio de Janeiro. À Rio, il cohabite avec une chanteuse réputée. Cette vie doit lui convenir puisqu'elle dure trois ans. Mais il faut rentrer en France. Sur le navire du retour, Paul courtise une passagère prussienne. Il change de navire, repart pour Rio, devient second lieutenant et fait le tour du monde sur le *Chili*. C'est aux Indes en 1867 que Paul apprend la mort de sa mère Aline. Ensuite, il devient timonier à bord d'une corvette impériale. Il participe aux croisières en Méditerranée du prince Jérôme-Napoléon, va jusqu'à Londres, visite Venise.

Puis c'est la guerre de 1870. Paul Gauguin croise dans la Baltique, dans l'Atlantique. Une femme dans chaque port. Paul, qui ne mesure que 1,63 mètre, est un dur à cuire qui se met facilement en rage. Mais au fond, la marine ne lui convient pas. Pour se détendre, il dessine.

Paul est doté d'un tuteur, Gustave Arosa, qui est avec son frère un grand collectionneur de tableaux et qui possède de nombreuses relations dans le milieu bourgeois. À son retour, c'est grâce à lui qu'il entre comme employé chez un agent de change, gendre des Arosa. Très vite, tout le monde n'a qu'à se féliciter de la nouvelle recrue. Lorsqu'un de ses collègues se moque de son allure « exotique », Paul l'attrape à la gorge et manque de l'étrangler. Mais, sur le plan professionnel, il est intuitif et audacieux.

Paul, bien parti pour un destin bourgeois, prend ses repas dans une pension où il fait la connaissance d'une jeune Danoise, Mette-Sophie Gad, gouvernante chez un industriel danois de Paris. Elle est altière et directe. Elle a vingt-deux ans. Il l'épouse le 22 novembre 1873 au temple luthérien. Un bonheur de dix ans s'installe dans un appartement coquet orné de bibelots et de tapis précieux. Émile, un premier enfant, voit le jour. Le dimanche on se rend chez les Arosa où un gamin griffonne : il se nomme Claude Debussy. Chez eux aussi on rencontre un peintre, Pissarro : Paul parle de peinture avec lui.

Pour se distraire des chiffres et des changes, Paul se met à peindre, comme ça, en amateur, sous la direction d'un collègue : Émile Schuffenecker. Il peint un petit paysage qui est accepté au Salon de 1876. Il a l'occasion de voir les expositions des nouveaux peintres en révolte, les « impressionnistes », partisans de la peinture en plein air ! Comme il a certains moyens financiers, Gauguin achète même des œuvres signées Degas et Pissarro. Paysages qui l'inspirent pour ses propres compositions. D'ailleurs le quartier de la Bourse qui est son milieu professionnel est tout proche de la rue Laffitte où se trouvent les galeries d'art moderne. Paul pousse même jusqu'au quartier mal famé de Montmartre, jusqu'au café de *La Nouvelle Athènes*, place Pigalle. Là, il a l'occasion de rencontrer Édouard Manet avec Degas et Pissarro. Ceux-ci trouvent que les œuvres de Gauguin sont dignes d'intérêt. C'est pourquoi, en 1879, ils le convient à exposer avec eux une petite statuette. Il rencontre aussi une sorte d'ours mal léché, un Provençal nommé Paul Cézanne. Il observe minutieusement la technique de l'Aixois qui lui reprochera plus tard de lui « avoir volé sa petite sensation » !

Le marchand Durand-Ruel achète trois tableaux de Paul : c'est un encouragement certain. À la surprise de Mette, Paul peint la bonne, ancien modèle de Delacroix, toute nue. Aline, une fille, naît à son tour. Il faut déménager pour un plus grand appartement. Gauguin spécule à la Bourse et gagne des fortunes. Le train de vie de la maison est luxueux. On redéménage encore pour un pavillon au jardin plein de roses. Deux autres enfants naissent : Clovis et Jean-René. Gauguin observe les autres peintres. Manet l'accuse d'être un peu « dictateur ».

En 1882, la Bourse est bouleversée par un krach qui fait trembler les meilleurs cabinets de change. Et puis, une invention nouvelle, le téléphone, provoque des réductions de personnel. Gauguin sent son univers vaciller sur sa base. Il réfléchit un moment, fait le bilan de son existence et soudain annonce à Mette, ébahie, qu'il renonce au confort bourgeois, à sa situation qui lui permet de gagner jusqu'à 40 000 francs par an, pour suivre sa vocation de peintre.

Mette, épouse classique, ne trouve pas d'arguments contre cette folie de peinture. Ayant accouché d'un cinquième enfant, elle découvre, surprise, les aléas de la pauvreté. Toute la famille suit Paul à Rouen, car en Normandie la vie est moins chère. La Normandie, pays des Vikings, c'est un peu le Danemark. Justement, un projet d'exposition en Norvège fait rêver Gauguin qui se voit déjà installé à Oslo. Mette patiente durant deux ans puis, peu habituée à se nourrir de vache (même normande) enragée, elle décide de repartir momentanément pour le Danemark, avec Aline et le dernier de leurs enfants. Paul s'occupera des trois autres.

Là-bas, au sein de sa famille, elle se sent bientôt plus en sécurité. En femme de tête elle revient en France pour récupérer ses autres enfants... et ses meubles. Gauguin, désorienté, accepte de la suivre jusqu'à Copenhague. D'ailleurs, il vient de décrocher un poste de représentant en imperméables pour Dillies et Cie, une société roubaisienne. Payé au pourcentage. Il emporte sa collection de tableaux et ses propres peintures. Après tout, au Danemark aussi, il y a des amateurs d'art moderne !

Mais à Copenhague, où Mette donne des leçons de français, Paul est vite à bout de nerfs. La mentalité danoise est trop loin de ce qu'il aime. Il organise une exposition de ses œuvres à Copenhague même. Déception : les peintres de la ville font fermer l'exposition qui serait susceptible de gâcher le goût artistique des chères têtes blondes du coin. Ce pays protestant et puritain, ce climat froid et humide, le regard désapprobateur du

« clan » des Gad, tout cela le désespère. Les Danois lui reprochent d'être sans religion. Et Mette se laisse conter fleurette par un Viking blond barbu et officier de marine. Tout cela le pousse à revenir en France. Il a espéré de grosses commandes d'imperméables, rien ne vient. Il rentre à Paris, avec son fils Clovis qui n'a que... quatre ans et Aline, les deux que sa mère n'aime pas parce qu'ils ressemblent trop à leur père !

À Paris, rien ne marche. Aline échoue chez sa tante Marie ; Gauguin cherche un toit pour Clovis et lui dans le froid de l'hiver. Nourri de pain acheté à crédit, Clovis tombe malade : c'est la variole. Pour survivre, on voit Paul Gauguin, ex-agent de change à succès, coller des affiches à la gare du Nord pour cent sous par jour.

En 1886, il participe à la dernière exposition des impressionnistes. Un certain Seurat arrive avec une technique nouvelle. Petit à petit, Paul change son style personnel. Peu à peu, il se sent obsédé par la recherche du « primitivisme », c'est-à-dire « ce qu'aucune éducation ne peut détruire ». En même temps une proposition arrive : veut-il devenir directeur de la société qui colle les affiches ? Mieux : veut-il aller diriger une agence à Madrid ? Mais ce n'est pas ce qu'il veut réussir dans la vie. Il refuse cette sécurité. Clovis est mis en pension à Antony. À Copenhague, Mette pousse ses enfants à oublier le français...

Pour élargir ses possibilités artistiques, Paul se met à travailler avec un céramiste. En quelques mois, il façonne cinquante-cinq vases. Puis il part pour la Bretagne. Il sait que la vie y est encore « sauvage » et que l'on peut y vivre à bon marché. D'ailleurs, nombre de rapins sans le sou se sont déjà installés là-bas, se gavant de homards bon marché et respirant l'air marin. Certains, à Pont-Aven, sont déjà logés à l'auberge Gloanec : Émile Bernard, Sérusier.

Quand il arrive là-bas, Paul ne passe pas inaperçu ! Son physique, son profil d'aigle péruvien, sa façon de pérorer en étant sûr de tout. Il en impose facilement à la petite colonie. Il nage, il fait de l'escrime, de la boxe. Mais au bout de quelques mois, il rentre à Paris pour se rapprocher du vrai centre intellectuel. Il faut qu'il reparte, mais plus loin que la Bretagne, vers cette Amérique du Sud où sont ses racines.

Il décide Charles Laval, un ancien de Pont-Aven, à tenter avec lui la grande aventure. Vers Panama et la Martinique. Ou Tobago, paradis entrevu autrefois, qui permet de vivre comme des sauvages « sans inquiétude du jour ni du lendemain ».

Mette vient récupérer Clovis. Gauguin se fâche avec sa sœur Marie et part.

Là-bas, Gauguin commence à découvrir une nature luxuriante aux couleurs éblouissantes. Le mari de sa sœur Marie, un Chilien, lui propose de s'associer dans une affaire de banque : le canal de Panama est en pleine construction. Paul refuse. Mais le paradis de Tobago est envahi par les trafiquants, le prix du terrain a grimpé en flèche. Gauguin devient terrassier pour le canal. C'est la zone de la fièvre jaune. 50 % des ouvriers blancs meurent. Quant aux noirs, ils sont décimés à 75 %. La santé de Paul, malgré sa résistance, est fragile. Dysenterie et paludisme. Le manque d'argent complique aussi les choses : il faut rentrer en France. Faute d'argent, Paul s'engage comme matelot pour payer les retours.

À Paris le bon Schuffenecker, marié, l'accueille et le nourrit. Théo Van Gogh achète trois toiles de la Martinique. Mette, depuis le Danemark, s'impatiente de le voir s'égarer dans ses chimères picturales, et lui suggère de la rejoindre. Il refuse de se laisser encore influencer par la vue de ses enfants. Les deux époux décident de se séparer.

Paul retourne alors à Pont-Aven où il retrouve Émile Bernard, un tout jeune homme, et lance le « cloisonnisme ». Il tombe amoureux de Madeleine, la sœur de Bernard. Pris par l'ambiance, il peint des tableaux religieux : *La Vision après le sermon*. Le dessin est simplifié et les couleurs révolutionnaires. C'est le début d'une nouvelle école.

Mais Gauguin, même en Bretagne, vit à crédit. Il est coincé ; jusqu'à ce qu'une proposition lui arrive. Le Hollandais Vincent Van Gogh est allé s'installer en Provence, à Arles exactement. Mais là-bas il se trouve trop seul : il rêve de créer une colonie d'artistes amis. Théo, le frère de Vincent, qu'on surnomme « le marchand apôtre » tant il déborde de charité, propose de payer toutes les dettes de Gauguin et son voyage jusqu'à Arles. Il fournira une pension mensuelle à Gauguin qui devra simplement lui donner en échange un tableau par mois. Gauguin ne veut pas affronter un nouvel hiver en Bretagne sous la pluie. Il préfère tenter l'aventure et part.

Au début, tout va bien. Mais bientôt les choses se gâtent. Vincent, qui souffre depuis longtemps d'un mysticisme proche de la folie, a trop misé sur l'amitié qui va l'unir à Paul. Van Gogh lit *Le Mariage de Loti* et Gauguin se met à songer à Tahiti. Leurs manières de peindre sont trop différentes. Vincent devient inquiétant, jusqu'à se trancher l'oreille droite. Gauguin, sans demander son reste, reprend le train pour Paris tandis qu'on interne le pauvre Vincent.

Il ne lui reste plus qu'à retourner... à Pont-Aven. Les peintres médiocres qui envahissent l'endroit le chassent vers Le Pouldu. Chez Marie Henry, aubergiste, dite Marie Poupée, Paul passe ses nuits avec la bonne. En 1889, c'est l'année de l'Exposition universelle. Au café Volpini, Paul participe à l'« Exposition du groupe impressionniste et synthétiste ». C'est un échec mais de nouveaux jeunes disciples s'intéressent à lui : Vuillard, Maillol, Roussel. Et, dans le cadre de l'Exposition, il découvre les merveilles de l'art d'Angkor et les grâces troublantes des danseuses javanaises.

Hélas, il faut quitter l'art khmer et les gracieuses

beautés ondulantes pour revenir vers la Bretagne des menhirs et des enclos paroissiaux ! Il se peint dans *Le Christ au Jardin des Oliviers* car déjà il pressent que son destin est d'être un peintre maudit !

En 1890, Paul apprend que Vincent vient de se suicider à Auvers-sur-Oise ; Théo Van Gogh meurt lui aussi, six mois plus tard. Il se sent comme emprisonné en Bretagne. Mais il songe à s'évader à l'autre bout du monde. Un nouvel ami, Henri de Monfreid, lui parle d'autres paysages. Où ira-t-il ? Au Tonkin ? À Tahiti ? Ou à Madagascar ? Monfreid a pour maîtresse une petite couturière, Juliette Huet. Gauguin la met enceinte et elle donnera naissance à une fille, Germaine, future femme peintre. Mais Juliette refuse de partir avec lui.

Clemenceau, maire de Montmartre, parvient à lui procurer un ordre de mission qui l'envoie à Tahiti. Il ne touchera aucun salaire. Et il lui faut aussi trouver l'argent du voyage. On organise à l'Hôtel-Drouot une exposition-vente aux enchères de ses œuvres « synthétistes ». Degas achète une œuvre bretonne récente, *La Belle Angèle*, Thadée Natanson, le directeur de *La Revue Blanche*, se porte acquéreur de cinq toiles. Un banquet est organisé, présidé par Stéphane Mallarmé. Paul fait un saut jusqu'à Copenhague, histoire de revoir ses enfants. Les plus petits ne savent même pas qui il est.

Le 1er avril 1891, Gauguin s'embarque pour Tahiti. Mais dès son arrivée, les déconvenues ne tardent pas à refroidir son enthousiasme. La société blanche, colonialiste en diable, n'apprécie guère ce Blanc qui se prend pour un indigène et qui s'habille comme un sauvage. Lui pense d'eux : « Soldatesque, négoce et fonctionnarisme ! » Tout ce qu'il déteste. Alors, personne ne lui achète la moindre toile. Il quitte Papeete décidément trop européenne et civilisée. Du coup, il abandonne sa maîtresse Titi, métisse de père anglais, et s'installe à Mataïea, au bord d'une plage, dans un faré. Une première vahiné vient dans sa case. Une autre lui est proposée comme épouse par sa mère : Téhura, treize ans ! Elle sera souvent son modèle. Il la peint dans des couleurs éclatantes. Il s'inspire d'œuvres d'art dont il a emporté une collection photographique : il y a de l'égyptien, de l'indien, du javanais et du grec. Paul s'intéresse au panthéon et à la mythologie des Tahitiens, aux *tupapau*, autrement dit aux fantômes. Il est à la recherche d'un nouvel ordre où le mal cesserait de venir « de la forme des dieux ». Il va vers un art où le corps humain devient un peu androgyne. Les vahinés avec leurs épaules carrées de garçons, les jeunes Tahitiens au charme un peu féminin, tout cela le fascine et le trouble. Un jour, à l'occasion d'une promenade en montagne, son guide est l'objet d'une étreinte passionnée.

Mais le climat et les moustiques de Tahiti, les difficultés d'argent se liguent contre Gauguin. Il commence à cracher le sang et éprouve le désir de rentrer en France pour y accélérer la vente de ses tableaux. Alors il s'embarque en juillet 1893. Téhura, en larmes, le voit partir : elle attend un enfant.

Il débarque à Marseille avec 4 francs en poche et l'idée qu'il va éblouir Paris mais là encore il se trompe. Mette prétend, en toute mauvaise foi, qu'une vente de tableaux qu'elle a organisée n'a rien rapporté. L'oncle Zizi meurt et Paul partage l'héritage avec sa sœur Marie. 13 000 francs bienvenus qui iront en partie à Mette et en partie à Juliette Huet. Degas, ami fidèle, parvient à décider le marchand Durand-Ruel à organiser une exposition des œuvres de Paul. Les titres rédigés en maori font glousser le Tout-Paris. On rit de ces « femelles de quadrumanes étendues sur des tapis de billard ». Même Pissarro se moque des emprunts que Gauguin fait à la culture des Tahitiens. Paul, pour patienter, s'installe dans un atelier proche de Montparnasse. Il se met en ménage avec Annah la Javanaise, créature peu reposante. Et il commence à rédiger *Noa Noa*, œuvre destinée à faire comprendre sa nouvelle manière. Il tient salon chaque jeudi. Sur la porte il a peint les mots : « Te faruru » : « Ici on fait l'amour. »

Un dernier voyage au Pouldu avec Annah s'avère catastrophique. Une bagarre avec des marins de Concarneau le laisse avec une jambe brisée et le condamne à deux mois de lit. Il s'ensuit un procès qui ne débouchera sur aucune indemnité. Marie Poupée elle aussi l'attaque pour l'argent qu'il lui doit et garde les tableaux qu'il a laissés chez elle. Paul ne peint plus : il dessine des gravures pour illustrer *Noa Noa*. Quand il rentre à Paris, Annah est partie en dévalisant l'atelier, mais n'a pas pensé à emporter les toiles. Il songe à une dernière vente de ses tableaux : quarante-sept œuvres sont proposées mais Paul doit en « ravaler » trente-neuf. Alors, une nouvelle fois déçu, il embarque à Marseille le 3 juillet 1895. Il a quarante-sept ans et désire mourir à Papeete.

Une fois arrivé à destination, il s'installe dans une case. Sa jambe blessée refuse de guérir : un ulcère s'installe. Il se lance dans une débauche effrénée. Toutes les nuits, des vahinés à peine pubères envahissent son lit. Téhura est mariée. Pahura la remplace dans le rôle de « femme sérieuse » : elle a treize ans et demi. Gauguin retrouve en elle la petite fille gâtée que sa propre mère était au bon temps du Pérou. Bientôt, il apprend que sa chère Aline, sa fille, vient de mourir là-bas au Danemark. Mette ne lui dit pas que Clovis, paralysé, doit être opéré : atteint de septicémie, il mourra à vingt et un ans.

Gauguin comprend que son installation à Tahiti est une utopie qui a mal tourné. Il rompt les ponts avec Mette. C'est le moment des grandes questions et celui où il peint *D'où venons-nous ? Que sommes-nous ? Où allons-nous ?*, œuvre de quatre mètres de long inspirée du *Bois sacré* de Puvis de Chavannes. Il expédie la toile à Paris chez le marchand Ambroise Vollard qui a le plus grand mal à la vendre. Puis c'est *Le Cheval blanc*, directement inspiré de la statuaire du grec Phidias.

Sa santé se détériore : œdème, eczéma, vomissements

de sang, syphilis, étouffements, vertiges. Désespéré, il tente en vain de se suicider à l'arsenic dans l'isolement de la montagne. Pour faire bouillir la marmite, il décroche un emploi comme dessinateur au bureau des Travaux publics de Papeete. Hélas, un séjour à l'hôpital lui fait perdre ce travail. Pendant son hospitalisation, sa case s'abîme, les rats mangent ses dessins.

Puis Pahura accouche d'un petit Émile. Gauguin crée un journal, *Le Sourire*, avant de devenir rédacteur en chef des *Guêpes*, une feuille satirique tahitienne. Ambroise Vollard lui signe un contrat qui signifie une allocation mensuelle régulière. Les choses vont-elles enfin tourner dans le bon sens ?

Mais lassé de Tahiti, Paul Gauguin décide de tenter sa chance aux îles Marquises où il s'installe le 16 septembre 1901, à Hiva Oa. Pour plaire à Mgr Martin, vicaire apostolique et véritable maître de l'île, il va à la messe. Jusqu'à ce qu'on lui concède un terrain. C'est là qu'il construit une maison dont le titre explicite étonne les Européens : « La Maison du Jouir » : tout un programme. Il y a un harmonium et une harpe. Il sculpte des Maories nues avec la devise : « Soyez amoureuses et vous serez heureuses. » Il enlève Marie-Rose Vaeoho, quatorze ans, pensionnaire de l'école des sœurs. On l'appelle, phonétiquement, « Monsieur Koké » et il devient « tabou ». Il fréquente un jeune poète tonkinois et un exilé qui passe son temps à dénicher les scandales de la petite société. Mauvaises fréquentations.

Son tempérament de justicier prend le dessus et Gauguin, décidément très proche des Marquisiens, les incite à ne plus payer l'impôt et à se révolter contre les autorités civiles et religieuses. Il sème la zizanie, s'il en est besoin, entre les catholiques, les protestants et les gendarmes. Son orgueil le pousse dans les pires excès. Il colporte volontiers des ragots. Ses propos jugés diffamatoires lui valent trois mois de prison. Marie-Rose le quitte pour aller accoucher chez elle. Henriette la remplace.

Deux ans plus tard, toujours aussi peu diplomate, il

écope d'un mois de prison assorti de 500 francs d'amende. Pour atténuer ses douleurs, physiques et morales, il abuse peut-être de la morphine. Et c'est le 8 mai 1903 qu'une crise cardiaque le frappe. Le médecin perce un abcès situé au bas de la colonne vertébrale. Il meurt seul. L'évêque fait immédiatement brûler vingt toiles qui représentent des Tahitiennes nues. Vollard, à l'automne, expose vingt-sept de ses dessins. Dans les îles ses enfants croissent et se multiplient.

UTRILLO

Alcool et religion

— Qu'est-ce que vous voulez, monsieur Maurice ?

— Du vin. Montez-en cinq litres, ça vous évitera de faire plusieurs voyages.

— Vous buvez trop, monsieur Maurice !

— C'est le blanc de zinc et l'essence, ça me donne soif !

Ce dialogue entre Maurice Utrillo et son logeur, le père Gay, est pratiquement quotidien. Sur la butte Montmartre tout le monde connaît Maurice, le fils de Suzanne Valadon, un poivrot fini qui peint sans relâche des vues de Paris d'après des cartes postales, et qui les échange contre des litres de vin rouge. Si on refuse l'échange, le jeune Utrillo se met en colère et démolit ses toiles à coups de pied. Quelques chefs-d'œuvre authentiques sont ainsi partis en lambeaux dans le caniveau de la rue des Martyrs ou d'une autre ruelle en pente de Montmartre. Quelques croûtes aussi d'ailleurs. Maurice, à force de hurler, finit souvent la nuit au poste de police où sa mère est venue cent fois le récupérer.

Maurice Utrillo démarre mal dans l'existence. Sa mère, la très belle Maria Valadon, dix-huit ans, dite aussi Marie-Clémentine, devenue enfin célèbre sous le pseudonyme de Suzanne Valadon, a la cuisse légère et de l'esprit. Du talent aussi puisqu'elle devient peintre par la force de son seul génie. Elle a déjà exercé trente-six métiers : dans la couture, bonne d'enfants, serveuse de restaurant, marchande de légumes, trapéziste de cirque. Mais une chute a brisé sa carrière. En 1883, le lendemain de Noël, elle donne le jour à un garçon qu'elle prénomme Maurice. C'est dans la rue du Poteau, à Montmartre. Pour le nom de famille, Valadon, celui de la mère, suffit. Quand des indiscrets lui demandent qui est le père de cet enfant, elle a différentes versions.

— C'est ce soûlard de Boissy !

Boissy n'a d'autre titre de gloire que de traîner sa soûlographie dans les rues en pente de Montmartre. Ou alors elle dit :

— C'est Utrillo... Maintenant il est loin !

Miguel Utrillo y Molina, à Barcelone, dans son pays, fait partie de l'intelligentsia. Il touche à tout, peintre, écrivain, architecte, journaliste. Il a des moyens. C'est un esprit brillant, international, qui voyage beaucoup. À Paris, il a la réputation d'un homme d'honneur. En tout cas c'est lui qui, en revenant à Paris, accepte de reconnaître Maurice Valadon, désormais Utrillo. Ça tombe très bien puisque, avec les années, Maurice ressemblera de plus en plus à ce géniteur officiel.

Le petit Maurice adore sa maman Maria. Elle subvient aux besoins de la famille en posant pour les peintres : Puvis de Chavannes, pour qui elle « pose » presque tous les personnages du célèbre *Bois sacré*, Toulouse-Lautrec, le nain alcoolique, qui possède de si beaux yeux et des avantages cachés... Maria, grâce à lui, devient Suzanne. Elle rencontre Degas, elle connaît Renoir. Elle peint en s'inspirant de leurs manières de faire. Tout de suite, elle est acceptée dans le cercle très étroit de ces artistes révolutionnaires. Et elle commence à vendre des tableaux très structurés.

Alors, entre les poses et les tableaux, elle n'a guère le temps de s'occuper du petit. C'est la grand-mère Valadon, une ancienne blanchisseuse montée à Paris, qui est là pour veiller au grain. Le problème, ce sont les nerfs du petit Maurice. Dès qu'il a l'âge de tenir debout, il fait preuve d'un caractère difficile. De longs moments de prostration assis par terre dans un coin, puis, on ne sait quelle mouche le pique : il se met à hurler, il casse tout ce qui est à portée de sa main. Bonne-maman Madeleine n'a qu'un moyen de le calmer : elle lui fait boire un verre de vin rouge, et le petit Maurice, sonné, se calme avant de s'endormir d'un sommeil d'ivrogne.

Il travaille assez bien à l'école, mais l'école est loin de Montmagny où vit Suzanne à ce moment. Chaque jour, il rentre dans une voiture de plâtriers, plâtriers de joyeuse humeur et qui le connaissent bien :

— C'est Maurice, celui qui finit tous les verres dans les bistros !

Ils lui offrent de boire du rouge, à même la bouteille. Et quand le gamin est ivre mort, ils l'abandonnent là, sur le bord de la route...

De verre en verre, les choses ne s'arrangent pas. Même après le mariage de Suzanne avec Marcel Moussis, un avocat qui aime la peinture et qui a de l'argent. Marcel n'apprécie que moyennement le comportement du jeune Maurice en société : le regard vitreux, hurlant des jurons, chantant des chansons obscènes. On a beau aimer le genre artiste, il y a des limites. Suzanne et Moussis ne réalisent pas du tout que le jeune Maurice boit. Seule grand-mère Madeleine est au courant, mais il la fait chanter :

— Si tu m'enlèves ma bouteille, je casse tout !

Pourtant, un jour sa mère et son beau-père comprennent ce qui se passe. Suzanne a toutes les excuses pour Maurice :

— Ce n'est pas de sa faute ! Il tient de son père !...

Marcel Moussis se fâche :

— Ça ne peut pas durer ! Il faut lui trouver un travail ! Ça va le calmer !

Alors Maurice, qui va sur ses seize ans, se retrouve en apprentissage : porteur de colis, employé chez un représentant en cirage, puis chez un fabricant d'abat-jour. Ça ne marche pas. Employé dans un magasin : nouvel échec.

Il est chargé de remplir des bordereaux au Crédit lyonnais mais, au bout d'une heure et demie de travail, il enfonce à coups de règle jusqu'aux oreilles le chapeau melon d'un client qui s'est adressé à lui sans se découvrir. On essaie d'en faire un apprenti maçon... Mais il y a toujours une heure où le travail s'arrête. Une heure où Maurice se rue vers le premier café ouvert pour y réclamer à boire, du vin rouge ou de l'absinthe. Et cette accumulation de boisson le porte vers des crises de nerfs épouvantables. Alors tout y passe, la vaisselle, les meubles. S'il est dehors, il devient l'attraction publique : on le fait boire et quand il est bien raide on se moque de lui, on le bouscule. Maurice devient furieux et menace de tout pulvériser, c'est encore bien plus drôle. Puis, quand il ne tient plus debout, on le laisse là, qu'il pleuve ou qu'il neige... Suzanne n'a plus qu'à le faire rechercher et le ramener au bercail... S'il peut encore faire quelques pas, il va chez « bonne-maman Madeleine ». Celle-ci, faute de mieux, sait faire face à la situation : elle lui donne un litron de vin ou d'alcool, il s'enferme dans sa chambre et tout le monde a enfin la paix... jusqu'au lendemain. Maurice boit, il hurle, il casse tout c'est la routine. Il faut le faire enfermer à Sainte-Anne. Il a à peine dix-huit ans. Dans sa vie, il y fera une douzaine de séjours... Il a beau hurler qu'il n'est pas fou, mais simplement alcoolique... personne ne veut le croire.

Un jour un voisin, le docteur Ettinger, à qui Suzanne Valadon a fait part de ses problèmes et a confié que Maurice ne se calme que quand il la regarde peindre, lui suggère :

— Il s'intéresse à votre peinture. Très bien, ça ! Faites-le peindre. Ça ne peut que lui faire du bien.

Maurice se retrouve bientôt muni d'une palette, d'un chevalet, d'une toile et d'un assortiment de couleurs. Enfermé dans sa chambre avec tout le matériel, d'abord il n'y touche pas et grommelle :

— Saleté de peinture !

Après une nouvelle crise, Suzanne lui met le marché en main :

— C'est la peinture ou l'asile. Si tu pues encore une seule fois l'alcool, je t'expédie à nouveau à Sainte-Anne !

Maurice, alors, essaie, mais ça ne l'intéresse guère. À son habitude, il envoie valser la toile, les couleurs et tout le bazar. Mais Suzanne insiste. Maurice accepte de peindre son univers, les rues de Montmartre, les maisons lépreuses et lamentables. Peindre ? Enfin c'est beaucoup dire : il ne sait pas dessiner et pour faire les traits il se sert d'une règle ; il lui faut un compas pour tout ce qui a la forme d'un cercle. Un jour, Suzanne, qui peint en plein air en sa compagnie, lance, après un regard vers l'œuvre de Maurice :

— C'est bien, ça !

Heureux de cette approbation Maurice, pour la première fois, dessine au bas de la toile sa signature : Maurice Valadon. Désormais, il va oser peindre en plein air, dans le monde hostile. Les gamins se moquent, lui lancent des cailloux, renversent le chevalet. Il se met en colère mais il persévère et surtout il fait une découverte très importante : il s'aperçoit qu'en allant proposer ses paysages montmartrois aux cafés du quartier il peut obtenir du vin en échange... Du coup, il se passionne pour son nouveau « petit métier », comme dit sa mère. Il arrive à obtenir cinq litres par jour ! Ce n'est qu'un début. Très vite, il va monter jusqu'à vingt litres.

Un soir, il va faire du scandale au *Lapin agile*, tire sur la barbe de Frédé, le patron, réclame du rhum, casse les verres puis se prend de querelle avec des voyous qui l'attachent sur un banc et lui martèlent le visage à coups de sacs de sable. On le ramène chez lui sonné et il lui faut une semaine pour se remettre sur pied.

Pourtant Maurice a deux acheteurs fidèles, Marie Vizier, une rousse plantureuse qui tient un cabaret louche : *La Belle Gabrielle*. Elle lui échange régulièrement des « barbouilles » contre de l'alcool. Elle l'aime bien, le petit Maurice, et lui aussi, qui a pourtant peur des femmes, l'aime bien. Qu'est-ce qu'il connaît de l'amour ? Les filles de Montmartre qui l'entraînent dans des hôtels borgnes pour le faire boire... Quand il peindra des femmes dans ses tableaux de Montmartre, quelques années plus tard, il se vengera d'elles en les représentant avec des arrière-trains énormes, « callipyges » comme on dit... Et il y a aussi le père Gay, un ancien sergent de ville, qui l'héberge pour cent sous par jour et lui échange ses tableaux contre du vin... Quand il a soif, Utrillo frappe du talon sur le plancher. Gay monte :

— Qu'est-ce que vous voulez, monsieur Maurice ?

— Du vin. Montez-en plusieurs litres...

Si Maurice se montre menaçant, Gay le met dehors à bout de bras. Alors Maurice boit n'importe quoi : une bouteille d'eau de Cologne cul sec ne lui fait pas peur ! Tout y passe, la benzine et même l'alcool à brûler... Parfois, Maurice disparaît huit jours et se fait embarquer parce qu'il lui vient la fantaisie d'enlever son pantalon en pleine rue... Le père Gay revend les « Utrillo » pour 50 francs pièce.

Suzanne finit par intéresser Louis Libaude, un marchand, aux « barbouillades » de Maurice. Il se fait tirer l'oreille mais il subodore que l'affaire peut être juteuse : un peintre alcoolique, une épave qui fait des vues de Montmartre, ça peut plaire... D'ailleurs Maurice a déjà quelques marchands, modestes, qui écoulent ses œuvres... Alors autant se fournir à la source. Libaude consent un contrat de 300 francs par mois à Maurice contre l'exclusivité de sa « production »...

Nous arrivons en 1914. Utrillo, dans un premier temps, est déclaré « apte ». Mais, une fois à Alençon les adjudants constatent qu'il est ivre tous les soirs. Et puis, quand il a sa ration, il saute de lit en lit, sur le ventre des autres conscrits endormis. On le passe à tabac, il se met à hurler comme un putois. Alors, devant cet état de fait, le voilà réformé : il est désormais catalogué comme « peintre malgré lui », « déchet humain », « ivrogne épileptique », mais aussi comme valeur d'avenir... avant que l'alcool ne le tue.

Durant la Première Guerre mondiale, il produit ainsi mille deux cents toiles au rythme de « un litre, un chef-d'œuvre ». En 1917, il a à son actif une participation au Salon des Indépendants, une exposition à Munich, une chez Druet, une chez Libaude, une chez Berheim-Jeune. Il est devenu un peintre qui compte.

Un jour, il s'évade de l'asile de Picpus, où une fois de plus il a fallu l'enfermer, et se précipite pour retrouver un copain selon son cœur : un peintre maudit, italien, beau et drogué : Amedeo Modigliani. Ils n'ont rien de plus pressé que de s'affronter dans un championnat bien dans leurs cordes : quel est celui qui boira plus que l'autre au cours de la nuit ? Puis ils échangent des gifles, chacun considérant que l'autre est le plus grand peintre du monde. Au bout du compte, les serveurs de *La Closerie des lilas*, qu'ils sont en train de dévaster, doivent appeler la police, et Utrillo retrouve sa cellule parmi les fous qui hurlent à la mort.

Maurice devient un peintre qu'on achète sans même voir ses toiles. On les stocke en attente que la cote grimpe. Un jour, il découvre chez un brocanteur une petite statuette en « régule » : Jeanne d'Arc, les yeux au ciel, son drapeau dans le creux du bras... Voilà la femme de ses rêves. De vieux relents de catéchisme remontent en lui. Désormais, chaque jour, Maurice s'abîme en de longues méditations devant la statuette. Suzanne pense :

— Ça a l'air de le calmer. C'est toujours mieux que le gros rouge.

Alors elle le laisse faire. Maurice murmure des actes de contrition. Il promet à sainte Jeanne de ne plus boire, de s'amender, d'être gentil. Promesses d'ivrogne. Mais c'est un début.

Suzanne, qui a divorcé de Marcel Moussis, vit avec un ami de Maurice, un plombier de trente ans plus jeune qu'elle, André Utter. Ils se désintéressent un peu des problèmes métaphysiques de Maurice. Ils se chamaillent beaucoup. Maurice a toujours ses crises de colère. Les fers à repasser volent et crèvent la verrière des voisins du dessous. Le voisin du dessus, un poète pourtant, tente de ramener le calme en tirant des coups de revolver dans le plancher... Ce sont les années folles. Maurice est mélancolique, angoissé. Un jour, il tente de se suicider en plein commissariat de police en « s'écrasant la cervelle » contre les murs.

Suzanne, devenue un peintre important, se vend bien, l'argent coule à flots. On décide alors d'acheter un grand château du Moyen Âge dans l'Ain et le trio va y couler des jours heureux. Maurice y peint des paysages qui ont perdu le côté angoissé qu'il mettait dans ses vues de Montmartre. À Paris, où Suzanne et André se sont installés avenue Junot, on profite de la vie. On invite tous les mômes de la Butte à un gueuleton pharamineux... dans le métro. Maurice veut un train mécanique : on lui trouve le plus beau : 10 000 francs. Et un ours en peluche. Il a tout ce qu'il veut... sauf la permission de boire. On lui affecte un garde du corps. Et on fait poser des barreaux aux fenêtres.

Mais maman Suzanne se sent atteinte des premiers symptômes de la maladie qui l'emportera. Alors elle s'interroge :

— Quand je ne serai plus là, qui va s'occuper de Maurice ? S'il pouvait se marier ?

Maurice a peur des femmes. À part la rousse Marie Vizier. Il y a aussi Gaby, qui sert souvent de modèle à Suzanne. Interrogée sur l'éventualité de devenir « Madame Maurice Utrillo », Gaby ne répond pas immédiatement. Elle demande à y réfléchir. Le lendemain, elle disparaît sans laisser d'adresse. Apparemment, l'idée ne lui a pas trop plu.

Maurice a bien le béguin pour une femme, mais elle est déjà mariée : il s'agit de Mme Pauwels, épouse d'un banquier belge qui aime bien la peinture. Clients assidus de Valadon et d'Utrillo, les Pauwels sont souvent les hôtes de l'avenue Junot... Suzanne soupire : c'est vraiment dommage. Pourtant un miracle a lieu : M. Pauwels décède. Sa femme Lucie est donc libre... Comble de bonheur, elle est émue jusqu'aux larmes à l'idée d'épouser Maurice... Il consent, un peu hagard, à devenir son époux en 1935. Il a cinquante-deux ans. Leur union est bénie par l'aumônier de la Maison royale d'Espagne.

Quand Suzanne meurt, terrassée par une crise d'urémie, Maurice n'est plus tout seul, une épouse affectueuse bien que très « présente » le prend en charge. Il émigre avec elle au Vésinet, au milieu des perruches et des pékinois. Et continue à peindre des tableaux de Montmartre. Fidèle à son habitude, il s'inspire souvent de cartes postales, mais l'âme désespérée de ses débuts a disparu. À sa place la gloire et l'argent sont là. Et la Légion d'honneur. Il l'aurait préférée « violette » plutôt que rouge. Surtout qu'il n'a pas droit au moindre verre... « un jour pareil » !

Il aura aussi le Prix Carnegie.

Pourtant le vieux démon n'est pas très loin. Un soir, Maurice s'échappe. Lucie, affolée, prévient la police. On retrouve son cher peintre sur le parvis d'une église, où il partage un litron avec un clochard. Quand Ali Khan lui demande de faire le portrait de son épouse, Rita Hayworth, Utrillo refuse :

— Non, jamais ! Je ne fais pas de portraits de femmes ! Je ne peins que Lucie !

Parfois, contre un peu de vin, il accepte de signer des toiles qui ne sont pas de lui. Mais il prévient : dans ce cas-là, sa signature est énorme... Qu'on se le dise.

C'est dans un hôtel de Dax, le 5 novembre 1955, alors qu'il peint... un paysage de Montmartre, que Maurice Utrillo rend sa belle âme alcoolisée à Dieu. On l'enterre au cimetière Saint-Vincent de Montmartre. Sur sa tombe, une statue de la Déesse de la peinture. Maurice l'avait achetée quelques années plus tôt à un brocanteur de Bougival qui lui en avait indiqué l'origine : c'était un des restes de l'Hôtel de Ville de Paris, incendié par la Commune en 1871.

JONGKIND

La folie hollandaise

— Mon Dieu, dans quel état est ce pauvre homme ! C'est une vraie loque ! Laissez-moi m'en occuper ! Je vais vous le remettre sur pied !

— Chère amie, vous pensez vraiment en être capable ?

— Cher ami, faites-moi confiance ! Je m'en charge !

De qui parle donc ce couple parisien en cette année 1860, en pleine « fête impériale » ? Il s'agit d'un génie, étranger, alcoolique, bel homme mais mythomane. Ce peintre a le don de s'attirer des amitiés fidèles autant que constantes. Pourquoi, on peut se le demander ?

Nous sommes dans la province néerlandaise d'Overijssel, plus exactement dans le village de Latrop. Un pays mouillé de brouillards épais et d'embruns, à moitié enfoui dans le sable salé. Dans ce village, si pauvre soit-il, il y a un percepteur, aussi misérable que ceux qu'il est chargé d'imposer. Les Pays-Bas viennent à peine de sortir de la main de Napoléon Ier. Le 3 juin 1819, la femme du percepteur donne le jour à Johan Barthold Jongkind, son sixième enfant. Qui pousse comme il peut et plutôt mieux que la moyenne à grands coups de harengs... Un jour, le percepteur se demande ce qu'il pourra faire de celui-là et Johan dit, l'air de penser à autre chose :

— Je voudrais être marin !

Inévitable dans un paysage qui n'a que la mer pour horizon. Le percepteur fait semblant de ne pas entendre et ordonne :

— Tu seras clerc de notaire !

Et Johan, qui regarde la mer par la fenêtre, commence à gratter des liasses de parchemins poussiéreux dans une étude qui sent un peu le moisi. Jusqu'au jour où le percepteur meurt. Alors Johan expédie au diable le notaire et ses « minutes ».

— À nous la liberté !

Que faire à présent ? Direction La Haye et, dans la capitale du royaume : direction l'Académie des beaux-arts... Pour apprendre à peindre la mer, les nuages et l'air libre.

Toute la famille est révulsée d'horreur devant cette trahison de la volonté paternelle. Maman Jongkind n'y va pas avec le dos de la cuillère :

— Je te maudis !

Elle ne croit pas si bien dire.

En attendant, Johan Jongkind suit les cours d'un paysagiste de La Haye, l'honorable Schelfhout, qui devient le maître et l'ami-mentor du jeune homme. Il lui apprend à « enlever » prestement de légères aquarelles. Déjà la main de Johan est d'une sûreté qui étonne le vieux professeur. Vieux professeur qui lui obtient une pension royale renouvelable chaque année. Mieux encore, Schelfhout présente son élève à M. Eugène Isabey, fils du miniaturiste de l'Empereur établi en Hollande. Isabey possède un atelier à Paris et invite Johan à lui rendre visite.

Pour Johan, qui a déjà vingt-six ans, il est temps de percer dans les arts. Dans l'aquarelle surtout, car son talent s'englue quelque peu quand il essaie de traduire ses impressions par la peinture à l'huile. Mais, bah, tout s'apprend et chaque chose en son temps !

Et voici Johan Jongkind à Paris. Sa silhouette osseuse, son haut-de-forme penché sur l'oreille ne passent pas inaperçus. Les filles sont jolies sur le boulevard et la société bourgeoise est heureuse sous Louis-Philippe. Chez Isabey, il copie les compositions ennuyeuses de son maître qu'il admire passionnément. Mais il les copie si bien qu'Eugène Isabey commence à se poser des questions. Ce Hollandais ne risque-t-il pas de lui faire concurrence ? Alors il lui fait une suggestion :

— Savez-vous, mon cher Johan qu'il n'y a pas en ce moment à Paris un seul peintre de clairs de lune ? Vous devriez vous y mettre et en faire votre spécialité !

Pas contrariant, Johan va désormais hanter les quais de la Seine à la recherche de beaux clairs de lune et de leurs reflets. Et ces vues de Paris lui valent une certaine considération auprès du public du Salon. Mieux encore, elles attirent l'attention de Théodore Chassériau, né à Saint-Domingue, en 1819 lui aussi. Chassériau, surdoué de la peinture, est déjà auréolé d'une certaine réputation.

Paris sera toujours Paris et déjà les « grisettes » et autres Mimi Pinson sont à l'affût des grands maigres un peu romantiques. Jongkind se met à fréquenter des femmes de mauvaise vie, comme on dit. Et à boire plus qu'un Hollandais ordinaire. Il est souvent saoul à mourir et dort chez les femmes les plus infréquentables. Mais il a plutôt une belle gueule, elles le nourrissent et l'abreuvent donc sans rechigner.

Le premier à s'inquiéter est Eugène Isabey, personnage fort convenable s'il en est. Que faire pour arracher le Hollandais à cet engrenage pernicieux ? Isabey court les bouges jusqu'à ce qu'il mette la main sur celui dont il estime avoir la responsabilité morale. Jongkind, retrouvé et Dieu sait dans quel état, tombe à genoux, pleure, demande pardon, promet qu'il ne le refera plus. Promesses de peintre saoul ! Il recommence, et dès le lendemain. Isabey sans se décourager annonce :

— Jongkind, demain je vous emmène en Normandie. Nous allons vous changer d'air et vous verrez comme la lumière d'Étretat vous plaira ! Notre ami Smits nous accompagne, il vous tiendra compagnie sur le motif !

Jongkind, dans un demi-coma, fait signe qu'il est d'accord.

Pourtant tout n'est pas sombre dans la carrière de Johan. Le Salon de 1852 vient de lui attribuer une médaille. Il est presque lancé : en tout cas, il fait partie désormais des peintres reconnus par leurs pairs... Mais déjà la médaille récompense une véritable épave humaine. Isabey s'arrache les cheveux :

— Que faire pour ce pauvre Jongkind ? Tous les jours il est fin saoul. Et savez-vous avec qui il vit ? Avec des prostituées de bas étage qui lui font les poches pour acheter de l'eau-de-vie. Que faire ?

C'est un peintre, énergique à défaut d'être talentueux, un certain Sano, qui prend la bonne décision. Un jour, il débarque chez Jongkind et ça ne traîne pas : les filles sont expulsées à grands coups de calottes, les bouteilles sont cassées et jetées au caniveau. Les dettes les plus criantes sont payées. Jongkind un peu dégrisé est lavé de force, traîné chez le tailleur, habillé de neuf et littéralement collé devant une toile vierge avec un seul commandement :

— Et maintenant ! Peins ! Je m'installe devant la porte, impossible de filer !

— Est-ce que tu permets que j'aille peindre sur les berges de la Seine ?

— Bon d'accord, mais attention, pas de bêtises ou je me fâche pour de bon !

Jongkind promet tout ce qu'on veut et pendant quelque temps il peint ses plus belles œuvres, bords de Seine et clairs de lune inspirés... Ce qui fait que ses amis parviennent à les vendre. Est-ce enfin la paix ? Jongkind est heureux. Il rêve de s'acheter... des bottes vernies pour sortir un peu.

Un jour, Sano découvre Jongkind effondré :

— Que t'arrive-t-il ? Pourquoi pleures-tu ?

Jongkind, entre deux sanglots, explique, moitié en français, moitié en néerlandais, qu'une tendre amie vient de le lâcher. Sans doute pour toujours, car elle part... pour l'Amérique. Autrement dit le bout du monde... Le pire est que Johan a déjà noyé son chagrin avec une pleine bouteille d'eau-de-vie.

En même temps que sa réputation de peintre de clairs de lune grandit, dépassant les frontières et atteignant la Hollande, grandit aussi sa réputation d'ivrogne et de bambocheur invétéré. Du coup la prude cour royale des Pays-Bas lui supprime sa pension. C'est la misère. Jongkind espère décrocher une nouvelle médaille au prochain Salon. Mais là encore, il passe inaperçu. Pas de médaille, pas de commandes et des dettes criantes un peu partout. Paris n'est pas fait pour Jongkind. Qui décide de rentrer chez sa mère malgré la malédiction...

Avant de retrouver sa maman à Utrecht, où elle vit désormais, Johan, pour se donner du courage, passe trois jours à Amsterdam. Avec une nette préférence pour les bouges où on descend des flacons de schnaps ! Quand il arrive chez sa mère, ce n'est plus que l'ombre du grand jeune homme qu'elle a maudit quelques années plus tôt. Maigre, dépenaillé et puant l'alcool !

Pendant quelques semaines, sous la haute surveillance maternelle, Johan reprend les promenades de son enfance. Utrecht lui inspire quelques belles aquarelles, de celles qui lui viennent si naturellement sous le pinceau.

À Paris, les amis de Jongkind ne l'oublient pas ! Il y a Isabey, Sano et deux marchands de tableaux, un certain Martin et un certain Lebrun. Après le départ précipité de Jongkind, on va chez lui et on établit l'inventaire de toutes les aquarelles ou peintures qu'il a laissées dans un capharnaüm poussiéreux...

— Et si on faisait une vente à Drouot ?

— Excellente idée !

Désastreuse idée. Les peintures, même celles présentées aux Salons, se bradent pour 30 ou 40 francs pièce. Les aquarelles se vendent par paquets de vingt...

Le bon Sano paie le reliquat de dettes et, de sa poche, expédie quelques centaines de francs à Johan Barthold qui s'est installé à Rotterdam. Dès qu'il entre en possession de ce pactole, Johan se rue... dans les bouges pour se saouler à en crever. À tel point que les autorités, qui en ont pourtant vu de vertes et de pas mûres, menacent de l'expulser de la ville ! Mieux vaut partir de son plein gré. Johan se souvient qu'il possède une sœur installée sur les bords de la Meuse, en Belgique. Il s'y rend. Mais la sœur demeure dans un village muni d'une auberge. Alors Johan boit, se bagarre, fait scandale. Le beau-frère le chasse de chez lui... Il ne lui reste plus qu'à rentrer... à Rotterdam.

Miracle, l'air de la mer nettoie-t-il l'esprit embrumé de Johan ? En tout cas, il se remet à peindre de belles aquarelles et des huiles inspirées. Cette période paisible dure jusqu'en 1857 !

— Tiens, mais c'est Jongkind !

Sur le boulevard des dandies, ce n'est qu'un cri parmi les rapins. Le Hollandais est de retour à Paris ! Les amis se pressent autour de lui : Sano, Smits, Martin et Lebrun. Isabey, échaudé, demande à voir un peu avant d'ouvrir ses bras à l'enfant prodigue... Jongkind qui hurle aux terrasses bondées d'une voix de stentor :

— Me connaissez-vous ? C'est moi, le grand Jongkind !

— Jongkind, il faut qu'on te présente un maître de la peinture nouvelle. Un certain Courbet, vous allez vous plaire !

Mauvaise prédiction : dès le premier coup d'œil, l'enfant du Nord et le Franc-Comtois sentent qu'ils se détestent. En tous les cas, Jongkind ne peut pas « encadrer » Courbet. Est-ce une raison suffisante pour qu'il se remette à boire, à se battre, à rouler dans le ruisseau à se ruiner avec les prostituées ? Quel dommage car ce champion de la peinture en plein air, ce magicien de la lumière et des nuages est reconnu par les jeunes peintres, ardents partisans de la peinture « sur le motif ». Eugène Boudin, lui aussi maître des plages et des ports, le tout jeune Monet se passionnent pour son art des gris nacrés, sa manière unique de rendre les merveilleux nuages.

Jusqu'au jour où se présente chez Jongkind... la maréchaussée ! Une fois de plus. Comme il est à peine dessaoulé les pandores ont un peu de peine à lui faire comprendre le but de leur visite :

— Vous faites presque chaque jour scandale sur la voie publique. Si vous ne mettez pas un frein à vos débordements, vous serez reconduit à la frontière !

Johan Barthold a compris. Il met quelques maigres possessions dans un balluchon et monte dans une patache qui doit le conduire jusqu'à Rotterdam. Plus précisément vers le port de Rotterdam. Il a encore quelques bonnes relations dans le quartier. De ces relations qui ne vous adressent la parole qu'un verre à la main.

À Rotterdam, Jongkind boit, se saoule et... peint. Tous les jours. Véritable double personnalité. Quand il est à jeun Jongkind garde assez de lucidité pour expédier ses dernières œuvres à ses amis parisiens, décidément fidèles, qui se chargent de les vendre au meilleur prix possible.

Mais la qualité des aquarelles baisse. La vue de Jongkind est atteinte par ses excès. Il se réfugie souvent dans son logement, une mansarde sordide où il répète d'une manière un peu mécanique les œuvres d'autrefois... Il s'enferme dans un système. Peindre un peu n'importe quoi n'importe comment, expédier à Paris, attendre les quelques billets expédiés par Martin ou les autres (peu importe qu'il s'agisse de ventes réelles ou de charités discrètes) et sortir vite pour boire jusqu'au trou noir du coma éthylique. Si l'argent tarde à venir, Jongkind se transforme en maquereau et sert d'intermédiaire entre les marins en bordée et les filles. Il bricole dans les bordels pour quelques florins...

En 1860, Johan Barthold a un éclair de lucidité :

— Si je continue ce genre de vie, je vais finir à l'asile d'aliénés.

Alors, il attrape un papier un peu maculé et d'une plume tremblante il écrit à Paris, dans le français bizarre qui est le sien. Le marchand Martin, destinataire de la lettre, comprend cependant le message. Une fois de plus, Jongkind promet de s'amender si on veut bien le sortir de l'enfer où il vit. Il fait appel à la charité des paysagistes de Barbizon : Diaz, Troyon, Théodore Rousseau. Il sollicite même M. Alexandre Dumas, le fils, pour qu'on se cotise en sa faveur... En définitive, la démarche n'est pas si folle. Martin accepte de se transformer en solliciteur. Il faut croire qu'un certain nombre de Français croient au génie de Johan car Corot, Rousseau, Troyon, Diaz et Ziem offrent leurs propres tableaux pour organiser une vente de charité...

Martin annonce la bonne nouvelle : la vente a rapporté 6 000 francs. Mais Jongkind a oublié ses promesses dès qu'il les a eu formulées. Il reçoit le pactole dans une superbe et ingrate indifférence. A Paris les décidément généreux amis forment un conseil de guerre :

— Il faut arracher Jongkind à son pays et à ses fantômes. Il revient vivre ici ou nous l'abandonnons à son destin !

C'est un certain Cals qui est chargé de la mission : se rendre à Rotterdam et en ramener de gré ou de force Jongkind. Quand, au bout de quelques semaines, il revient en gare du Nord, le comte Doria, puissant collectionneur, et le marchand Martin, ahuris, voient apparaître un Cals défait traînant comme il peut un Jongkind en plein délire et vomissant la vinasse à qui mieux mieux... La conclusion qui s'impose est que Jongkind est mort pour la peinture...

Mais à présent qu'il est là, il faut installer le revenant. Martin le met dans un atelier et veille sur lui comme un véritable ange gardien. Jongkind n'a plus qu'un seul droit : celui de peindre, peindre et encore peindre.

Enfermé sous les toits parisiens, il ne peint donc plus que ses aquarelles inspirées d'antan. Martin les achète systématiquement. Le comte Doria se fend parfois de quelques billets supplémentaires qui sont le gage d'un bon repas. Si tant est qu'on puisse faire un bon repas sans vin ni femmes !

Peu à peu ce régime sans alcool refait la santé du Hollandais. Un jour, Martin lui présente une dame :

— Une payse à moi. Jongkind je vous présente Mme Fesser. Madame Fesser, je vous présente Johan Barthold Jongkind, un Hollandais qui est certainement notre meilleur peintre de marines !

Mme Fesser est petite, brune et elle possède pas mal de poils sous le nez. Elle parle fort, utilise un langage peu châtié et semble certaine de ce qu'elle veut ! Les frères Goncourt diront qu'elle ressemble à une « vivandière de la Vieille Garde », une incarnation de Mme Sans-Gêne en quelque sorte ! Si Mme Fesser est là, c'est parce qu'elle est peintre amateur. Elle explique qu'elle est mariée et que son époux est cuisinier du trésorier-payeur de Nevers. Quand elle sort de chez Jongkind, Mme Fesser s'accroche au bras de Martin :

— Mon Dieu, dans quel état est ce pauvre homme ! C'est une vraie loque ! Laissez-moi m'en occuper ! Je vais vous le remettre sur pied !

Mis au courant de ces projets salvateurs, Jongkind, déjà âgé de quarante et un ans reconnaît que si Mme Fesser n'est pas son type, elle est « un ange ». Un ange fort en gueule mais un ange quand même...

Mme Fesser prend les choses en main, tambour battant. Les amis les plus fidèles de Jongkind sont priés de ne pas l'importuner. Ils s'éloignent sans que Johan songe à protester. Jongkind désormais peint sa Hollande d'autrefois. Comme distraction, il lui est permis... de jouer aux billes avec le petit Fesser, le fils du cuisinier, âgé de dix ans. Le cuisinier qui propose :

— Venez donc à Nevers, je suis en place dans un château qui est fort agréable.

Et c'est ainsi que le peintre de marines découvre les charmes de la campagne de Saint-Parize-le-Châtel. Il se met à peindre de merveilleux paysages du Nivernais. Est-ce la résurrection de son génie ? Mme Fesser étend sa sollicitude de jour comme de nuit. M. Fesser estime qu'il est assez heureux de posséder... de plus en plus de beaux « Jongkind ». À Paris, le marchand Martin fait la tête : toutes ces fatigues, tous ces investissements pour se voir déposséder du juste fruit de ses efforts ! C'est un peu fort ! D'autant plus que le public veut des marines et pas des paysages champêtres !

Mme Fesser comprend aussi qu'il doit renouveler son inspiration et l'entraîne dans de longs voyages : à Honfleur, en Provence, en Bourgogne, dans le Roussillon, en Belgique, à Paris, Grenoble, Brest et même... en Hollande. Jongkind respire le bon air mais il se voit mettre des œillères qui le gênent : interdiction absolue de lorgner les jolies filles. Pas plus que les tavernes !

Jongkind peint sans effort. La qualité de ses œuvres est revenue... Cependant, sa santé décline : troubles de la vue, troubles mentaux, angoisses. Il a tendance à simplifier, ce qui est souvent une des règles de l'art, et retrouve la spontanéité de ses débuts...

Au fond, la vie est devenue grise et monotone : Mme Fesser et sa moustache, le tableau à fournir... Les Salons le refusent et, logiquement, il se joint au Salon... des Refusés où il retrouve Manet, Pissarro, Cézanne, Whistler. Pourtant les prix montent et les grands marchands deviennent des acheteurs fidèles. Si le sujet plaît, il le répète jusqu'à plus soif.

Le jeune Claude Monet lui rend visite pour recevoir ses conseils. Et Boudin le prend en amitié. Mais, comme souvent, un conflit vient troubler cette vie enfin organisée. 1870 est une période incertaine. Puis, après deux années de questions sur l'avenir, M. et Mme Fesser reprennent la vie à trois avec leur vieux poulain... D'autant que c'est le triomphe des peintres de plein air. L'argent rentre enfin chez les Jongkind-Fesser...

Comme il est à prévoir, avec l'argent, les tentations reviennent : dès que la moustache de Mme Fesser disparaît au coin de la rue, Jongkind plante là pinceaux et palette pour courir à la taverne la plus proche. Et souvent, il « monte » avec quelque fille qui n'attend que ça ! Quand la maîtresse imprésario revient, ce sont de belles bagarres suivies de pleurs, de demandes de pardon, de serments... Mme Fesser, qui a pris de la poitrine et des fesses, lui plaît de moins en moins ! En plus ce n'est guère une femme d'intérieur : elle laisse la crasse et le désordre s'installer. Elle ne s'intéresse qu'à ses innombrables poulets, pigeons et tourterelles qui couvrent toute la maison de fientes gluantes !

C'est donc un fantôme méconnaissable qui suit le cortège funèbre du bon Corot ! On hésite à le reconnaître lui qui est, sans le savoir, le maître des impressionnistes.

Jules Fesser, le fils, est devenu trop grand pour jouer aux billes. Il est cuisinier comme son père et il installe sa mère, désormais veuve, et son peintre à La Côte-Saint-André dans l'Isère, la patrie de Berlioz. L'été dans les Alpes et l'hiver à Paris, Jongkind peint toujours. Il est obsédé par la mort. En 1889, entre les Fesser mère et fils, c'est un vieillard délirant qui apparaît aux invités de son exposition personnelle. Il revient dans l'Isère, hurle qu'il veut revoir Rotterdam. Au cours de ses rares promenades, il se fait accompagner d'un mouton et d'une perdrix. Une crise interrompt le prochain voyage à Paris. Des crises de delirium tremens se succèdent. Sa prostate et ses reins se détériorent. Il devient violent et frappe Mme Fesser, il faut l'interner à l'asile de Grenoble ! Il meurt seul. Mme Fesser le suit neuf mois plus tard. Jules, le fils, vend tout !

LE GRECO

Orgueil et amour fou

— Ces nudités que Michel-Ange a eu le toupet de peindre dans la chapelle Sixtine sont scandaleuses. Je connais un peintre qui serait tout à fait capable de repeindre un nouveau chef-d'œuvre !

Ces paroles provocatrices prononcées juste après la mort du grand Michel-Ange font l'effet d'un coup de tonnerre sous les voûtes du Vatican. Qui est donc l'audacieux qui ose lancer cette bombe ? Un étranger qui ne doute de rien, et qui ne se rend guère compte des conséquences de ses paroles.

Quand Domenikos Theotokopoulos voit le jour, à Candie, en Crète, probablement en 1541, le ciel semble s'être penché sur son berceau. Ses parents sont des bourgeois aisés. Sont-ils collecteurs d'impôts ou douaniers ? En tout cas ils sont catholiques. La lecture de la Bible et du Nouveau Testament est quotidienne. Et les dévotions devant les icônes byzantines font partie du cérémonial de chaque jour. Domenikos pourrait vivre dans la tradition orientale. Mais ses parents décident que leur avenir est à Venise où la colonie crétoise est florissante puisque la Crète appartient à la Sérénissime République. Et Domenikos découvre cette ville miracle, prospère et envoûtante. Là, il partage son temps entre les pieuses lectures et la fréquentation de peintres célèbres. Il a vingt ans et il côtoie Titien, génie qui a dépassé les quatre-vingts ans. Titien lui fait découvrir les beautés du nu féminin. On est loin des sourires un peu stéréotypés des icônes de Candie. Il rencontre aussi le Tintoret, digne successeur du précédent. Devant leurs chefs-d'œuvre, le jeune Crétois se forme le regard, il apprend à penser la peinture sous d'autres formes que les mosaïques et les icônes byzantines. Il apprend que la peinture religieuse peut être une « œuvre d'art » et pas seulement un objet de piété.

Un beau jour, résolu à se faire un nom dans le monde de l'Art, Domenikos décide de partir pour Rome. Rome qui vient de voir disparaître coup sur coup Raphaël, à l'âge de trente-sept ans, et Michel-Ange, le génie de quatre-vingt-neuf ans. Domenikos Theotokopoulos, avec tout l'orgueil de la jeunesse, se dit que Rome n'attend plus que lui pour prendre leur succession.

Le premier contact est prometteur. Un peintre renommé, Giulio Clovio, un miniaturiste croate, est ébloui par les peintures du jeune prodige crétois. Il alerte le « Tout-Rome » de la peinture et le jeune Grec se voit acclamé. Il ne lui reste plus qu'à suivre la voie de son ambition. Qui dit Rome dit la Papauté. Domenikos reçoit des commandes, il apprend en même temps à policer ce que son éducation peut avoir de rustique.

L'audace est une de ses caractéristiques personnelles. Un jour, lors d'un dîner chez le cardinal Farnèse, son protecteur le plus fidèle, on discute de la décision que le Saint-Père Pie V vient de prendre : faire masquer les nudités que Michel-Ange a répandues sur le plafond de la chapelle Sixtine. Greco s'emporte et déclare à haute voix :

— Ces nudités que Michel-Ange a eu le toupet de peindre dans la chapelle Sixtine sont scandaleuses. Pourquoi ne détruirait-on pas ces peintures obscènes ? Une vraie montagne de muscles sans le moindre sentiment religieux ! Je connais un peintre qui serait tout à fait capable de repeindre un nouveau chef-d'œuvre !

L'assemblée s'étonne :

— Et qui est ce peintre génial ?

— Mais moi, tout simplement ! Vous allez voir. J'ai déjà brossé les esquisses de mon grand projet !

Domenikos se détourne pour aller chercher les esquisses qu'il a depuis longtemps préparées. Mais quand il veut les faire admirer à ceux qui sont autour de lui, la pièce est vide. Tout le monde a été tellement scandalisé que ses amis sont tous sortis sans un mot. Un seul est resté pour lui dire d'un ton menaçant :

— Greco ! Tu as été trop loin. Tu as insulté Michel-Ange, Dieu ait son âme, et cela aucun Romain ne te le pardonnera. On veut bien te donner une seconde chance puisque tu es étranger : tu as une semaine pour quitter la ville...

Greco réplique :

— J'aime mieux vivre misérable que vulgaire !

Il cherche à faire intervenir son protecteur le cardinal Farnèse. Mais celui-ci semble s'être ligué avec ses ennemis les plus acharnés.

Il ne lui reste plus qu'à quitter Rome où le poignard peut être rapide. Il quitte aussi l'Italie où il a vécu depuis vingt ans et gagne l'Espagne. Et en Espagne, il choisit, après un bref séjour à Madrid, de s'installer à Tolède. Pourquoi Tolède ? Il ne le sait pas encore ; il y connaît Pedro Chacón, chanoine de la cathédrale, rencontré à Rome. Mais quand il arrive au pied de l'Alcazar, il comprend. Tolède : plantée comme une île au sommet d'un rocher, avec ses cent clochers, Tolède est la ville du soleil brûlant. C'est une ville qui a vécu longtemps sous l'influence arabe. Quelque chose qui lui rappelle sa Crète natale. Et puis il y a le roi Philippe II qui est en train d'achever le palais de l'Escurial. Beaucoup de peintres cherchent à faire partie des heureux qui seront choisis par le souverain.

Tout de suite Le Greco, puisqu'on le surnomme ainsi, se met à peindre. Il n'a rien d'autre à faire car il comprend très mal le castillan et il lui faudra dix ans pour qu'il soit capable de servir d'interprète d'une langue à l'autre. Son style émerveille certains Tolédans. D'autres se cabrent, trouvant que ses saints ne remplissent pas leur mission qui est comme chacun sait de donner... envie de les prier. D'autant plus qu'il fait dans ses peintures la part belle aux caractéristiques physiques de ses nouveaux concitoyens. Ses personnages ont les yeux de braise et les visages allongés de Tolédans.

À tel point que les commandes de particuliers restent timides. Un jour son fidèle serviteur Francesco Préboste annonce la visite de deux dames. Si c'est pour un portrait, l'affaire est bonne à suivre. Les deux visiteuses se révèlent être une duègne d'aspect rébarbatif et une ravissante jeune fille à peine âgée de seize ans. La vieille est Doña Leonor la Bastida, la jolie est Jeronima de las Cuevas, sa nièce. Doña la Bastida annonce :

— Il paraît que vous avez fait un portrait assez ressemblant de ma cousine, la marquise de Castilla. Je veux que vous fassiez celui de ma nièce ici présente.

Domenikos n'aime guère le style de la dame qui explique, d'un ton sans réplique :

— Mon frère, le marquis de las Cuevas, voyage en ce moment en France et il exige un portrait de sa fille car il a le projet de la marier avantageusement dans ce pays...

Sans laisser à Domenikos le temps de répondre, elle conclut l'entretien en précisant :

— Vous avez quinze jours pour achever ce portrait et vous viendrez dans notre demeure tous les jours dès l'après-dîner. Quand le portrait sera terminé vous recevrez 500 maravédis...

Greco se dresse de toute sa hauteur.

— Je travaille chez moi, à l'heure qui me convient. Quant à mon prix, il sera de 3 000 maravédis. Doña Jeronima sera attendue ici mercredi juste après dîner pour la première séance de pose... Je précise qu'il me faudra cinquante séances pour terminer et que le portrait, en pied, de trois quarts, avec un éventail à la main, sera prêt dans... trois mois.

Doña Leonor est devenue pourpre. Elle se lève sans dire un mot et quitte la pièce suivie de Doña Jeronima qui n'a pas dit un mot. Le mercredi suivant, cette dernière se présente chez le peintre grec, flanquée d'une énorme chaperonne.

Tout Tolède, ville remplie d'espions et de cancanières, sait bientôt que la puissante Doña Leonor fait portraiturer sa nièce par le Greco. C'est la ruée pour en faire autant. En attendant, Doña Jeronima se révèle enjouée et beaucoup moins timide qu'il n'aurait cru. Elle parle l'italien durant les séances de pose et ne cesse de babiller dans cette langue. La duègne ne comprend rien et s'endort. Alors Doña Jeronima demande à visiter le jardin, à voir les lapins, les dindons. Elle embrasse le Greco sur les joues, lui tire la barbe et le traite de « vieux singe ». Le vieux singe a de plus en plus de mal à se concentrer sur sa toile. Enfin, au bout de trois mois, le portrait est terminé. Ce sont les adieux du peintre et du modèle qui annonce :

— Je reviendrai vous voir de temps en temps !

Quelques jours plus tard, Doña Jeronima se présente, seule, chez le peintre barbu. Elle explique qu'elle est, en principe, en train de se confesser et que la grosse duègne l'attend patiemment dans l'église qu'elle a quittée par une porte latérale. Greco vit un moment de bonheur. Les visites de Doña Jeronima se font régulières. Toujours sous le prétexte de confessions très longues. Et survient le moment où peintre et modèle deviennent amants... Greco croit vivre le bonheur jusqu'au moment où comme dans les mauvais vaudevilles, Doña Jeronima annonce, piteuse, qu'elle attend un enfant. Elle demande :

— Prends-moi chez toi. Cache-moi. Quand mon père rentrera de France, nous nous marierons !

Comme elle y va... Et quand le marquis de las Cuevas sera de retour, les choses risquent d'être délicates. Pourtant il ne lui reste rien d'autre à faire, sinon accueillir la jeune fille qu'il a déshonorée... Quelques jours plus tard, Doña Jeronima disparaît à l'occasion d'une confession interminable. Doña Leonor pense que sa nièce a été enlevée par l'Inquisition. Elle évite d'ébruiter la disparition et annonce, par courrier, la triste nouvelle au marquis.

La disparue, pendant ce temps, coule des jours enchanteurs dans la maison du Greco. C'est encore une petite fille et elle amuse le peintre par ses caprices. Elle se déguise, se promène avec la chèvre, rend les domestiques enragés. Mais lorsqu'un Tolédan vient poser pour Domenikos, elle est contrainte à de longues heures de patience et de silence dans sa chambre. Alors Doña Jeronima trouve que l'amour du « vieux singe barbu » ressemble trop à une prison. Et puis sa grossesse la fatigue. Elle a des vertiges, des sautes d'humeur. Greco apprend que le marquis est revenu de France. Il se décide à envoyer un messager pour obtenir la main de Jeronima.

Chez le marquis, c'est une belle explosion de colère quand il découvre d'un seul coup que sa fille se cache chez un va-nu-pieds de peintre grec et qu'elle attend un enfant de ce maudit !

Greco est tenu au courant de ses réactions. On l'informe aussi que le marquis va sans doute essayer de faire enlever Jeronima. Pas de doute : c'est le couvent qui attend sa maîtresse. Domenikos fait appel à des hommes de main et renforce son personnel. Jeronima, déstabilisée par son état, passe de la crainte la plus folle à la haine !

— Ne crains rien, mon enfant, et reste enfermée dans ta chambre. On m'annonce que ton père approche de notre maison avec une troupe armée.

On frappe à la porte. La voix du marquis ordonne qu'on lui ouvre, sans préciser ses intentions. Francesco, le domestique du Greco, tente alors une sortie avec ses hommes de main. On entend le bruit d'une lutte acharnée. Puis c'est le silence. Angoissant. Quand, quelques heures plus tard, Francesco réapparaît, il est porteur de mauvaises nouvelles :

— Le marquis est mort. Son crâne a heurté une borne

de pierre au cours de la lutte. Ses troupes se sont débandées. Alors, nous avons porté son corps et nous l'avons jeté dans le Tage !

On entend un hurlement de bête blessée à mort. C'est Jeronima qui vient de surprendre la conversation. Ainsi son père, sévère mais adoré, est mort. Elle se met à délirer. Elle ne reconnaît plus personne. La nuit même, en cette année 1578, elle donne le jour à un superbe garçon, Jorge Manuel, qui sera « le Bien-aimé ». Mais Jeronima a perdu la raison. Domenikos n'a plus pour se consoler que le portrait qu'il a fait d'elle, *La Dame à la fourrure*.

Désormais Domenikos s'intéresse aux aliénés. Ceux dont l'âme est tournée vers le ciel. Il en fait volontiers ses modèles en allant les chercher dans les hôpitaux de la ville. Ils l'inspirent pour son *Espolio*, son *Christ dépouillé de sa tunique*. Il déchaîne l'enthousiasme !

C'est alors que le roi Philippe II annonce sa visite à Tolède. Tolède, l'ancienne capitale dépouillée de ses prérogatives au profit de Madrid, la nouvelle. Philippe II n'appréciait jusqu'alors que modérément la peinture du Greco et ses figures bizarrement allongées, mais en voyant l'*Espolio* il décide de s'attacher le peintre grec. Domenikos se met à peindre une toile nommée *Le Songe de Philippe II* dans laquelle il représente le roi en proie à des visions prophétiques. Le roi le convoque :

— J'aimerais vous prier de bien vouloir réaliser quelque chose sur le thème du *Martyre de saint Maurice et de la légion thébaine*.

Le peintre s'incline et se retire. Il est sur le chemin de la faveur royale. Eh bien non : Philippe II n'aime pas le *Martyre* lorsque celui est achevé. Qui sont ces légionnaires débraillés et sans chaussures ? Ce tableau qui représente pourtant dans le lointain le palais de l'Escurial est un échec, si l'on peut dire. Tout semble terminé entre Philippe II et le Greco.

Cette rupture est-elle, paradoxalement, synonyme de liberté ? En tous les cas, Greco fait l'acquisition à

Tolède d'un palais splendide, celui du marquis de la Villena. Il reçoit énormément, donne des fêtes où se presse toute l'intelligentsia tolédane : il en a les moyens. Désormais, il a à son service des « agents » chargés de négocier pour lui les nouvelles commandes à destination de l'étranger. Il développe ses activités d'architecte et de sculpteur. Greco ne veut pas quitter son cher palais d'où il jouit d'une vue imprenable sur l'incomparable Tolède. Il ignore deux hommes illustres qu'il côtoie peut-être sans les connaître : Cervantes et Lope de Vega. Mais Tolède ne lui rend pas la vie facile. On lui fait des procès à propos de règles canoniques, et en particulier de la dimension des ailes des anges qu'il peint sur ses tableaux...

En 1584, la ville se décide à commémorer un miracle survenu en 1312 : l'enterrement en odeur de sainteté de Gonzalo Ruiz, comte d'Orgaz. N'a-t-on pas vu, d'après le témoignage de centaines de participants, deux saints venir en personne pour aider à la mise en terre du comte ? Rien de moins que saint Étienne et saint Augustin. Le Greco se sent-il capable de traduire dignement cette cérémonie miraculeuse ?

— Vous ne serez pas déçu. Mais, auparavant, je désire que cette commande fasse l'objet d'un contrat en bonne et due forme. Et je veux qu'on me laisse une entière liberté. Je veux 1 200 ducats pour ma peine !

— Vous serez libre... si vous vous conformez aux indications contenues dans le protocole du miracle.

Greco pense, en son for intérieur : « À nous deux, Philippe II. Tu vas voir que j'existe malgré ton mépris... »

Le fameux contrat ne sera signé que deux ans plus tard, en octobre. En décembre, *L'Enterrement* est achevé... Tout est pour le mieux, mais il y a un « mais » :

— L'archevêché n'a pas un seul des 1 200 ducats que nous vous devons...

Greco accepte le paiement en plusieurs versements. Hélas, à chaque fois qu'il reçoit de l'argent, une nuée de créanciers se précipitent pour récupérer un peu de leur dû. Tout Tolède apprend alors que le fastueux Greco est criblé de dettes... Peu lui en chaut. Greco continue son œuvre entre terre et ciel, inspirée des grands mystiques. Une peinture où transparaît la passion de Dieu qu'ont eue en leur temps Thérèse d'Avila, saint Jean de la Croix ou Ignace de Loyola, le fondateur de l'ordre des Jésuites.

Doña Jeronima est maintenant une femme âgée de cinquante ans. Depuis qu'elle a perdu la raison, elle erre dans la maison qui aurait dû être celle du bonheur. Parfois, quand elle a des éclairs de raison, Greco se reprend à espérer. Dans ces moments elle se montre « sûre et scrupuleuse »... Le reste du temps, c'est une ombre de femme, qui pousse des cris rauques ou qui éclate en rires stridents. Elle croit que Domenikos est son père.

— Cher papa, viens jouer avec moi à la poupée !

Un jour, elle s'attarde dans la fraîcheur traîtresse du jardin. Une congestion pulmonaire l'emporte en quelques jours. Domenikos reste seul avec Jorge qui vient d'avoir dix-neuf ans. Manussos, le frère du Greco, autrefois destitué de ses fonctions crétoises pour malversation, vient finir ses jours auprès de lui à l'abri du besoin.

Greco devient grand-père. Il a soixante ans passés et il sent que le déclin s'empare de lui. Il est temps de déposer ses pinceaux après une dernière *Vue de Tolède* fantasmagorique qui lui a été inspirée par une nuit d'orage où la foudre est venue frapper l'atelier de la Villena.

Greco meurt en 1614. On l'enterre à San Domingo El Antiguo. Quelques années plus tard, à l'occasion de travaux, sa dépouille est déplacée et transférée en un lieu inconnu. D'ailleurs, quelle importance puisque déjà l'œuvre du Greco sombre dans l'oubli. Il faudra près de trois cents ans pour qu'on en reconnaisse à nouveau l'importance grâce à Maurice Barrès.

MUNCH

La danse de mort

— Non, je ne veux pas aller me baigner. Pas d'eau ! Pas d'eau !

Celui qui pousse ces cris est un monsieur âgé de près de quatre-vingts ans. Sa gloire s'étend en Allemagne, en Norvège, son pays, et même à Paris où il a fréquenté Toulouse-Lautrec et Van Gogh. Pour l'heure, en cet été de 1943, il vit dans sa vaste propriété au bord d'un fjord. Né dans une famille ravagée par la tuberculose, névrotique, morbide, il n'aurait jamais dû atteindre un si bel âge. A moins que ses obsessions ne l'aient justement mis à l'abri du danger :

— Pas de fleurs ! Surtout pas de fleurs ! Je ne veux ni les voir ni les sentir ni les toucher. Vérifiez la température de ma chambre : pas moins de vingt-cinq degrés sinon je meurs ! Que la vie est compliquée ! Mon chemin a toujours côtoyé un abîme.

Rien n'est plus vrai...

Il voit le jour en Norvège du Sud, à Lyten, en 1863. Son père est un médecin des armées qui soigne les pauvres à Cristiania, future Oslo, et qui l'emmène dans ses visites. Sa famille est puritaine et fournit au monde un fort contingent de prêtres et de pasteurs. Dès son plus jeune âge, Munch est attiré et fasciné par la mort.

Sa mère meurt de tuberculose alors qu'il n'a que cinq ans. Huit ans plus tard il perd sa sœur, tuberculeuse elle aussi, âgée de quinze ans et, logiquement, quand il arrive à l'âge de peindre, Edvard peint *La Jeune Fille malade*, *La Mort dans la chambre*, *La Femme et la Mort*, *La Mère morte*, etc.

En 1878, il entre à l'École des beaux-arts d'Oslo et prend des cours chez un peintre norvégien vaguement impressionniste. En 1886, il fait à Paris un court séjour de trois semaines offert par un ami peintre qui lui trouve du talent. À Oslo, il fréquente le *Café du Grand Hôtel* où artistes et écrivains réunis dans le « Cercle de la Bohème » protestent contre le poids que la morale bourgeoise et hypocrite fait peser sur la société.

Une première exposition de Munch à Oslo déclenche un scandale. Mais ses amis interviennent et Edvard décroche une bourse qui lui permet un second séjour à Paris, plus long, en 1890. Comme beaucoup d'autres, il entre dans l'atelier du très conventionnel Bonnat qui peint des portraits « sur fond caca »... Il rencontre Gauguin, Van Gogh et Toulouse-Lautrec. L'achèvement de sa bourse coïncide avec la mort de son père. Edvard rentre en Norvège, où il est déjà fort connu comme « celui qui épouvante le plus »... Il prépare un nouveau séjour à Paris où il revient après avoir passé deux mois à l'hôpital du Havre, cloué par une crise de fièvres rhumatismales. Puis il part à Nice pour sa convalescence puis s'installe à Saint-Cloud.

En 1892, il se rend à Berlin pour y peindre. Là, il se lie d'amitié avec Strindberg, le dramaturge suédois, qui lui insuffle ses délires paranoïaques. Tous deux sont amoureux de la même femme, l'épouse de leur ami polonais Przybyszewsky. Tous deux se révoltent contre Dieu et contre l'amour. Vaste programme ! La première exposition d'Edvard où figurent les panneaux de la *Frise de la vie* est un tel scandale qu'on la fait fermer. Munch devient un héros du jour au lendemain. Strindberg et Ibsen, les deux géants de la littérature scandinave, sont à la mode, les Allemands n'attendent plus qu'un génie de la peinture originaire des mêmes régions. En 1893, au retour d'une promenade épuisante, un soleil couchant qui teinte de sang l'horizon inspire à Munch *Le Cri*, considéré comme le tableau primordial, l'un des manifestes de l'expressionnisme.

En 1896, retour à Paris pour un séjour de deux ans. On l'accueille comme un maître et il fréquente les « mardis » de Mallarmé, dont il grave le portrait, tout en exposant à la galerie Bing de « l'Art nouveau ». Il ne veut pas peindre « des femmes qui tricotent et des hommes qui lisent leur journal », tableaux aimables destinés à décorer des murs bourgeois. Il veut peindre des êtres qui respirent, sentent, aiment et souffrent. Qui souffrent surtout car ses personnages auront souvent la mine de ceux qui vont mourir sous peu. Quant aux femmes nues qu'il peint volontiers après l'amour, un examen attentif de leurs membres raidis nous indique qu'elles sont... mortes. La nécrophilie et le vampirisme ne sont pas loin !

Après Paris, Edvard Munch voyage : en France, en Italie, en Norvège. Il séjourne pourtant plusieurs mois en sanatorium, en Norvège puis en Suisse.

En 1905, il participe à la fondation du groupe « Die Brücke » de Dresde, puis il fait partie des fondateurs du « fauvisme » parisien. Enfin son errance le ramène à Berlin et à Hambourg. À quarante-trois ans Munch connaît une sorte de gloire européenne. C'est alors qu'il réalise qu'il est le seul représentant survivant de l'expressionnisme de sa jeunesse. Van Gogh, Toulouse-Lautrec, Gauguin sont déjà dans la tombe. Il prend peur et sa raison vacille : il ne peut plus traverser la rue sans avoir absorbé plusieurs verres d'alcool et il est atteint de la manie de la persécution. C'est la dépression nerveuse qu'il doit soigner en 1908 au cours d'un séjour de six mois dans une clinique de Copenhague, chez le docteur Jacobson. Au bout du compte, il en sort guéri. Il a profité de son séjour pour écrire un texte lyrique : *Alpha et Oméga*, basé sur la Genèse. Il est toujours célibataire mais sa fortune lui permet de s'offrir... quatre maisons.

Comme Gustave Moreau, Edvard Munch est attiré et effrayé par la femme et l'amour physique. Une violoniste, Emma Marducci, entre suffisamment dans sa vie pour qu'il la dépeigne entourée de son opulente chevelure dans de nombreuses œuvres. C'est une déesse maléfique ou une vierge terrorisée par le sacrifice qui l'attend. D'ailleurs ses rapports avec les femmes ne sont pas heureux : après une intrigue amoureuse la dame, très en colère, à tort ou à raison, tire un coup de revolver qui lui traverse la main gauche et l'ampute d'une phalange. Désormais Edvard portera toujours des gants : il est pris du dégoût de ses propres mains. S'il doit peindre un autoportrait, il demande à un ami de poser... pour les mains.

Après son séjour au Danemark, Munch regagne la Norvège mais son génie est définitivement stérilisé. Désormais il se consacre aux animaux de sa ferme et se contente de recopier ses œuvres anciennes.

Cependant il expose encore, en Allemagne et aux Pays-Bas. En 1940, les nazis lui proposent un siège au « Conseil de la culture ». Il refuse cet honneur suspect. Car il sait qu'Adolf Hitler a fait confisquer ses œuvres qui figuraient dans les collections allemandes... à titre « d'œuvres dégénérées ». Désormais il ne peint qu'une série d'autoportraits pathétiques.

Il meurt le 23 janvier 1944, dans son domaine d'Ekely, terrassé par une embolie à l'âge de quatre-vingt-un ans. Le 12 février, des cambrioleurs dérobent *Le Cri* dans son cadre doré à la Galerie nationale d'Oslo. On en demande 5 millions de francs. Dans l'année les voleurs sont arrêtés et le tableau retrouvé sans verser la rançon demandée.

VERNET

Le malheur des voyages

— D'où vient ce pain ?

— De chez Falloux, rue Notre-Dame, madame.

— Êtes-vous folle ? Nous y avons acheté notre pain hier. Vous connaissez mes ordres !

— Mais vous l'avez trouvé fort bon. J'ai pensé que vous aimeriez celui de la nouvelle fournée.

— Je ne veux en aucun cas que nous achetions le pain deux jours de suite chez le même boulanger. Il y va de ma vie. Mon père, M. Parker, a eu assez d'ennuis avec l'Inquisition romaine... Ces gens-là sont capables de tout pour nous faire disparaître...

La domestique baisse le nez et promet :

— Je vais aller chez quelqu'un d'autre. Mais j'ai fait tous les boulangers jusqu'à Saint-Paul et il me faudra le temps d'en trouver un nouveau.

Cette scène un peu folle a lieu en plein Paris. Les deux protagonistes sont la délicieuse Mme Joseph Vernet et sa domestique. Nous sommes en 1782 dans les appartements des peintres au Louvre. Pas de doute, la jolie Virginie Vernet ne tourne pas rond... Quelle histoire lamentable...

Il était une fois un peintre, Antoine Vernet, qui vivait « en » Avignon où il était né en 1689. Ce peintre était modeste dans ses ambitions. Il se contentait de peindre des panneaux pour les chaises à porteurs. Il devait être heureux en ménage puisque son épouse eut la force de lui donner vingt-deux enfants. Sept des petits Vernet firent carrière dans la peinture comme leur prolifique père.

Parmi ces fils, il y a Joseph qui travaille très jeune à décorer... les chaises à porteurs. Puis le voilà parti pour Rome, grâce à la générosité d'un marquis et d'un comte. Sur la route il découvre la mer, à Marseille. Il doit se plaire à Rome car il y reste vingt ans. Il y rencontre une Irlandaise, Virginie Parker, que l'on suppose ravissante, puisqu'elle enflamme le cœur de Joseph. Son père est commandant des galères du pape. Et ils se marient. Sous une mauvaise étoile sans doute...

Auréolé d'une réputation flatteuse autant que justifiée, Joseph Vernet et son Irlandaise viennent à Paris. Membre de l'Académie de Saint-Luc à Rome, Joseph intègre l'Académie royale de peinture. Le marquis de Marigny, frère de Mme de Pompadour, enthousiasmé par son *Coucher de soleil dans un port*, lui passe une commande importante.

— Mon cher maître, aurez-vous la bonté de bien vouloir nous peindre vingt des plus importants ports du royaume ?

— S'il plaît à Sa Majesté, Louis XV le Bien-Aimé, je m'efforcerai de me montrer digne de ses désirs.

Dorénavant Joseph Vernet va passer dix ans de sa vie à voyager de port en port. Il emmène Virginie et son père, le commandant irlandais, sans oublier ses deux enfants. Tout ça dans trois chaises de poste et avec plusieurs charrettes de bagages. Il prend des notes sur le vif. Au bout du compte, il trouve fastidieuses toutes ces peintures représentant la mer, les marins, les navires. Il finit par se contenter d'aller prendre seul quelques dessins en plein air, en plein vent souvent, et de rentrer peindre les tableaux dans son atelier. Il va ainsi de Toulon à Antibes, de Sète à Bordeaux, de Rochefort à Bayonne. Vingt-quatre ports, vingt-quatre exils... Sète (à l'époque Cette) ne lui plaît pas : alors, il le peint défiguré par un orage à démâter tous les navires. À Bayonne, une petite Émilie voit le jour. Puis le royaume est en guerre, on manque de fonds pour continuer la série des ports. Vernet, au lieu d'en être désolé, est heureux de pouvoir retourner à Paris.

Le voici de retour au logis, au Louvre, à Paris. Mais ce qui mine Joseph Vernet c'est que, pendant ses absences, son épouse, la belle Virginie, est devenue de plus en plus bizarre. C'est Joseph lui-même, aidé par des domestiques, qui doit élever plus ou moins seul ses trois enfants. Heureusement, Mme de Pompadour lui fait obtenir des commandes qui lui rapportent beaucoup d'argent. Joseph a décoré ses appartements de manière somptueuse, sa famille y vit heureuse.

Courte accalmie : la paix fait suite à la guerre. On commande à Joseph Vernet de nouveaux portraits, de nouveaux ports français. Lui, l'Avignonnais, ne supporte pas le climat de Brest, il déteste celui de Dieppe... il bâcle un peu les quatorze nouveaux « portraits » commandés. Mais, quand il les expose, le public est enthousiaste...

Pendant ce temps-là, Virginie devient de plus en plus difficile à vivre. Elle est prise de la manie des dépenses somptueuses. Son père, M. Parker, qui vit avec le couple Vernet, a eu des ennuis avec l'Inquisition : il a été banni à vie de Rome. Virginie en a été très frappée. Elle se met dans la tête qu'on cherche à l'empoisonner. Chaque jour, elle exige que son domestique la conduise chez un boulanger différent et nouveau pour y acheter le pain de la famille. Ensuite, elle se fait mener en bateau jusqu'au milieu de la Seine. Là seulement elle consent à puiser l'eau (alors pure), nécessaire à sa famille. Virginie a des lubies, Virginie ne va pas bien. En 1774, elle doit faire un premier séjour dans une maison de repos. Joseph Vernet est obligé de lui retirer la charge des comptes familiaux. Il doit la confier aux meilleurs médecins qui arrivent à la calmer un peu. Carle, son fils, semble avoir hérité de son tempérament hypersensible et une séparation prolongée brise un roman d'amour qui le conduit pratiquement... au couvent ! Émilie, faute d'une mère compétente, est élevée par les dames de la famille Coustou, parentes du fameux sculpteur. Elle déteste les mondanités superflues si courues par son père. Elle quitte le Louvre sans regret quand son père s'installe à Meudon pour en offrir « le bon air » à son épouse.

Celle-ci se révèle, de jour en jour, plus folle. Bientôt il faudra l'interner. Internement relatif car elle est confiée aux soins affectueux d'une aimable demoiselle dans la plaine de Monceau. À l'époque la région est pleine de châteaux et regorge d'espaces giboyeux.

Tandis que Joseph poursuit une carrière fructueuse jalonnée de tempêtes, de clairs de lune et de naufrages dramatiques, Émilie atteint ses seize ans. Un jeune peintre au visage déformé, au tempérament fougueux et plein d'avenir, exécute son portrait. Ce jeune artiste prometteur n'est autre que Jacques Louis David, le chantre de la peinture des sujets « antiques ». Le voilà amoureux de la jolie Émilie Vernet. Il se déclare. Mais elle le repousse : se faire peindre est une chose, se marier en est une autre.

Joseph gâte plus que de raison Émilie et son frère aîné Carle, futur peintre lui aussi. Puis survient la grande tourmente révolutionnaire. Joseph Vernet n'en verra que les prémices. Ami des francs-maçons, intéressé par les idées nouvelles, il meurt doucement après une vie relativement heureuse le 3 décembre 1789. Il a soixante-quinze ans, âge plus que respectable pour l'époque. Son heureuse époque est terminée de toutes les façons...

Émilie, orpheline, est en marche pour un destin tragique, car David a de la mémoire et de la rancune.

DAVID

L'intraitable

— Non, n'insiste pas. Je ne peux rien pour elle...

— Citoyen, tu veux dire : je ne veux rien faire pour elle.

Jacques Louis David, le peintre le plus fêté de la Révolution, le chantre des vertus antiques, se retourne vers la fenêtre. Il reste silencieux. Son interlocuteur comprend que ce silence est un arrêt de mort et qu'en se taisant David vient de glisser lui-même le cou de la plus charmante de ses amies sous le couperet de la guillotine...

Jacques Louis David est né en une époque heureuse, en 1748, le 30 août exactement, sous le signe de la Vierge. Il naît parisien, fils de Maurice David, un marchand de fer installé sur le quai de la Mégisserie. Sa mère est la cousine d'un architecte du roi et l'on pense que le nouveau-né, son temps venu, sera lui aussi architecte, pourvu que Dieu lui prête vie... Son père, poussé par l'ambition, abandonne son commerce et s'offre une charge de « commis aux aides du département ». Hélas ses nouvelles responsabilités lui valent des inimitiés et c'est ainsi qu'il meurt dans un duel, à Beaumont-en-Auge, dans le Calvados. Voici Jacques Louis orphelin à l'âge de neuf ans. Il quitte la pension qui l'éduquait et s'en va vivre chez un oncle. Au bout de quelque temps l'oncle constate que Jacques Louis passe son temps à dessiner. Alors il dit :

— Puisque les Beaux-Arts semblent t'intéresser nous allons demander conseil à notre bon et vieil ami François Boucher qui peignait si bien naguère de jolies déesses nues.

Boucher n'hésite pas et... saisit sa plus belle plume pour expédier Jacques Louis chez un confrère : Joseph Marie Vien, spécialisé, lui, dans des scènes froides inspirées de l'antique. C'est chez lui que Jacques Louis apprend à aimer Rome et la Grèce. La voie est toute tracée : présentation à l'Académie royale puis un second prix pour l'Académie de Rome. L'année suivante, il est certain d'obtenir le premier prix mais sa toile, mal préparée, se craquelle et on le rebute. David, ulcéré, se retire dans sa chambre et refuse de s'alimenter...

— Allons, Jacques Louis... un échec n'est pas la mort. Tente encore ta chance l'année prochaine. À vingt-cinq ans, il est encore temps...

Hélas, l'année suivante, c'est un nouvel échec. Heureusement, David se console en jouant du violon... il se prend presque pour un virtuose jusqu'à ce qu'une nouvelle vienne l'en détourner :

— La Guimard, la célèbre danseuse, est en train d'installer son nouvel hôtel particulier à la Chaussée-d'Antin. Elle aimerait que tu veuilles bien te charger de la décoration !

Après la Guimard, c'est la Raucourt, aux mœurs très libres, qui lui demande de faire son portrait. Et enfin, il décroche le prix de Rome avec un sujet peu gai : *Erasistrate découvrant la cause de la maladie d'Antiochus*.

Avant de partir pour Rome, il faut se plier à la tradition qui est de demeurer quelques années à l'École des élèves protégés. Jacques Louis va rester « protégé » du roi pendant six années. Puis c'est le départ pour Rome où il trouve les antiques moins excitants qu'il n'aurait cru :

— Ils manquent d'entrain !

Mais, aidé par des amis esthètes, il revient bientôt sur sa première prévention. Herculanum et Pompéi lui font forte impression. Il avoue, devant sa nouvelle vision de la Beauté :

— J'ai été opéré de la cataracte !

Quand il rentre à Paris, en 1780, il a trente-deux ans. Deux ans plus tard, il est élu à l'Académie royale de peinture. Il épouse Marguerite Charlotte Pécoul, dix-sept ans, dont le père est « entrepreneur des bâtiments du roi ». C'est une femme vulgaire mais très avisée en affaires. Il repart pour Rome en compagnie de son épouse. Il y achève un sujet qui lui tient à cœur : *Le Serment des Horaces*, une commande du marquis de Marigny, frère de feu Mme de Pompadour. C'est le triomphe du Salon de 1785. On admire jusqu'à l'extase le « pied avant de l'aîné des Horaces »...

En 1789, nouveau succès avec un tableau dont le titre est un peu longuet : *Brutus, premier consul, de retour en sa maison, après avoir condamné ses deux fils qui s'étaient unis aux Tarquins et avaient conspiré contre la liberté romaine. Deux licteurs rapportent les corps pour qu'on leur donne sépulture.* C'est un vrai coup de tonnerre. Il faut dire que le public est excité : on vient de prendre la Bastille. Alors, le thème de Brutus plaît beaucoup. David est le héros du jour.

Héros qui pourtant est, à partir de cette époque, préoccupé par un problème de santé. Une excroissance se met à déformer sa joue. Sans doute une tumeur mixte de la parotide. Voilà notre peintre défiguré et, de plus, atteint de difficultés d'élocution.

Le 20 juin 1790, un certain nombre de députés de l'Assemblée constituante demandent à David de bien vouloir fixer pour l'éternité un jour historique, celui du *Serment du Jeu de Paume*. David s'attaque à une œuvre de longue haleine : une toile de dix mètres sur sept. Les personnages du premier plan font plus de deux mètres de haut. Il demande à son ami Moreau d'établir les plans de la perspective, discipline où il se sent peu sûr de lui. Pendant quatre ans, il s'acharne sur son grand projet. Mais pendant toutes ces années, l'Histoire accélère son cours. Les héros prévus dans le *Serment* ont un peu changé de couleur politique. Barnave, Bailly, maire de Paris, Danton ne sont plus en odeur de sainteté révolutionnaire pure et dure. Alors David, qui n'a pas varié d'un iota dans ses convictions révolutionnaires, jette son pinceau et abandonne son projet dans l'église des Feuillants qui lui a servi d'atelier. Le *Serment* va y demeurer quinze ans, inachevé.

En 1791, David est chargé d'organiser la pompe du transfert des cendres de Voltaire jusqu'au Panthéon. Après cette cérémonie réussie, le voilà chargé de la pompe funèbre de Simonneau, maire d'Étampes assassiné. Au contact de l'exaltation populaire, David sent sa fibre révolutionnaire vibrer au maximum. Un ami découvre qu'il a crayonné sur le mur de son atelier une guillotine et la tête coupée de Louis XVI. Avec ces vœux sanguinaires : « Puisse tomber bientôt la tête du tyran ! » L'ami est outré et jure de ne plus jamais revoir cet ingrat qui doit tant aux bontés de la royauté. Même Charlotte Pécoul s'en mêle et les murs du Louvre vibrent des scènes de ménage des David. Parfois les motifs ne sont pas purement politiques :

— Et cette petite Ducreux, qu'as-tu à m'en dire, si tu l'oses ?

— Mon amie, avant de répondre à vos questions, permettez-moi de vous interroger sur certaines « étourderies » dont tout Paris me dit que vous êtes coupable !

— Puisqu'il en est ainsi, divorçons !

Alors, pour se distraire, David se présente à la Convention. Et il est élu pour le quartier du Louvre. Il donne sa mesure en votant quelques mois plus tard la mort de Louis XVI qu'il appelait de ses vœux. Il avait eu l'insolence d'apostropher le roi en lui disant qu'il ne le peindrait que la tête dans la lunette de la guillotine ! Du coup Charlotte David, choquée, se sépare vraiment de son mari...

En 1792, le grand spécialiste des fêtes révolutionnaires donne à nouveau la mesure de son talent de metteur en scène. Sur l'emplacement de la défunte Bastille, on fait la fête et on élève une Fontaine de la Régénération. Fontaine dont les mamelles généreuses distribuent une eau revigorante qui sera goûtée par les quatre-vingt-six commissaires des Assemblées primaires. On chante le tout nouveau succès, la *Marseillaise*, puis on échange des baisers de paix. David a le vent révolutionnaire en poupe. Député de la Convention, il devient président du redoutable Club des Jacobins. C'est désormais l'ami des sanglants Marat et Robespierre.

David n'hésite pas à supprimer l'Académie royale de peinture à laquelle il doit tant. Il réclame des têtes mais il peint encore : la mort de Marat dans sa baignoire lui donne l'occasion d'un chef-d'œuvre dans lequel il idéalise la tête du tribun...

C'est à cette époque qu'il reçoit une visite : celle de Carle Vernet. Carle est encore un jeune homme, et David connaît bien sa famille. En particulier son père, Joseph Vernet, peintre des ports de France, mort à soixante-quinze ans en 1789, il était son voisin au Louvre. Il connaît aussi Émilie, sa fille. Aujourd'hui Carle, les larmes aux yeux, vient solliciter David le tout-puissant pour sa sœur qui est en grand danger de mort. Émilie, la jolie Émilie que David a peinte, qu'il a courtisée... mais qui l'a repoussé. Elle en a épousé un autre : l'architecte Chalgrin. Et son mariage a été secrètement béni par un prêtre réfractaire. Dénoncée, elle a été arrêtée. Pire encore, on a trouvé chez elle une correspondance entre elle et le comte de Provence, futur Louis XVIII, frère de Louis XVI, qui dirige l'armée des émigrés, décidés à tout faire pour anéantir la Révolution. Beaucoup de mauvais points aux yeux de David. Carle Vernet supplie qu'on sauve sa sœur. Il sait pourtant que Lavoisier, le grand savant, a été guillotiné le 8 mai précédent. Lavoisier dont David a fait le portrait en compagnie de son épouse, Mme de Lavoisier, qui prenait des leçons de peinture chez lui : David n'est pas un ami très attentionné...

David aurait dit :

— Ta sœur est une aristocrate. Je ne me dérangerai pas pour elle !

A-t-il vraiment déclaré :

— J'ai peint Brutus, je ne puis solliciter Robespierre !

Certains prétendent que David, devant la détresse de Carle Vernet, aurait promis de faire son possible. On dit même qu'il obtint de Robespierre le précieux document d'élargissement qui sauvait la pauvre Émilie. Et qu'il l'aurait, par « distraction », oublié dans sa poche. On murmure aussi que David, repoussé par Émilie serait tombé amoureux de Camille Chalgrin, la propre fille d'Émilie et de l'architecte et que Camille, comme autrefois sa mère, aurait repoussé le peintre génial mais déformé par sa tumeur... Camille avait seize ans, l'âge d'Émilie au moment du portrait.

Toujours est-il que, le 24 juillet 1794, la pauvre Émilie glisse son cou gracile dans la lunette de la guillotine. Trois jours plus tard, Robespierre, le fauve incorruptible, l'imite. La malheureuse a manqué d'être sauvée pour trois jours...

Ce jour-là, David s'est senti un peu souffrant. Au lieu de se rendre à la Société des Arts, il est resté au fond de son lit. Heureuse initiative : s'il avait bougé de chez lui, il aurait rejoint Robespierre et Saint-Just sur la charrette qui les a menés promptement à la guillotine. Sa maladie lui a sauvé la vie mais sa carrière en France semble terminée. Il est tout de même arrêté. Surprise : il reçoit en prison la visite de son ex-femme accompagnée de leurs enfants.

La liberté retrouvée, il commence une grande machine dans le goût antique : *Les Sabines se jetant entre les combattants pour les séparer*. Il y peint les portraits de ses amis. Mais il les peint nus et on s'offusque : il devient pour les rieurs le « Raphaël des sans-culottes ». Indifférent aux critiques, il fait payer 1,50 franc à ceux qui veulent admirer son œuvre. Avec les 72 000 livres récoltées en cinq ans, il s'offre une ferme à Ozouer-le-Voulgis en Seine-et-Marne.

Un jour, un général victorieux, un certain Bonaparte, entre en coup de vent. Il a vu l'*Enlèvement* et a trouvé que les guerriers étaient trop statiques mais il exige son portrait en quelques minutes. David s'exécute et après le départ du modèle soupire :

— Enfin j'ai trouvé mon héros !

Désormais, David devient un commensal de Bonaparte. S'ils ne sont pas toujours d'accord sur la manière de peindre les héros, David peint tout de même tous les Bonaparte. Puis c'est le grand moment du sacre. Durant dix heures David, par un froid glacial, prend des notes sur la cérémonie. Puis il fait une première ébauche où tout le monde est nu, le pape Pie VII inclus.

David est devenu le peintre de l'Empire. Il dessine des meubles, il conseille l'acteur Talma pour sa tenue sur scène quand il interprète les héros de tragédie. Il reçoit la Légion d'honneur et devient Premier peintre de l'Empereur. Son atelier réunit plus de trois cents élèves venus de l'Europe entière. Cette période marque son apogée car les revers de l'Aigle entraînent son déclin. David, anobli par l'Empire, voit sa chute arriver avec celle de Napoléon Ier. Après Waterloo, l'ancien régicide n'a plus qu'à prendre le chemin de l'exil. À soixante-sept ans, il choisit Bruxelles. Lorsque Louis XVIII lui fait savoir qu'il peut rentrer en France, il refuse. Il a fait fortune et sa prudence l'a mis à la tête de revenus importants qui lui permettent de vivre sur un grand pied. Intraitable, il refuse de faire le portrait de l'ennemi de toujours, le duc de Wellington :

— J'aimerais mieux me couper le poignet que de peindre un Anglais !

Mais déjà l'âge est là : la main est moins sûre. Les rhumatismes le torturent. La tumeur de sa joue augmente. Les mauvaises langues disent qu'elle serait apparue le jour où David a voté la mort de Louis XVI !

Comble de malchance, il est renversé par une voiture. Le 29 décembre 1825, à 10 heures du matin, il expire. Son épouse, malade à Paris, ne peut se déplacer. Charles X s'oppose à ce qu'on honore sa mémoire. Il est enterré à Bruxelles.

FOUJITA

Très mignon

Ce jour-là, le 27 novembre 1886, le général Foujita, médecin de la famille des samouraïs Chibaken, court pour rentrer chez lui. Sans doute emprunte-t-il quelques-uns des 5 284 ponts de Tokyo mais il ne les compte pas car on vient de lui annoncer la naissance d'un fils. Que deviendra ce fils ? Certainement, un médecin brillant comme son père. En tout cas, le général lui a déjà choisi un nom, Tsougoubaru, c'est-à-dire « Héritier de la paix » : avec Foujita qui signifie « Champ de glycines », il faut avouer que ça ne manque pas d'allure.

Mais très vite il faut se rendre à l'évidence : « Héritier de la Paix » ne montre aucun enthousiasme pour la noble profession de médecin. Sa maman meurt quand il n'a que quatre ans. Ses sœurs et leurs amies le câlinent à qui mieux mieux. Après quelques mois, le général se remarie. Pour se consoler, Tsougoubaru dessine sur n'importe quoi et après le dessin il s'attaque à la calligraphie, à la peinture à l'encre de Chine. A douze ans, il décide d'être peintre. Il prévient son père par lettre. Le général médecin hausse les épaules :

— Après tout, pourquoi pas...

À présent Foujita ne se contente plus de dessiner, il va admirer chez quelques collectionneurs audacieux certaines œuvres qui arrivent tout droit de France alors qu'à Paris même leurs auteurs sont encore en train de lutter pour se faire connaître et se faire admettre. Des Sisley, des Monet, des Renoir... Foujita se dit :

— Il faut que j'aille à Paris pour voir un peu ces impressionnistes et leurs modèles, ces belles femmes blondes et opulentes.

Le général médecin, un peu contrarié et un peu inquiet, accepte pourtant de payer le voyage de son rejeton. Pour la circonstance, on lui a fait confectionner une tenue appropriée. Un pantalon de toile qui arrive au-dessus des chevilles à la mode nippone, un casque colonial. Muni de deux valises, Foujita monte sur un bateau et regarde s'éloigner les quais de Tokyo. Il aura le temps de réfléchir à son avenir avant de débarquer à Marseille, porte de l'Orient. Là, il se dépêche de mettre ses valises à la consigne et se précipite pour frotter son nombril contre celui des jolies Françaises qui monnayent leurs charmes. Sa redingote mauve et son casque colonial impressionnent ces dames. Alors, il s'écrie :

— À nous deux Paris !

Nouveau Rastignac nippon, Foujita arrive dans la capitale. Que pense-t-il vraiment ? Personne ne le saura car il est plutôt avare de confidences. Les Parisiennes le trouvent « mignon ». Une lui apprend à manger sa soupe sans faire de bruit, l'autre lui fait connaître les artistes de music-hall, la troisième lui explique comment embrasser à la française. Une autre lui enseigne comment entrer au cinéma par la sortie. Une autre lui apprend à traiter les gens de « Tête de hareng ! ». La suivante lui fait découvrir les joies de l'éther et les ressources du mont-de-piété. Dès qu'il est installé à Montparnasse, on lui présente Picasso qui lui montre des tableaux du Douanier Rousseau. L'originalité attirant l'originalité, Foujita rencontre un homme bizarre, un Américain qui se promène vêtu comme un druide, pieds nus dans ses sandales, ses longs cheveux pris dans un bandeau à la grecque. Cet individu étrange qui tisse lui-même la toile de ses tuniques et de ses pantalons est Raymond Duncan. Sa sœur, Isadora, une Californienne, a révolutionné le monde de la danse en dansant nue à la mode antique du temps de Platon, et en se livrant à des amours tumultueuses. Raymond reste fidèle à son mode de vie, et Foujita adopte ses mœurs antiques avec passion. Le voilà à son tour tissant la toile de ses vêtements. Il va danser la « pyrrhique » grecque dans les bois. Avec ses cheveux coupés en frange et ses yeux bridés ça fait un drôle d'effet : les Parisiens rigolent, les gamins le conspuent et Foujita finit par se vexer. Alors il remet son beau pantalon japonais et file vers Londres pour voir comment on y vit.

Isadora Duncan l'y accueille. Mais il faut bien vivre. Foujita, à dire vrai, dessine peu et peint encore moins. Comment en aurait-il le temps ? On vient de l'engager pour jouer dans une troupe de théâtre « nô ». Deux rôles par pièce. Le voilà qui chante et qui danse en essayant tant bien que mal de retrouver l'art véritable des danseurs-chanteurs de son pays. Mais, bah, pour les Anglais, avec les costumes, on n'y voit que du feu. C'est un succès.

Les jours de relâche, il se promène dans Chelsea, le quartier des artistes, et il se perd dans les rues sombres à la recherche de « demoiselles » peu farouches. Françaises, obligatoirement... Il n'a pas oublié les leçons de coupe de Raymond Duncan et il se retrouve coupeur modéliste dans une grande maison. Une lady quitte le domicile conjugal pour aller vivre avec lui sous la tente, dans les bois.

Mais le « smog » londonien lui encombre un peu trop les poumons. C'est la guerre, la Première, la Grande. « Héritier de la Paix » est sans nouvelles de sa famille restée à Tokyo, ni de la pension versée par le général. Alors il revient à Paris.

Comme à Londres, il s'y installe comme tailleur à domicile. Son univers se compose d'une belle jeune femme : Fernande Barrey, désormais son épouse légitime, tout à sa dévotion. Elle lui murmure tendrement :

— Mon amour, je t'aime : tu es beau autant que tu es moche !

Il y a aussi un collègue tailleur, grec de naissance, Paul Pétridès, que l'avenir transformera en marchand de tableaux.

Foujita se décide aussi à peindre de délicates aquarelles qu'il exécute en tenant ses pinceaux de soie verticaux au-dessus du papier de riz, à la chinoise. Et ces œuvres subtiles attirent l'attention d'un marchand qui consent à se fendre d'une rente mensuelle de 125 francs. D'autre part, un Polonais, poète et fou de peinture, Léopold Zborowski, se manifeste. Il y a aussi dans la bande un Italien alcoolique, Modigliani, et un Lituanien sale comme un peigne qui importune ses voisins en peignant des quartiers de bœuf qu'il laisse pourrir... un certain Soutine.

Voilà une fine équipe. Foujita, Modi, Soutine et Zborowski. Celui-ci organise un séjour collectif sur la Côte d'Azur, à Cagnes-sur-Mer. On espère que Modi s'y refera des poumons et que Zboro parviendra à vendre les œuvres de ses poulains. Et tout le monde s'installe chez M. Curel. Mais Zboro ne vend rien. Modigliani passe plus de temps à se saouler qu'à peindre. Après que Foujita a rendu visite au vieux Renoir qui peint toujours, les pinceaux attachés à ses doigts déformés par l'arthrose, il faut rentrer. Comme on n'a pas payé le loyer de M. Curel, celui-ci, qui passe son temps à jouer de la trompette mais se conduit en homme avisé, saisit les valises des artistes et les ficelles qui les retiennent. Il ne songe même pas à garder leurs œuvres qu'il juge épouvantables...

Heureusement, cette période n'a qu'un temps. À présent, les amateurs commencent à s'arracher les œuvres de Foujita. Celles de Soutine aussi et celles de Modigliani, mort de drogue et de tuberculose... Foujita a même un amateur autrichien qui fréquente beaucoup le Vatican. Et qui y emmène « Héritier de la Paix ». C'est ainsi que notre Japonais à la frange irrésistible rencontre le pape Benoît XV. Qui lui suggère de faire un portrait de saint François-Xavier, mort au Japon comme chacun sait.

Mais, de retour à Montparnasse, Foujita est sans doute trop occupé à se livrer à la fête. On le voit dans tous les bals où l'on se déguise. On danse, on boit, on chante, on défile bruyamment dans les rues. Ce sont les « Années folles ». Foujita ne passe jamais inaperçu quand il est assis à *La Rotonde*. Un jour, une jeune femme le remarque. Venue à Paris pour faire du cinéma, elle se prénomme Lucie et elle tombe follement amoureuse de lui :

— Qu'il est mignon ! Très mignon !

Elle en parle autour d'elle. Ses copines la poussent à rendre visite à son idole. Heureusement, un rapin du voisinage connaît Foujita et sait où il habite. Il ne reste plus qu'à y aller, en bande, comme de bien entendu. Quand Foujita voit entrer la belle jeune femme, une Flamande qui aurait fait rêver Rubens, il lâche ses pinceaux et la prend par la main. Puis ils sortent de la maison sous le regard étonné de Fernande Barrey, l'épouse légitime. En s'éloignant, Foujita décide de changer le prénom de Lucie en « Youki » : il explique :

— Au Japon, cela signifie « Neige rose ».

Va pour « Neige rose ». Foujita et Youki disparaissent et personne n'entend plus parler d'eux. Fernande Barrey, au bout de quelques jours, commence à s'inquiéter. Elle alerte la police et fait rechercher son Japonais moustachu jusqu'à la morgue. Puis un jour elle découvre, au Salon d'Automne 1924, la toute dernière œuvre de Foujita, un nu fantastique, celui de Lucie-Youki. C'est d'ailleurs un triomphe auprès du public. Elle apprend où les deux amants cachent leur amour tout neuf : à Passy, et elle se rend sur place. La séance est plutôt chaude. Il faut séparer les protagonistes. Fernande a compris : elle a perdu Foujita et le divorce sera prononcé peu après. Entre-temps elle s'est d'ailleurs consacrée à faire les délices d'un cousin de Foujita, Koyonaghi.

Pour Youki, comme pour Fernande, Foujita ne se montre pas un amant encombrant. Parfois, il lui laisse terminer la fête au milieu des Montparnos déchaînés tandis qu'il rentre tranquillement se coucher. Fête à Montparnasse l'hiver, fête l'été sur les planches de Deauville, partout où l'on s'amuse, où l'on se déguise. Il continue à peindre, sur des feuilles d'or.

Pour les vingt et un ans de Youki, Foujita fait déposer devant chez eux une somptueuse voiture avec chauffeur stylé (ancien champion de pelote basque). Plus tard, il possédera une Rolls dont le bouchon de radiateur est une tête barbue en bronze signée Rodin. La maison est pleine de tableaux ornés des meilleures signatures de l'époque, de meubles rares et raffinés. On mène la vie à grandes guides. On côtoie Winston Churchill, les Rothschild, André Citroën, les Dolly Sisters, Mistinguett...

Jusqu'au jour où une lettre recommandée avertit notre roi de Montparnasse d'un oubli. Depuis quelques années, il a complètement négligé de faire la moindre déclaration aux impôts sur le revenu, une création toute récente puisqu'elle ne date que de 1917. Foujita signe quelques papiers et, quand Youki revient de la campagne, elle découvre qu'ils doivent un million de francs au fisc... Il ne reste plus qu'à vendre tout, les voitures, les tableaux de maître et les meubles, sinon Foujita, sa frange et sa petite moustache risquent d'aller moisir sur la paille humide des cachots. Foujita, le roi des fêtes folles, est sans un sou. Il part pour le Japon et ne laisse que deux objets sur la cheminée de l'appartement vide : sa croix de la Légion d'honneur et sa croix de l'ordre de Léopold de Belgique.

Au Japon, on l'accueille avec enthousiasme quoique l'on trouve, selon l'expression locale, qu'il « sent le beurre », traduisez qu'il est devenu trop occidental. Alors, « Héritier de la Paix » et « Neige rose » rentrent à Paris et s'installent à l'hôtel. Foujita part pour faire une exposition à New York. Youki ne reste pas seule. Un jeune poète la regarde avec des yeux de hareng mort d'amour : il se nomme Robert Desnos et depuis quelques semaines partage pratiquement la vie du couple. Quand Foujita revient d'Amérique, du Nord et du Sud et de Cuba aussi, il y a un flottement. Puis « Héritier de la Paix » part en laissant un mot d'adieu. Que Youki ne trouvera que huit jours plus tard ! Il est parti pour le Japon avec Madeleine Dormans, une « Panthère rousse ». Desnos et Youki décident de se marier. Foujita accepte le divorce.

En 1939, la Panthère rousse, en manque de cocaïne, tombe dans le coma et meurt. Foujita couvre son cercueil de chrysanthèmes hors de prix. Puis il distribue à des amis les vingt portraits qu'il a faits de Madeleine.

Pendant les années noires qui suivent, il voyage, en Chine, en Corée, en Mongolie, en Mandchourie. Aucun problème : son peuple règne en maître sur ces régions annexées. Il rencontre même une femme selon son cœur, Kimyo. Mais tout a une fin, même les guerres mondiales. Il ne lui reste plus... qu'à ramener Kimyo à Paris. Il se met à peindre des rues lépreuses, un peu comme Utrillo, mais toujours dans son style poétique et léger. À présent, il est naturalisé français. Bouddhiste, il se laisse convertir au catholicisme : baptisé le 14 octobre 1959 à Reims, comme Clovis, il prend le prénom de Léonard (comme Vinci). Il passe ses dernières années dans une maison parisienne mais japonaise à l'extrême, entre ses pinceaux, son thé et ses deux perruches. Il peint, sur des toiles polies au point de ressembler à de la porcelaine, d'innombrables portraits de petites filles réelles ou imaginaires, des chats mystérieux, mais cependant il ne possède aucun de ces animaux car, au Japon, « une femme vaut deux chattes » et des femmes, il en a eu trois...

Il disparaît en 1968 à l'âge respectable de quatre-vingt-deux ans.

PRUD'HON

L'amoureuse Constance

— Pierre-Paul, je vais te demander quelque chose... Puisque tu ne me le proposes pas toi-même. Il est temps. Épouse-moi...

Pierre-Paul fronce les sourcils. Il est devenu tout pâle :

— Mais pourquoi ? Ne sommes-nous pas heureux comme cela ? Ne suis-je pas aux petits soins pour toi ? Ne t'ai-je pas toujours soutenue, aidée, aimée ?

— Pierre-Paul, ne réponds pas à côté de la question : veux-tu m'épouser, oui ou non ? Après tout c'est moi qui ai doté ta fille Émilie. Pour la reconnaissance que j'en ai eue !... Tes enfants ne m'aiment pas, avoue-le. Pour eux je suis une étrangère.

Cette scène entre deux amants, à peine une dispute, va déboucher sur une tragédie...

Qu'il est triste d'être un jeune homme tout pétri de sensibilité ! On n'en est que davantage exposé aux dangers de l'existence. Pierre-Paul Prud'hon fait partie de ces êtres sans défense, dont toutes les œuvres dénoncent l'indéfectible tendresse de cœur. Quand il voit le jour, dixième enfant d'un maçon, Louis XV le Bien-Aimé règne. C'est à Cluny que Pierre Prud'hon ouvre les yeux, le 4 avril 1758. Dans une Bourgogne riche et bonne vivante, province heureuse dans une France heureuse. Bien sûr, la France est en train de perdre les « quelques arpents de neige du Canada ». Bien sûr, Cherbourg est envahi par les Anglais mais la Bourgogne en est loin... Même si, au mois d'août, des pluies torrentielles pourrissent les récoltes sur pied. La vigne peut s'en accommoder... Surtout si l'on vit à l'ombre de l'abbaye de Cluny.

Ce sont les peintures de l'abbaye qui lui font découvrir l'art. Ce sont les bons moines cisterciens qui découvrent que le gamin a du talent. Ce sont eux qui font qu'il fréquente l'Académie de Dijon. Il devient Pierre Prud'hon et ajoute Paul à son prénom en souvenir de Pierre-Paul Rubens...

Alors Pierre-Paul se laisse aller à la joie de vivre. Un peu trop même... car sa nature sensuelle lui fait connaître les joies de l'amour champêtre. Las ! La belle Jeanne Pennet, fille d'un notaire ruiné, est féconde et Pierre-Paul, honnête garçon, ne veut pas se dérober à ses responsabilités. Il épouse. Il épouse sans le savoir une mégère qui fera le malheur de sa vie. Elle accouche huit jours après le mariage. Elle n'a sans doute pas toutes les qualités requises pour rendre un peintre heureux : elle est jalouse. Pour un sensuel c'est une catastrophe.

Pierre-Paul, pourtant, demeure optimiste et il a raison car il possède le don de l'art, du dessin en particulier. Et voilà qu'il a vingt-deux ans à peine quand la protection du baron de Joursanvault lui permet d'aller se former le goût à Paris. Il a une intrigue affectueuse avec Marie Fauconnier, la fille du marchand de dentelles chez qui il loge. La belle est loin de se douter qu'il est déjà marié et père de famille. À quoi bon le lui dire ? Cela lui ferait de la peine ! Mais Jeanne Pennet, elle, quand elle apprend la chose, lance toute la vaisselle contre les murs !

Le voilà ensuite qui gagne le prix des États de Bourgogne. Ce qui l'envoie à Rome... Quelle aventure ! Elle va durer quatre ans. À Rome, il s'ennuie à recopier des chefs-d'œuvre. Mais quand il revient en France, les amateurs d'art voient dans ses œuvres un *sfumato* qui indique bien qu'il a étudié de près les œuvres du grand Vinci et du génial Corrège qui va l'influencer.

Bientôt survient la Révolution. Pierre-Paul, avec l'enthousiasme de ses trente et un ans, s'enflamme pour les idées nouvelles, généreuses et si près de la misère du peuple. Au début ce ne sont que d'aimables révoltes. Même en 1793, l'année même de l'exécution de Louis XVI, le sang qui coule ne le rebute pas trop. Il faut survivre car la citoyenne Prud'hon est un vrai panier percé !

— Citoyen Saint-Just, me permettras-tu de fixer tes traits sur la toile pour la postérité ?

— Avec le plus grand plaisir. Mais, citoyen Prud'hon, permets-moi une question : que me vaut cet honneur ? Est-ce parce que j'ai réclamé la tête de Capet lors de ma première intervention devant l'Assemblée ?

Pierre-Paul Prud'hon répond naïvement :

— Mais citoyen, notre mère Nature ne t'a-t-elle pas doté d'une beauté digne de l'antique. Cette qualité ne suffirait-elle pas pour mériter qu'on l'immortalise ?

Il faut dire que la beauté presque féminine du citoyen Louis-Antoine-Léon Saint-Just a de quoi inspirer un amoureux de l'Art. Saint-Just, autrefois interné sur ordre de sa mère pour vol d'objets précieux et auteur de *L'Organt*, épopée de sept mille vers aussi burlesque qu'obscène... Mais cela Pierre-Paul, le timide, l'ignore.

Après la Révolution, c'est le grand David qui fait régner sa loi sur la peinture officielle. *Le Serment des Horaces* et *L'Enlèvement des Sabines* sont les nouvelles bibles. Pierre-Paul, le sensuel et le doux rêveur, est loin de ces beautés froides et antiques. Alors il ne fait pas partie de la coterie en place. Du coup, les commandes s'éloignent de lui. Il ne lui reste plus qu'à végéter en illustrant des romans parmi les plus fameux depuis *La*

Nouvelle Héloïse de Jean-Jacques Rousseau jusqu'au larmoyant *Paul et Virginie* de Bernardin de Saint-Pierre.

Arrive 1801, Pierre-Paul se découvre un nouveau héros. Ou plutôt c'est une *Allégorie de la Paix* qui le fait connaître du héros du jour. Après Saint-Just de triste mémoire, depuis longtemps mort sur l'échafaud avec son ami Robespierre, un nouvel astre brille au firmament : Napoléon Bonaparte, Premier consul :

— Citoyen Premier consul, accepteriez-vous que je fixe vos traits sur la toile pour la postérité ?

Mais, contrairement à Saint-Just, ce n'est pas la beauté digne de l'antique qui fascine le peintre. C'est le héros.

D'autre part, Mme Pierre-Paul Prud'hon, avec les années, se révèle une mégère vraiment infernale. Pierre-Paul se demande si elle n'est pas bonne à enfermer. C'est ce qu'il se résout enfin à faire, en 1803, après vingt-six ans d'enfer. Pierre-Paul en a quarante-cinq. Heureusement Joséphine de Beauharnais, la future impératrice au grand cœur, le prend sous son aile. Elle se fait peindre dans le parc de la Malmaison, dans une pose alanguie et mélancolique qui semble préfigurer le drame du divorce impérial en 1809.

Malgré cette amitié fidèle Pierre-Paul est seul, terriblement seul. Jusqu'au jour où un coup timide est frappé à la porte de son atelier.

— Bonjour, mademoiselle, que puis-je pour vous ?

— Accepteriez-vous de me donner des leçons de dessin et peut-être aussi de peinture si vous m'en jugez digne ?

— Nous pouvons toujours essayer. En tout cas les journées sont si longues que votre compagnie éclairera mes pensées qui sont parfois bien maussades... Quand voulez-vous commencer ? Mais j'oublie de vous demander votre nom !

— Constance Mayer de la Martinière pour vous servir. Si vous voulez, nous pourrions commencer mes leçons demain. Quelle est l'heure qui vous conviendra le mieux ?

Et c'est ainsi que Constance Mayer, fille un peu trop gâtée d'un important fonctionnaire des douanes, vient illuminer le foyer de Pierre-Paul qui résidait à la Sorbonne. Car si le peintre est libéré de sa mégère, il lui reste à s'occuper de sa nichée de six enfants. Alors Constance, la « jolie laide » comme on la décrit, délaisse un peu le fusain pour donner un coup de main à la cuisine, aux courses, à la lessive, à l'éducation des enfants. Et un beau jour elle se laisse glisser entre les bras de Pierre-Paul, le sensuel Pierre-Paul qui lui fait découvrir les merveilles de l'amour telles qu'il les a apprises chez les belles Romaines...

Avec Constance la chance semble être entrée chez Prud'hon. Après la douce Joséphine de Beauharnais, Prud'hon devient le peintre de Marie-Louise, l'Autrichienne. Il en profite pour s'acheter un chapeau et un habit à la française. C'est lui qui est nommé comme professeur de dessin de la nouvelle impératrice. C'est lui qui fait un portrait du « roi de Rome ». N'a-t-il pas dessiné le mobilier que la Ville de Paris a offert à la toute nouvelle épouse de l'Empereur ? En 1808, Prud'hon a déjà peint pour le palais de justice de Paris son œuvre la plus fameuse : *La Justice et la Vengeance divine poursuivant le crime* : une commande de son compatriote le préfet Benoist Frochot, un ensemble de belles femmes bien de leur époque.

Mais d'autres peintres n'aiment pas Prud'hon. Le baron Gros et le baron Gérard se rangent parmi ses ennemis puissants. David les considère avec mépris. Alors l'amour le console. Bien qu'il n'appartienne pas aux clans qui dominent l'art, la vie est belle pour les deux amants. En définitive ce faux ménage est assez stable puisque cette vie de famille va durer dix-huit ans. Au début, les choses sont discrètes. Et puis on n'a plus à se cacher, on vit dans deux ateliers contigus... Constance Mayer sait depuis longtemps qu'elle est plus douée pour la cuisine et l'amour que pour la peinture :

— Mon ange, qu'aimerais-tu peindre ?

Constance hésite un peu :

— Une jeune femme et son enfant assises près d'une rivière.

— Bien, je ferai l'ébauche de la composition. Comme ça tu n'auras plus qu'à suivre mon esquisse. Et quand tu te sentiras plus sûre de toi, tu pourras reporter « ton » œuvre à l'huile sur une toile. Cela te plairait d'être au « Salon » cette année ?

Question superflue : depuis des années, Constance rêve d'être un peintre reconnu, à l'égal de son cher Pierre-Paul mais ses espoirs déclinent irrémédiablement.

— Si j'ai besoin de toi, tu n'hésiteras pas à faire quelques retouches, cher amour. Que deviendrais-je sans toi ? Toi, je sais bien ce que tu ferais si je n'étais plus là. Tu referais ta vie avec une jeunesse. Avec Marguerite, j'en suis certaine...

Prise de jalousie, Constance va jusqu'à lacérer le portrait de cette Marguerite. Pierre-Paul s'étrangle, mais il s'efforce de garder son calme :

— Mais que racontes-tu là ? J'apprécie Marguerite comme modèle, un point c'est tout. Que vas-tu imaginer ?

— Marguerite est belle. Avoue que c'est ton modèle favori. Moi, je suis bonne à tenir ton ménage. Regarde-moi, je suis vieille à présent... Flétrie !

Pierre-Paul proteste mollement :

— Ah non, pas encore des scènes de jalousie ! Je serai toujours avec toi, petite tête folle !

Il fait taire Constance d'un baiser très tendre.

Pourtant, en 1821, quand un messager apporte une mauvaise nouvelle. Constance s'affole :

— Est-ce vrai ? Faut-il donc abandonner nos ateliers de la Sorbonne ? Pour aller où ? Pour être séparés. Je ne le supporterai pas.

Pierre-Paul ne répond pas. Il est en train de mettre la

dernière main à un dessin inspiré de l'antique. Trois personnages dont on ne sait pas vraiment s'ils sont masculins ou féminins, bien dignes du « Corrège français ». Dans la semi-obscurité douce qui caresse les formes, les lumières et les ombres, Constance s'approche timidement :

— Pierre-Paul, je vais te demander quelque chose... Puisque tu ne me le proposes pas toi-même. Il est temps. Épouse-moi...

Pierre-Paul fronce les sourcils. Il est devenu tout pâle. Constance comprend. Les explications, les reproches n'y feront rien. Pierre-Paul a les meilleurs arguments du monde :

— Écoute, mon ange. Tu sais comme mon premier mariage a été catastrophique. Ma femme était jalouse, déséquilibrée. Tu sais comment cela s'est terminé. La pauvre créature ! J'ai dû la faire enfermer. Alors comprends-moi ! Me remarier, j'ai trop peur. Ne me demande pas ça, Constance chérie. Non, je ne pourrai jamais t'épouser ! Mais rien ne va changer entre nous !

Constance reste immobile derrière l'épaule de Pierre-Paul. Elle ne dit rien. Il n'y a plus rien à dire.

Prud'hon continue à travailler le fond de son dessin. Sa main tremble trop pour qu'il se risque sur l'ovale parfait des visages. Alors il travaille le fond et l'ombre en grands traits hachés.

Il entend la porte qui claque. Constance a quitté la pièce. Pierre-Paul hésite. Il est tenté de courir derrière elle. Mais à quoi bon ? Qu'y a-t-il à ajouter ? Il l'aime mais il ne se décidera jamais à se remettre la corde au cou. D'ailleurs, il connaît Constance : elle va bouder pendant quelques heures puis elle reviendra et ce soir, une fois dans le grand lit de plumes, il saura trouver les gestes qui la calmeront. Sans rien dire... Il préfère penser à ce qu'il peint.

Constance, dans la chambre voisine, achève de donner une leçon à une élève. En la quittant, elle lui remet une bague :

— Adieu mon enfant, garde précieusement ce souvenir !

Pierre-Paul entend le bruit d'une chute dans l'atelier voisin. Il se précipite, vaguement inquiet : Constance est là, étendue, toute pâle, sur le lit. Une écharpe de soie blanche lui entoure le cou. Bizarre. Pierre-Paul voit quelque chose sur le sol. Un liquide sombre. Pierre-Paul n'a pas besoin de toucher ce liquide pour le reconnaître : c'est du sang !

Constance s'est tranché la gorge avec le rasoir de son amant... Si violemment qu'elle a atteint la vertèbre cervicale. Prud'hon se rue sur le corps. De ses deux mains ensanglantées, il essaie de rapprocher les deux lèvres de l'horrible blessure. Des amis attirés par ses cris doivent l'arracher à la morte. Il est couvert de sang.

— Elle s'est suicidée. Pourquoi ? Comment ?

Désormais Pierre-Paul n'est plus que l'ombre de lui-même. Il quitte la Sorbonne et emporte toutes les toiles qui lui rappellent la ravissante Constance chez un ami qui lui offre asile. Parfois il répète :

— C'est moi qui l'ai tuée !

Il consacre son talent à peindre des tableaux d'inspiration religieuse. Tentatives vaines pour répondre à la grande question : que devient l'âme après la mort ?

Pierre-Paul s'éteint le 17 février 1823, vingt et un mois après Constance, après avoir dit sans relâche :

— La meilleure partie de moi-même est anéantie !

BLAKE

Le visionnaire

— Mère, je viens de voir le prophète Ezéchiel dans le jardin !

— William chéri, je n'en doute pas mais pour l'instant veuillez baisser votre culotte. Je tiens à marquer cet instant dans votre mémoire de manière définitive.

Le jeune William comprend ce qui l'attend...

C'est en novembre 1757 que naît William Blake. L'orage se déchaîne au-dessus de la maison familiale. Celle d'un honnête boutiquier un peu rêveur, un certain James Blake, qui vend de la bonneterie. Il y a déjà quatre enfants au foyer. Dès son plus jeune âge William se passionne pour le dessin. Et son père trouve que cela n'est pas si mal. Un jour, William, âgé d'à peine quatre ans, rentre du jardin porteur d'une grande nouvelle :

— J'ai vu Dieu !

Ses parents demeurent légèrement incrédules, mais William insiste en trépignant. Non seulement il vient de voir Dieu mais il a vu aussi des esprits aériens qui chantent dans les branches des arbres. À tout hasard les parents jettent un coup d'œil au-dehors, sait-on jamais. Ils ne voient strictement rien dans les arbres, sauf quelques moineaux... Mais le petit William possède des yeux si bleus et une manière si étrange de regarder au-delà des choses. En tout cas il dessine si bien et il étudie avec tant de zèle : à dix ans, il sait lire, écrire et compter. Ce n'est pas si mal.

Le soir venu, James Blake aime réunir quelques amis autour de la cheminée du salon. Tous ces gens sont passionnés par les nouvelles sectes et les théories des « illuminés » qui font parler d'eux en Europe. Cagliostro, Mesmer, Swedenborg, philosophe suédois légèrement ésotérique. Les disciples de ce dernier ont fondé une Église : l'Église de la Nouvelle-Jérusalem. On y lit la Bible et on discute des anges et de tous les êtres merveilleux qui peuplent le monde invisible au commun des mortels. James pérore et William écoute, avec passion. Rien d'étonnant à ce qu'un autre jour le jeune homme déclare qu'il vient de rencontrer quelqu'un de très intéressant : le prophète Ezéchiel. Mme Blake, moins persuadée que son époux, attrape William, le déculotte et lui administre la plus belle fessée de sa carrière pour lui apprendre à mentir au-delà du raisonnable !

On l'inscrit à un cours de dessin à Londres et il commence à copier des dessins de chefs-d'œuvre antiques. Son avenir est tout tracé : il sera peintre. Malheureusement le bonnetier Blake, trop occupé par les êtres du monde invisible, fait plus ou moins faillite. Il faut que William subvienne à ses propres besoins. Alors il abandonne la carrière de peintre et ses incertitudes pour se lancer dans la gravure. Le graveur, contrairement au peintre, a toujours quelque client pour des cartes de visite ou des faire-part. Mais pour graver, il faut apprendre. Quel professeur choisir ? Quelqu'un propose le nom d'un certain Peter Ryland.

Dès que William fixe ses grands yeux bleus sur Peter Ryland, il a un haut-le-cœur :

— Non, je ne veux pas travailler chez lui !

Et il sort. Quand son père lui demande la raison d'une telle impolitesse, William explique, sans émotion :

— Je viens de voir maître Ryland pendu haut et court à un gibet !

Bon : inutile d'insister. Le plus curieux est que, effectivement, quelques années plus tard, maître Ryland, par le biais de quelque coquinerie, finira pendu en place publique.

Faute de Ryland, William étudie chez un autre maître : James Basire. Il n'a que quatorze ans et il va rester six ans chez ce maître moins inquiétant. Bientôt il en sait assez pour quitter l'atelier et courir la campagne à la recherche de thèmes d'inspiration. Celui qu'il préfère par-dessus tout, ce sont... les tombes monumentales et gothiques qui garnissent la superbe abbaye de Westminster.

Puis il quitte Basire et s'inscrit à l'Académie royale. Il ébouriffe un peu tout le monde en proclamant avec beaucoup d'assurance que les grands peintres respectés sont des nullités :

— Rubens est un propre à rien, Rembrandt n'est qu'un barbouilleur, Dürer n'est qu'un misérable assassin ! Titien est le roi des idiots, quant à Reynolds ce n'est qu'un sacré imbécile mondain !

Pour l'instant William, pourfendeur des génies, ne trouve pour assurer sa pitance que quelques amateurs d'aquarelles et des commandes d'illustrations pour le *Ladies Magazine*.

C'est alors qu'il fait la connaissance d'une certaine Clara Woods, surnommée « Polly ». William la regarde avec ses yeux bleus et voit la femme de sa vie. Mais Polly est une petite dévergondée et elle a tôt fait de se laisser conter fleurette par un autre. William en fait une sorte de dépression nerveuse et, pour retrouver son équilibre, il décide de quitter Londres : rien de tel qu'un séjour à la campagne. On lui suggère de prendre pension chez Richard Boucher, un pépiniériste de Richmond. William fait son balluchon et saute dans la diligence.

Dès son arrivée chez Boucher, une surprise l'attend. Boucher possède une fille, Catherine, et dès le premier regard c'est le coup de foudre. William se demande un instant si Catherine va lui en faire voir autant que l'a fait

Polly. Mais, le soir même, claquant un peu des dents, les deux jeunes gens se retrouvent sous la lune, dans le jardin et se vouent un amour éternel. William n'est qu'un simple graveur mais il est si beau, il a des yeux si pénétrants. Catherine ne sait ni lire ni écrire mais elle est si jolie. Et, ce qui ne gâte rien, elle va se révéler une maîtresse de maison hors pair. Indéfectiblement amoureuse de l'homme de sa vie... Il en aura bien besoin.

William continue à prendre des commandes alimentaires mais il poursuit, à part, une recherche intérieure. Il lit la Bible et les œuvres de Swedenborg, Boehme, Paracelse et Cornelius Agrippa. Catherine apprend à lire et à écrire, puis elle apprend à dessiner et à colorier à l'aquarelle. Un couple très uni. Il le faut bien car William n'est pas toujours commode avec les contradicteurs. Ceux qui ne partagent pas ses idées sont vite remis en place et traités de tous les noms d'oiseaux !

Il n'est pas seulement un dessinateur habile et inspiré par l'au-delà invisible. Il est aussi poète. Et il publie un premier recueil : *Esquisses poétiques*. Les vers font preuve de beaucoup d'envolée.

En 1784, papa James, le bonnetier, quitte ce bas monde. Le frère aîné de William prend la succession. Robert, un plus jeune frère, entre en apprentissage chez William ! La santé de Robert est fragile et William a la douleur de le voir mourir prématurément ! Mais il a la consolation de voir de ses propres yeux l'âme de Robert qui s'envole comme un oiseau dans la lumière ! Désormais, il va chercher, de plus en plus loin, à retrouver ce frère chéri. Robert, dit-il, lui a révélé en rêve la technique de la gravure à l'eau-forte ! Un service qu'on n'oublie pas !

Et il compose un second volume de vers : *Les Chants d'Innocence*, le monde vu par les yeux d'un enfant. Redoublant d'activité, il publie lui-même l'ouvrage, impression et reliure comprises. Catherine l'aide à colorier les dessins et participe à tout, du brochage à la reliure ! Le style de William est un mélange de dessins et de poésie enchevêtrés.

Désormais William Blake se veut poète et visionnaire. Il abhorre les rationalistes, et Newton, le grand scientifique, représente pour lui l'abomination de la désolation ! Il a fort à faire pour imposer ses idées en un siècle où la Raison règne de plus en plus en maîtresse absolue ! Lui, ce qui l'intéresse, c'est l'Imagination. Rien d'autre ! Pour lui, le monde visible n'est que le degré zéro de la réalité : derrière chaque chose, chaque être humain, il y a un, deux, trois, quatre seuils successifs de réalité qu'il faut franchir allégrement. Il continue à produire de la poésie visionnaire : *Le Livre de Tiriel* — un roi de l'Ouest qui multiplie les malédictions sur le monde —, suivi du *Livre de Thel* — la fille des Séraphins qui s'incarne et par conséquent se condamne à mourir !

William commence à dériver vers une autre conception du monde : le Mal, ce sont la Loi et les règles étroites qui empêchent la joie naturelle ! Chaque homme doit avoir sa loi à lui. Bientôt il crie :

— Vive l'anarchie ! À bas le mariage ! Vive l'amour libre !

Sa philosophie un peu confuse en vient à honnir tout en vrac : Satan qui s'est incarné en Jéhovah ! et Dieu, qui n'est qu'une « allégorie des Rois » !

De même, la procréation est condamnable. Il ne faut pas emprisonner des âmes innocentes dans la matière, cause de tous nos maux ! La débauche vaut mieux que le mariage. William en vient à maudire sa mère de lui avoir donné le jour. Crime abominable que le mariage et la paternité. Le plaisir doit être pris à travers toutes les femmes ! Catherine manque d'enthousiasme devant ces nouvelles théories. D'autant plus qu'il lui propose de prendre une concubine qui viendrait vivre au foyer... Dans le genre des patriarches bibliques qu'il fréquente depuis son plus jeune âge !

C'est l'époque où la Révolution secoue la France ! Vive la liberté ! Plus de lois ! Enfin plus de vieilles lois ! William Blake rencontre d'intéressants gentlemen qui reviennent d'au-delà du Channel : Thomas Paine,

Joseph Priestley ; ils ont d'ailleurs bien manqué glisser leurs cous britanniques dans la guillotine française ! Enthousiasmé, il défile dans les rues de Londres avec un bonnet phrygien sur la tête et il écrit un vaste poème intitulé : *La Révolution française*. Son ami le libraire Johnson lit le manuscrit et... le jette au feu. Seuls trois cents vers échappent à l'autodafé !

À ce moment, un nouvel ami se présente : le capitaine Butts qui achète tout ce qu'il peut de l'œuvre de Blake : gravures, livres, etc., et qui lui trouve d'autres clients.

La Révolution française semble bien sanglante et William change de cap. Il écrit *Les Chants d'expérience*. L'enfant des *Chants d'innocence* est devenu un adulte plié sous les lois et poursuivi par les prêtres et les pasteurs : « Les prisons sont construites avec les pierres de la loi, les bordels avec les briques de la religion. »

L'amour est interdit ! Blake cherche alors refuge dans les univers d'au-delà de tout. Univers qu'il est pratiquement le seul à entrevoir. Un jour, il a la surprise de voir, en haut de son escalier, un étrange bonhomme en armure. Il ne l'identifie pas et s'enfuit, effrayé. Pourtant il a l'habitude de rencontrer Isaïe et Ezéchiel, les anges, les démons et d'autres grands personnages sans sourciller. Mais pas ce bonhomme cuirassé.

Blake publie dans la foulée *Le Premier Livre d'Urizen* : Urizen-Jéhovah est un vieillard massif à la longue barbe blanche et au regard de pierre. On le voit, sur le célèbre frontispice d'Europe, un genou en terre, délimitant et divisant l'univers matériel au moyen d'un gigantesque compas très fortement inspiré par le style de Michel-Ange. Suivent *Le Livre de Los*, *Le Livre d'Ahaniah*, œuvre touffue et ésotérique où les cinq continents se mêlent aux cieux et aux enfers. Par-dessus tout ça des personnages, les « Éternels », flottent très à l'aise n'hésitant pas à dicter à William des brassées de trente ou quarante vers qui ne manquent pas d'inspiration, il faut bien le reconnaître ! William note d'une main et les dessine de l'autre. Le problème est que ce monde est plus réel pour William que celui où se débat la pauvre Catherine qui en est parfois réduite à lui présenter une assiette vide pour tout dîner, histoire de lui rappeler qu'il faut mettre du beurre dans les épinards.

Un autre ami providentiel surgit alors : James Hayley, qui offre à William d'illustrer la vie du poète William Cowper, vie qu'il est en train d'écrire. William et Catherine partent chez Hayley, au bord de la Manche, à Bognor. Ils y trouvent une chaumière fleurie et y sont heureux durant trois ans. Entre ciel et mer, William voit ses visions se multiplier. Mais le commanditaire devient encombrant : il donne son avis sur tout y compris sur le travail de Blake. Qui repart.

Après cette expérience il met en chantier un poème de quatre mille vers, *Vala* ou *Les Quatre Zoas*. Ces quatre « Zoas » sont les essences constitutives de l'homme (intellect, sensibilité, imagination, instinct). Puis *Jérusalem* qui compte cinq mille vers et dont l'un des thèmes essentiels est le rôle négatif de la volonté féminine : la sournoise soif de puissance de la femme et son adhésion aux séductions de la nature, à l'existence végétative, constituent un danger permanent pour la liberté imaginative de l'homme. Notre peintre poète entreprend un *Milton* qui doit comporter douze chants en vers de quinze ou seize syllabes. Un amoncellement un peu foisonnant de Titans, de spectres, de nuages électriques, d'incendies variés, mélange de pathos incompréhensible et de chants d'amour délicieux et imprévus.

La critique, impitoyable, ne se gêne pas pour éreinter Blake, poète et dessinateur : on prétend qu'il ne reste en liberté que pour l'unique raison qu'il est inoffensif. Il se désespère parfois. Les expositions de ses œuvres ne rencontrent presque aucun succès. Mais une autre amitié lui sauve la mise : un paysagiste connu, John Linnell, lui achète des œuvres et le commandite : la misère est enfin repoussée. Blake, arrivé dans des zones extraterrestres définitivement intraduisibles, abandonne les vers. Il se consacre à l'illustration de *La Divine Comédie* de Dante et du *Livre de Job*.

La mort le saisit à Londres le 12 août 1827. Il a soixante-dix ans et ferme définitivement ses grands yeux bleus de voyant. Catherine le rejoint quatre ans plus tard ! Il faudra quarante ans pour qu'on commence à le découvrir.

BRESDIN

Chien-Caillou

— Monsieur Bresdin ?

L'homme qui vient d'arriver dans un très modeste logement parisien est du genre raffiné. Chapeau haut de forme et redingote à la mode. Et des gants de chevreau assortis à ses souliers vernis.

Celui qui le reçoit est un ouvrier, c'est évident. Trapu, tout en muscles, barbu, les mains attaquées par l'acide, les vêtements plus ou moins déchirés et couverts de poussière. Mais cet ouvrier est un artiste :

— Oui, c'est moi, Bresdin. Que puis-je faire pour vous ?

— Veuillez excuser ma démarche mais la princesse Mathilde, la cousine de Sa Majesté, a entendu dire que, malgré votre talent, vous connaissez quelques difficultés financières. Aussi m'a-t-elle chargé de vous remettre ceci. Il s'agit d'une bourse de 400 francs-or !

— La cousine de l'Usurpateur ! Un secours ! À moi qui suis républicain jusqu'au fond du cœur ! Il n'en est pas question ! Je ne demande pas la charité, moi, monsieur !

L'homme élégant est surpris. Mais c'est un diplomate et très rapidement il trouve les mots qu'il faut :

— Eh bien, monsieur, si votre dignité vous interdit d'accepter un secours sans contrepartie... que diriez-vous si nous trouvions un autre nom pour cette bourse ?

Disons qu'il s'agit d'un paiement anticipé sur une commande de gravure. Cela vous convient-il ?

Rodolphe Bresdin, le graveur, fait un signe de la tête et lance :

— Bon, dans quelques jours je me rendrai chez la princesse pour lui présenter mon œuvre...

C'est le 12 août 1822, à Montrelais dans la Loire-Atlantique, que Rodolphe Bresdin a vu le jour. Son père, quel que soit son métier, tanneur ou bien « planeur » de cuivre, n'était pas riche. Sa mère était d'origine noble. Ses premières années d'enfance restent pour nous mystérieuses. On le retrouve à Paris où il s'établit lui aussi comme « planeur » de cuivre. Il loge au faubourg Saint-Martin dans une chambre misérable dont les seuls meubles sont un lit branlant et une échelle double qui fait fonction d'étagère. Il fréquente les brasseries du Quartier latin. Parmi ceux qui hantent ces lieux on peut reconnaître Murger, l'auteur des *Scènes de la vie de bohème*, Théophile Gautier et Baudelaire. Rodolphe Bresdin travaille le jour à « planer » le cuivre. La nuit, il s'exerce à le « graver ». Pour l'inspirer, une gravure est épinglée au mur : il s'agit d'une œuvre authentique de Rembrandt. Et Rodolphe n'est pas seul dans sa chambrette : un gentil lapin attend toute la journée que son maître revienne et lui apporte des carottes.

Rodolphe confectionne donc des dessins et des gravures dont tout l'espace est occupé par un monde grouillant et imaginaire. Il les vend pour des prix dérisoires. À des brocanteurs qui « font la culbute » en les revendant dix fois plus cher aux amateurs.

Rodolphe est fait pour la misère. Il l'accepte sans révolte. C'est un cœur résigné au malheur perpétuel. Il rêve pourtant : un rêve de fuite, loin, au bout du monde, vers des pays qui ressemblent aux paysages qui remplissent ses gravures. En particulier, il rêve de l'Amérique, « pays neuf où règnent la liberté et l'indépendance »... En fait, Bresdin souffre d'une maladie que l'on cerne mieux aujourd'hui : il est possédé par le délire de la persécution. D'où son besoin terrifiant de partir au loin, hors de portée des ennemis dont il se croit entouré... Un de ses ennemis est Louis-Napoléon Bonaparte. Quand celui-ci se hisse au pouvoir par le coup d'État du 2 décembre 1851, Bresdin se sent en danger...

Un jour Rodolphe entend parler d'un coin de France ensoleillé. Alors il quitte sa mansarde, son lit et son échelle et il part. À pied... vers le Midi. Il a alors entre vingt-cinq et vingt-huit ans. Trapu et velu, mal vêtu, il marche sans relâche avec son lapin perché sur l'épaule. Il descend jusqu'à Toulouse. Une fois là, il se trouve une sorte de grange qu'il remplit rapidement de toute une ménagerie : des chats, le lapin, et d'autres lapins, des chiens, des oiseaux et même des rats. Rodolphe Bresdin est un fou d'animaux. La grange doit manquer de confort puisqu'il la loue pour 5 francs... par an. Elle doit être spacieuse puisqu'il y a la place nécessaire pour y travailler les plaques de cuivre et les pierres lithographiques. À côté, un jardin lui fournit des fruits. Il boit l'eau d'une source encombrée de feuilles qu'il baptise « plantes médicinales ». C'est là qu'il grave une de ses œuvres les plus célèbres : *Le Bon Samaritain*.

Au bout d'une douzaine d'années et quelques lapins plus tard, Rodolphe se sent à nouveau démangé par l'envie de partir au loin. Il pense toujours à l'Amérique. Mais impossible de traverser l'Atlantique à pied... Alors il remonte vers Paris. Quand exactement ? On l'ignore... En tout cas, il est parisien vers 1860. La *Revue fantaisiste* lui achète des petites œuvres gravées dont les sujets ne sont pas franchement hilarants : *Le Chasseur surpris par la mort* et *Femme allaitant menacée par la mort*.

Après avoir été refusé trente-trois fois, il expose au Salon son *Bon Samaritain* qui change de titre et devient, Dieu sait pourquoi, *Abd el-Kader découvrant un chrétien*. Théodore de Banville voit l'œuvre et en fait une critique élogieuse. Il en parle autour de lui, c'est-à-dire entre autres à la princesse Mathilde, cousine germaine de l'empereur Napoléon III.

Et c'est sans doute la raison pour laquelle un monsieur très élégant vient un jour jusqu'au domicile misérable de Bresdin pour lui remettre... 400 francs-or de la part de la noble dame.

Quelques jours plus tard, comme convenu, Rodolphe Bresdin, sans faire de frais de toilette, se présente à la porte du somptueux hôtel particulier de la princesse, rue de Courcelles, dans les tout nouveaux beaux quartiers. Les domestiques à gants blancs et à culottes à la française le jettent sur le trottoir. La tenue de l'artiste leur a fait croire qu'il s'agissait d'un mendiant. Il rentre chez lui avec son *Bon Samaritain* sous le bras...

Alors il reprend son travail acharné et les gravures s'accumulent, toutes remplies d'un monde de cauchemar, pleines de bêtes presque humaines qui provoquent l'enthousiasme de Charles Baudelaire.

Est-ce cette impossibilité à changer de monde qui pousse une fois encore Bresdin sur la route des ailleurs ? Cette fois-ci c'est Bordeaux, la porte de l'Atlantique, qui l'attire. Bresdin s'y installe pour sept ans. Il sent que sa vue se détériore et il est pressé de donner le maximum de ses possibilités avant de sombrer dans la nuit...

Il vit au milieu de toute une population de journaliers méfiants, de clochards, de gens au passé plus ou moins louche qui le considèrent un peu comme un intrus. Peut-être est-ce un mouchard mandaté par la police ? Il a une bonne tête mais sait-on jamais... De temps en temps un élégant jeune homme de la bourgeoisie vient dans sa cabane qui prend l'eau pour y suivre des cours de gravure. L'élève se nomme Odilon Redon, un nom à suivre qui, comme son maître, se fera une spécialité du rêve et des animaux fantastiques à visages humains...

C'est l'époque de *La Fuite en Égypte* et de *La Comé-*

die de la mort. Paysages hallucinés, étouffants, monde exubérant plein d'une profusion de plantes et d'arbres improbables. Monde de démons, où l'ombre et la lumière se combattent en des affrontements grouillants de fantômes. Champfleury, un écrivain à la mode, en fait la description dans une nouvelle intitulée *Chien-Caillou.* Désormais Bresdin vit avec ce surnom collé aux épaules.

Mais, le 9 décembre 1865, la vie de Bresdin change d'orientation. Il convole en justes noces. Mme Bresdin est une Albigeoise de trente ans, née Rose Cécile Maleterre. Il doit s'agir d'une régularisation car il semble que deux enfants assistent à la noce de leurs parents. Malgré les difficultés que rencontre Bresdin pour équilibrer son budget, le couple va donner naissance à six autres enfants qui pousseront tant bien que mal.

La santé de Rodolphe, pourtant, n'est guère brillante. Il sent qu'il perd la vue, c'est vrai, mais le reste non plus ne va pas trop fort :

— Rose, j'ai le cœur noyé de pus... j'ai les poumons et la rate très malades !

Le médecin qu'il appelle à la rescousse lui déclare, histoire de le réconforter :

— Rassurez-vous ! Avec moi vous êtes tranquille. Je ne quitte mes malades que morts ou guéris !

Il ne précise pas la proportion que représente chaque éventualité.

Alors Rodolphe, qui n'aime que les nourritures saines et les légumes du jardin, doit avaler des décoctions infâmes. Et subir le supplice des « vésicatoires » qui, comme leur nom l'indique, provoquent sous la peau du malheureux des « sécrétions séreuses » peu ragoûtantes. Entre les gravures et les soins du jardin envahi par les mauvaises herbes, Rodolphe ne sait plus où donner de la tête. D'autant plus que les enfants eux aussi lui posent des problèmes. Une sage-femme inexpérimentée provoque la mort d'un nouveau-né, un de ceux qui ont réussi à survivre disparaît, emporté par la tuberculose.

— Bresdin, je connais un écrivain. Il a écrit des fables et peut-être pourrais-tu les illustrer. Il aimerait voir un peu ce que tu fais. Envoie-lui une de tes gravures.

Bresdin, histoire d'accrocher l'affaire, expédie à l'auteur de fables, M. Hippolyte de Thierry-Faletau, l'œuvre guillerette qui doit emporter son adhésion. L'autre, éberlué, reçoit *La Comédie de la mort*. Il décide d'en savoir plus et entreprend avec Bresdin toute une correspondance qui est un vrai dialogue de sourds. Le graveur génial ne sait plus où il en est. Il demande conseil et le « fabuliste » prodigue des directives dénuées de tout bon sens. Bresdin parle de sa vue qui décline et de ses rhumatismes. Il en sort une série admirable d'animaux sur lesquels il travaille pendant dix ans. Sur le frontispice il inscrit ce cri désespéré : « Calvaire du Vieux-Caillou. Ah, qui me délivrera des pignoufs ! »

Ailleurs il précise : « Je porte cette pierre depuis cinquante ans. » Cela refroidit considérablement l'enthousiasme du fabuliste amateur. Le livre arrive dans une impasse.

1870. Adieu à Bordeaux. Retour vers Paris et très vite une hospitalisation d'urgence à l'hôpital Necker. « Chien-Caillou » sent la mort qui rôde et pense qu'il est au bout du rouleau. Des amis, entraînés par Courbet, organisent une soirée à son bénéfice. Mais Chien-Caillou a du ressort. Il guérit et disparaît de la circulation...

Quand il reparaît, il n'est plus que l'ombre de lui-même, hirsute. Il y a huit ans que personne n'a plus eu de ses nouvelles. Derrière lui on voit Mme Bresdin tout aussi misérable que son époux et quatre enfants Bresdin. Plus un personnage inattendu : un Noir. Bresdin dit :

— Je reviens d'Amérique !

Aux questions que lui posent les amis, il répond en désordre :

— Je suis parti avec ma femme et mes enfants. Nous avons voyagé à fond de cale. Je suis parti parce que je me sentais de taille à graver un billet de banque pour les Américains.

Il parle, avec éloquence, de la nature vierge qu'il a découverte au-delà des mers, des sources, des bêtes inconnues du nouveau continent, des oiseaux dans la forêt. En fait, il a passé trois ans au Canada occupé à graver des... images pieuses. Après quoi, Bresdin ouvre un de ses maigres bagages et exhibe un document qui prouve la véracité de son voyage : un diplôme de « voyageur ». C'est très joliment gravé. Tout le monde reconnaît la « patte » de Chien-Caillou. Il s'est attribué ce certificat à lui-même.

Bresdin recommence sa vie misérable et sous-alimentée dans un logement miteux où lui et sa famille s'entassent. Que se passe-t-il ? Nul ne le sait. Un jour, Bresdin se retrouve seul pour explorer ses souvenirs américains dans de nouvelles œuvres gravées. Femme et enfants ont disparu de sa vie. Il occupe à présent un emploi de cantonnier attaché à l'Arc de Triomphe de l'Étoile. Pour logement : un grenier à Sèvres. Toujours saisi par la passion du jardinage, il cultive là-haut de multiples plantes potagères ; les arrosages quotidiens débordent chez les voisins du dessous. Les lapins sont encore là, avec des grenouilles et des oiseaux. Il vend ses productions au marché... L'hiver point de culture, point de récoltes, Bresdin se fait réparateur de pelles et de balais pour les ouvriers qui déneigent les rues... Pour se consoler, il grave *Le Cours d'eau*, au dessin très fouillé, qui martyrise ses yeux perdus. Ses forces déclinent. Il grave tant qu'il peut des villes fantastiques qu'il qualifie de « Mon Rêve ».

Une congestion a raison de lui le 11 février 1905. Il va rejoindre au paradis des artistes Jérôme Bosch et ses rêves diaboliques. Autour de lui dans la chambre une casserole, une canne, un casque tonkinois. D'autres, les surréalistes des « Années folles », assureront la continuité de son inspiration.

ENSOR

N'emportez rien !

Le peintre maigre, coiffé d'un petit chapeau rond, entre chez lui. Au loin, la mer du Nord bat les côtes d'Ostende. Il franchit la porte d'une boutique, d'un invraisemblable capharnaüm de bibelots, de masques grimaçants, d'éventails. La poussière se dépose depuis des mois sur toutes ces boîtes en coquillages. Depuis des mois la boutique est fermée au public. Mais le vieux peintre aux yeux bleus ironiques, à la barbe bouclée, n'en a cure. Son vrai univers est là-haut, au grenier qui lui sert d'atelier. En arrivant il appelle :

— Vous êtes là, ma Sirène ?

Pas de réponse. La Sirène n'est pas là. Alors le vieux monsieur décide de repartir pour aller faire une promenade jusqu'au port. Il va, à son habitude, jouer de la flûte, nu-tête sur la digue. On le connaît bien, toujours vêtu d'une pèlerine, toujours accompagné de ses deux carlins jaunes. Avant de sortir, il attrape un morceau de papier et, trempant sa plume dans l'encrier, il écrit, bien gros : « N'emportez rien, j'ai tout compté ! »

Est-ce assez clair ? On ne sait jamais... avec sa vieille « Sirène ».

Le vendredi 13 avril 1860, sous le signe des Poissons, James Sydney Ensor, voit le jour. Plus tard, il fera remarquer que le vendredi est le jour de Vénus et que cette Vénus sentait bon l'odeur de la mer. Comme il voit le jour à Ostende, perle de la côte belge, c'est assez normal.

Pendant dix mois par an, Ostende, à l'époque, n'est qu'un port de mer un peu morne. Pendant les deux mois d'été, juillet et août, elle se transforme en station balnéaire animée. Une foule en crinolines, des messieurs coiffés de gibus. Seuls quelques rares baigneurs osent affronter l'onde « couleur d'huître ».

M. Ensor, son père, n'est pas belge. C'est un Anglais, un « grand bourgeois » qui s'est expatrié aux États-Unis et qui en a été chassé par la guerre de Sécession. Ce bourgeois, peu à peu, se transforme en raté avec les années. Mme Ensor est une Flamande qui porte en elle du sang espagnol. Ils tiennent une boutique de « souvenirs ». Un bazar. Sa grand-mère, ses tantes, elles aussi tiennent des bazars... Dans la boutique, le jeune Ensor découvre avec émerveillement tout un monde de coquillages, de bibelots, d'objets exotiques, de porcelaines de la « Compagnie des Indes », de jouets faits pour la plage et de masques qui n'attendent que l'époque joyeuse du carnaval. Il y a aussi des voiliers dans des bouteilles, des animaux empaillés au regard fixe, des costumes pour les travestis. C'est à partir de ces objets colorés et fantastiques qu'il va très tôt construire son univers personnel.

Pour l'instant, ses parents se chargent de son éducation et ils attendent qu'il atteigne ses treize ans pour envisager de le confier aux soins éducatifs de l'École Notre-Dame. Quelle horreur ! Il lui faut désormais abandonner le vert paradis des rêves enfantins pour se soumettre à la discipline d'étrangers. James ne voit qu'une façon de s'échapper : en affichant une superbe indifférence à tout. Enseignants et parents essayent de résister mais, au bout de deux ans, ils doivent se résigner et James retrouve sa liberté. Maman le laisse à ses rêves, Papa, qui n'a pas atteint dans sa propre vie les rêves de sa jeunesse, affiche une excentricité bien favorable à une éducation originale pour le jeune James.

Alors il se promène, il flâne, il rêve, il écoute les contes flamands de sa vieille nourrice, il monte au grenier de la maison familiale pour passer de longues heures en compagnie d'affreuses araignées. Mais de ces moments de découverte, James retire la matière de nombreux dessins. Papa Ensor décide qu'il faut canaliser ce genre de vocation et deux aquarellistes professionnels essayent d'inculquer les éléments de leur art au jeune homme. Il en retire un certain ennui, mais il s'applique, et cela le mène à l'École des Beaux-Arts de Bruxelles.

Là, hélas, on le contraint à abandonner les prestiges de la couleur pour lui imposer de copier de mornes plâtres plus ou moins antiques. Il a l'impression de se retrouver dans une « boîte à myopes » et il ne tient pas le choc longtemps. Alors, pour se changer les idées, il demande à une des servantes de la maison de bien vouloir poser pour lui. Il fait son portrait, son premier chef-d'œuvre : *La Femme au nez retroussé*. Puis, il s'attaque à trois autoportraits et enfin... il abandonne les Beaux-Arts de Bruxelles avec pour tout bagage un « second prix de dessin ».

Désormais, on revoit sa longue silhouette maigre errant dans les rues d'Ostende. Ses concitoyens le surnomment « Compère la Mort ». Avec ses longs cheveux à la mode « artiste » et sa courte barbe qui cache son menton fuyant, il n'a rien de très élégant. On peut dire, quand on le connaît un peu, qu'il est timide mais sujet aux colères, curieux et sincère, patient et déterminé. Déterminé à quoi, il l'ignore encore.

Avec l'arrivée des nouvelles mœurs, Ostende se développe. Les Ensor estiment qu'il est grand temps pour eux de prendre une nouvelle boutique, plus spacieuse. James fait du grenier du nouvel immeuble son atelier. Il y peint des scènes de genre, des portraits de sa famille. Cousin des impressionnistes, il connaît une période sombre suivie d'une montée vers la lumière de la période claire. Il sera tout simplement un peintre des paysages qu'il voit de sa fenêtre. Mais soudain il se prend de passion pour l'art tourmenté et surréaliste de Jérôme Bosch et de Pierre Breughel.

Et pour parvenir à un art surréaliste, il se sert d'un des accessoires qui ont impressionné le plus son enfance : le masque de carnaval goguenard expressif et coloré. Désormais, dans ses œuvres, les masques vont remplacer les visages humains. Et après les masques, les squelettes viendront prendre le relais des véritables humains.

James cherche sans cesse des voies nouvelles, grinçantes, humoristiques. C'est ce qui va l'amener, en 1888, à son œuvre la plus connue : *L'Entrée du Christ à Bruxelles*, immense tableau de onze mètres carrés où le père Ubu d'Alfred Jarry donne le ton d'un tableau qui paraît sacrilège... Jésus grimpé sur son âne est accueilli par tous les masques et les personnages grotesques du carnaval : caricatures de tout un monde bourgeois et sûr de lui. Une banderole traverse le tableau : on y lit : « Vive la Sociale. »

James peint mais il grave aussi. Pourtant, malgré la sûreté de sa technique, il n'appartient à aucune école. Il ne fait partie d'aucune coterie. Il est partisan de l'art gratuit...

Il faut quand même exposer et, si possible, vendre ses œuvres. Pour l'époque et pour le goût des Ostendais, Belges de province, l'art d'Ensor est : « Trop ! » Il dit, parlant d'Ostende :

— Abominable prurigo d'idiotisme !

Ensor, pour eux, est trop loin des règles du bon goût. Si on l'admet à quelques expositions, il est prié de bien vouloir n'envoyer que ses œuvres les moins choquantes...

Heureusement pour lui, il n'est plus le seul artiste qui choque, le seul qu'on refuse : alors, ces « réprouvés » décident de se grouper et c'est le « Groupe des XX » qui expose pour la première fois en 1884. Quel scandale ! De tous ceux qu'on déteste, Ensor est celui qu'on déteste le plus... Pourtant il y a là Gauguin, Cézanne, Seurat et Van Gogh. Les critiques ne le ménagent pas : « spectacles ignobles », « ordures », « sinistres idioties ».

Alors James laisse un moment son pinceau et son burin. Il saisit lui aussi sa plume, la trempe dans le vitriol et règle leur compte à ses ennemis qui se retrouvent affublés d'épithètes peu flatteuses : « démolisseurs à suçoirs ! », « poulpolâtres rampants », « spadassins soyeux » ou « boutiquiers formidables ». Hélas, même ceux du « Groupe des XX » commencent à le trouver « abracadabrant ». On lui demande de retirer ses « galéjades » ou même on les refuse carrément. Pourquoi veut-il toujours donner des images déplaisantes des critiques d'art, des gendarmes, des médecins ? James est vraiment seul. À part ses fidèles amis, les Rousseau, de Bruxelles. Ernest et Mariette. La douce Mariette qui le soutient, l'encourage, le gronde quand il utilise un tableau ancien pour y peindre un plus récent... Mariette qui l'aide à calmer ses peurs, à maîtriser ses enthousiasmes ou ses doutes. S'il s'accroche, c'est aussi parce qu'il sait que le « Groupe des XX » est son unique chance d'être exposé...

Plus grave que les opinions de critiques et des confrères : les clients manquent. En 1889, son *Après-midi à Ostende*, mis en vente pour 350 francs, ne trouve aucun acheteur. Ulcéré, Ensor décroche la toile de la cimaise, l'enlève du cadre et la transforme en... carpette ! Quand il veut brader tous les tableaux de son atelier personne n'en veut... Personne ne comprend ses tableaux, sortes de cauchemars bouffons... Les rares clients qui se présentent à l'atelier lui demandent de peindre pour eux une de ses « drôleries ». James Ensor songe à devenir « marchand de coquillages ».

Pour oublier, Ensor se réfugie dans un monde onirique. Il peint les opinions méprisantes qu'il a désormais du monde extérieur. Les soirs de carnaval, les Ostendais masqués viennent sous ses fenêtres pour hurler à la chienlit. Soudain, ce sont ses propres tableaux qui viennent le conspuer. Non seulement on se moque de lui mais on brocarde sa famille, sa mère qu'on dit être une vraie mégère, qui enferme son mari à double tour pour le tenir loin de la dive bouteille, sa sœur Mimi qui, pour lui faire respirer l'air marin, promène son canari en cage sur la digue, son autre sœur, Mitche, qui aurait épousé un Chinois disparu dès que son épouse s'est retrouvée enceinte !

Mais la famille de James ne le soutient pas pour autant. À part son père, fier de lui et indifférent à la rentabilité de l'art, personne d'autre ne le comprend. Les disputes alternent avec un silence réprobateur. Quand il ne peut plus respirer, James prend le train pour Bruxelles où, Dieu merci, il possède quelques amis fidèles et compréhensifs. Quelques amateurs se font connaître en Belgique et en France. Il est admis en 1901 à la « Libre Académie de Belgique ». Puis on le fait chevalier de l'ordre de Léopold.

Il a atteint quarante ans. Son art s'essouffle et devient répétitif. L'incompréhension quasi générale semble avoir brisé le ressort intime de sa créativité. En 1929, le voici baron. Son buste est érigé à Ostende. On écrit des musiques en son honneur. La France lui décerne la Légion d'honneur. On finit par comprendre qu'à côté du « surréalisme », James Ensor est le créateur de l'« irréalisme ».

Il vieillit, fidèle à Ostende. Désormais il vit au-dessus d'une boutique de souvenirs qui s'est figée dans le silence loin de toute clientèle. Ensor habite et reçoit dans le salon du premier étage. Un jour, Albert Einstein lui rend visite. Ensor lui joue à l'harmonium une « Gamme d'amour », ballet pantomime de sa composition.

À Ostende même, depuis 1888, une femme lui apporte un peu de douceur : sa « Sirène » : Augusta Boogaerts. Elle a fait sa connaissance en venant vendre les « souvenirs » de la famille Ensor dans la boutique du rez-de-chaussée. Un Ensor compliqué, torturé par ses problèmes sexuels : Eros et la peur de la mort, Thanatos qui le tenaille depuis toujours. Pendant quarante ans, la « Sirène » l'installe d'autorité tous les matins devant un bouquet de fleurs et des pinceaux qui ne l'inspirent plus autant qu'autrefois. En bonne commerçante, elle tient la comptabilité de tout ce que James, beau vieillard aux yeux clairs et candides, produit. Il n'aime pas beaucoup cela. Un jour avant de sortir, il laisse donc un mot bien visible : « N'emportez rien, j'ai tout compté ! »

Quand il revient, Augusta a, elle aussi, laissé un mot en guise de réponse : « Ne comptez rien, j'ai tout emporté ! »

Parfois Augusta demande :

— James, quand allez-vous m'épouser ?

James ne sait que répondre. Au début il prétextait :

— Ma mère ne veut pas en entendre parler !

Augusta prenait la mouche :

— Je ne suis pas assez bonne pour eux, si je comprends bien !

À présent elle ne demande plus. Elle attend, elle espère toujours. Durant soixante ans. Augusta a quatre-vingts ans. James et Augusta continuent leur vie habituelle même durant la guerre. Jusqu'au jour où, en 1949, après trois semaines de maladie, Ensor qui a dit un jour qu'il désirait mourir : « Comme puce écrasée sur blanc sein de pucelle » quitte notre monde à quatre-vingt-neuf ans !

Selon sa formule préférée : « Les suffisances matamoresques appellent la finale crevaison grenouillère. »

On l'enterre comme un roi, face à la mer. Augusta meurt l'année suivante.

DEGAS

Le misogyne

— Père, j'ai l'intention de me consacrer à la peinture.

— Inutile d'y songer : je te couperai les vivres !

Après cet échange dramatique Edgar de Gas quitte le domicile de son père, veuf depuis 1847, il quitte l'hôtel particulier sis rue Frochot et s'en va vivre seul dans une mansarde... Il y reste jusqu'à ce qu'il ait accompli ses vingt et un ans. Lorsque son banquier de père s'informe alors de la vie de son rejeton, son fils aîné, il est agréablement surpris d'apprendre qu'Edgar mène une vie noble et dure, ne fréquentant pas les mauvaises femmes des lieux de plaisir... Il n'a pas le genre bohème et ses maîtres l'admirent déjà. Alors, il ouvre les bras et père et fils se réconcilient définitivement.

Né le 9 juin 1834, Hilaire Germain Edgar de Gas est issu d'une famille de la grande bourgeoisie bancaire installée à Naples. Sa mère, Célestine Musson, est une créole originaire de Louisiane dont la famille s'est enrichie dans le commerce du coton. Edgar Degas fait, normalement, des études classiques, latin et grec, dans l'idée de devenir lui aussi banquier. Mais, au bout de quelques mois d'études de droit, il abandonne cette voie et entre dans l'atelier de Lamothe, un suiveur d'Ingres.

Il débute par des portraits de sa famille puis effectue un voyage en Italie. Les de Gas ont toujours des parents à Naples. Pompéi l'enthousiasme. À Rome, il connaît Georges Bizet et Gustave Moreau, dont il dira plus tard assez méchamment :

— Il voudrait nous faire croire que les dieux portaient des chaînes de montre !

Un second séjour l'emmène à Florence où il s'intéresse aux maîtres florentins. Dans ses œuvres d'esprit classique, comme les *Petites Filles Spartiates provoquant des garçons*, il retient la leçon d'Ingres, celui qu'il considérera toujours comme son maître. Mais Delacroix, dont il recherche passionnément les œuvres, est pour lui « le meilleur marché des grands peintres ».

Quittant les sujets empruntés à son milieu bourgeois, il se passionne vers 1862 pour le milieu des courses hippiques et pour celui de la danse et de l'opéra. Il adopte alors les mises en pages décentrées inspirées de l'art japonais. Au retour d'un voyage à La Nouvelle-Orléans pour y visiter sa famille, il rencontre Édouard Manet, peintre et bourgeois comme lui-même à qui il reproche... d'être un bourgeois. Mais contrairement à celui-ci, contrairement à Cézanne, comme lui fils de banquier, il refuse la peinture en plein air et l'étude des changements de la lumière.

— Si j'étais le gouvernement j'aurais une brigade de gendarmerie pour surveiller les gens qui font du paysage sur nature. Oh ! J'accepterais encore qu'on mît du petit plomb (dans les fusils) pour commencer !

De Gas reste célibataire. Il hésite à se fixer et déménage souvent. Une vieille bonne tient son ménage.

Il apprécie Van Gogh qui lui trouve « la forme d'un notaire », expose avec les impressionnistes puis réserve toute sa production au marchand Durand-Ruel. Désormais il s'attache à la primauté donnée à la « ligne ». Il rejette le « symbolisme » et les intrusions de la littérature dans la peinture. Très orgueilleux, il refuse tous les honneurs officiels qui risqueraient de le compromettre.

En 1870, Edgar, qui se trouve sur la côte normande,

rentre à Paris pour s'engager dans les rangs des artilleurs de la République. Il se dispute alors avec Manet sur les meilleurs moyens de défendre la patrie. On se réunit chez les Morisot, amis de la famille.

Puis vient la Commune. Edgar et son frère René s'embarquent pour La Nouvelle-Orléans. Il reviendra en 1873, rassasié de voyages.

En 1878, sa famille est frappée par la faillite. Son frère, qui a fait de mauvaises affaires, se laisse aller jusqu'à tirer un coup de pistolet en pleine Bourse. Edgar, devenu « Degas », prend toutes les dettes à sa charge. Cela lui vaut de brader l'hôtel particulier qu'il possède rue Frochot et de s'installer dans un modeste atelier près de la place Pigalle. Le grand bourgeois est devenu un peintre qui doit boucler ses fins de mois. Un « pauvre aisé ». Il soutient ses frères mais son caractère s'assombrit et il abandonne les courses hippiques et autres moments festifs pour peindre des individus mâles ou femelles dans les moments où la fatigue du labeur quotidien les submerge. Quand il ne s'agit pas d'êtres au bord de la déchéance. Les femmes nues qu'il peint ne sont pas exemptes de disgrâce physique, et sa misogynie se fait plus évidente.

Pourtant sa misogynie s'adresse plus à l'intellect qu'au physique féminin :

— Il est des femmes auxquelles il faut à peine parler, il faut les caresser !

Le chagrin s'installe chez lui à la mort de sa sœur chérie, Marguerite, partie avec ses enfants et son mari pour essayer de refaire sa vie à Buenos Aires. Il est pris d'un malaise au moment où celle-ci rend son âme à Dieu. Il se replie dans le travail acharné qu'il explique en disant :

— Quand je n'ai pas travaillé quelques heures, je me sens coupable, bête, indigne.

Après 1883, au café *La Rochefoucauld*, il voit Renoir, Forain, Pissarro qui le trouve « terrible mais franc et loyal ». Son esprit caustique ne perd jamais une occasion de transpercer ceux qu'il n'apprécie pas. Désormais Degas est devenu sarcastique, irascible et pessimiste. S'isolant de plus en plus, il explique :

— Si je n'étais pas comme je suis avec les gens, je n'aurais plus une minute à moi pour travailler.

Quand il parle des critiques, il ironise :

— Les lettrés expliquent les arts sans les comprendre.

De Meissonier, grand chantre de l'épopée napoléonienne qui peint jusqu'au moindre bouton de guêtre, il lance :

— C'est le géant des nains.

Bonnat lui fait-il admirer un « tireur à l'arc », œuvre d'un de ses élèves en lui disant :

— Comme il vise bien, n'est-ce pas, Degas ?

La réponse arrive, mortelle :

— Oui ! Il vise... la médaille.

D'Édouard Detaille, autre grand maître des scènes militaires, il dit :

— Tout est en acier, excepté les cuirasses !

D'Albert Besnard, un autre peintre décoré par la République :

— C'est un pompier qui a pris feu !

À Whistler il lance :

— Mon cher, vous vous conduisez comme si vous n'aviez pas de talent !

Oscar Wilde, homosexuel affiché, veut lui faire un compliment et lui annonce :

— Vous savez combien vous êtes connu en Angleterre ?

— Heureusement... moins que vous !

De Fantin-Latour, dont les bouquets sont toujours sur des fonds sombres, il demande :

— Il n'en a donc jamais vu sur un corsage de femme ?

Jean-Paul Laurens lui explique une de ses œuvres,

Le *Départ de Clodomir*. Degas lui coupe la parole en disant :

— Clodomir fout le camp parce qu'il n'est pas d'accord avec le fond !

Les écrivains en prennent aussi pour leur grade : Zola est « un géant qui travaille le Bottin » !

Des peintres qui critiquent les « Indépendants » tout en les imitant, il dit :

— Ils nous fusillent mais ils fouillent nos poches.

D'un plagiaire, il lance :

— Il vole de nos propres ailes.

Son amitié sincère et efficace est réservée à quelques rares intimes comme la famille Halévy avec laquelle pourtant, farouche anti-dreyfusard, il finit par se brouiller. Un jour, invité à un dîner charmant, il fait une cour assidue à sa voisine, très jolie femme. Quand le lendemain, il apprend qu'il s'agit d'une fille de Sion, il se fâche pour... vingt ans avec son hôte. Antisémite convaincu, il se brouille aussi avec le gentil Pissarro, fils d'Israël. Un de ses modèles s'aventure à suggérer que peut-être le capitaine Dreyfus pourrait être innocent. Degas la dévisage :

— Tu es juive, toi ?

— Non, monsieur, je suis protestante !

— Ah ! Tu es protestante, eh bien, fous le camp !

Et la jolie fille soupçonnée d'être impliquée dans le complot contre l'armée, se retrouve, elle aussi, expulsée de l'atelier. Il ne lui reste plus qu'à se rhabiller dans l'escalier.

Il déteste évidemment les « métèques » qui sont arrivés à Paris... « par les arbres ». Mais il reconnaît le talent naissant de Suzanne Valadon, la « terrible Maria », petit modèle, issue de rien, qui s'est mise à dessiner en regardant faire les autres. Il apprécie chez elle la spontanéité par opposition aux autres représentantes du sexe dit faible :

— Autrefois les filles de concierge entraient dans la danse. Maintenant elles ont des diplômes de l'hôtel de ville !

De Berthe Morisot qu'il apprécie, il dit avec un brin d'envie :

— Elle fait des tableaux comme elle ferait des chapeaux !

Degas ne pardonne pas facilement et ne salue plus ostensiblement un amateur qui a commis le crime de revendre les Degas qu'il avait acquis. C'est ce qui se passe avec Renoir, à qui il renvoie une *Dame au sourire* que Renoir lui avait offerte. Pourquoi ? Renoir avait vendu une *Leçon de danse* de Degas qui l'ennuyait un peu. Fou de rage, Renoir lacère la *Dame au sourire* à coups de couteau. Il n'en reste que la tête, aujourd'hui à Moscou. Renoir dont il dit : « un chat qui joue avec des pelotes de laine », mais une autre fois, sans rancune, il commente à son sujet : « Hein, quelle belle matière ! »

Monet, qui est venu timidement lui demander des conseils à ses débuts, s'éloigne par trop des idées « ingresques » chères à Degas. Ils se fâchent. Puis se réconcilient. Si bien qu'un jour, en 1897, Degas consent à aller voir l'exposition des fameux *Nymphéas*. En sortant il rencontre Monet et lui dit :

— Pas mal, vos petites tasses de camomille !

Puis, tout content, Degas avoue à la personne qui l'accompagne :

— Je m'étais remis avec lui, rien que pour... lui envoyer ça !

Mais, du peintre Eugène Carrière, célèbre pour ses portraits chlorotiques qui émergent toujours d'un brouillard un peu triste, il commente :

— On dirait des cervelles au beurre noir !

Ou pire encore :

— C'est un homme mal élevé qui fume la pipe dans la chambre d'un enfant malade !

Sa misogynie devient évidente quand on étudie le regard qu'il pose sur les petites danseuses. Prétextes à des arabesques multicolores, il les voit essentiellement comme des petits êtres abrutis par les répétitions et s'attache à les peindre dans des poses absurdes à la limite du grotesque. Il en est de même avec les femmes surprises à leur toilette, qu'il dépeint comme il le ferait d'animaux légèrement obscènes. L'explication est simple :

— Jusqu'à présent le nu avait toujours été représenté dans des poses qui supposent un public. Mes femmes sont des gens simples, honnêtes, qui ne s'occupent de rien d'autre que leur occupation physique. En voilà une, elle se lave les pieds : c'est comme si vous la regardiez à travers le trou d'une serrure.

En 1889, il fait un voyage en Espagne en compagnie de l'Italien surdoué Boldini. Mais sa vue baisse. Durand-Ruel lui ouvre un compte permanent qu'il compense en fournissant régulièrement des œuvres au marchand.

En 1893, *L'Absinthe*, double portrait de deux alcooliques ahuris pour lesquels l'actrice Ellen Andrée et Marcellin Desboutin, aristocrate déchu et graveur, ont posé, provoque des critiques virulentes par leur description « misérabiliste » d'une déchéance. Puis Degas s'intéresse à la Bourse, aux cocottes et exécute dans les maisons closes une série de monotypes qui ne possèdent en rien l'affectueuse complicité que Toulouse-Lautrec traduisait dans ses scènes de bordels. D'ailleurs, à la mort de Degas aucun Toulouse-Lautrec ne figure dans la merveilleuse collection de tableaux qu'il a constituée : pour lui, ces peintures « puent la vérole à plein nez ». Il reste obstinément célibataire, confiant les soins de la maison à l'intraitable Zoé Closier, spécialiste inégalée du gigot à l'anglaise, et quand on lui en demande la raison il soupire :

— Oh ! Moi j'aurais trop peur, quand j'aurais terminé un tableau, d'entendre ma femme me dire : « C'est bien joli ce que tu as fait là ! »

Pourtant il cultive les amitiés féminines : Mary Cassatt, Suzanne Valadon, la cantatrice Rose Caron, l'actrice Ellen Andrée, des danseuses de l'Opéra...

Pince-sans-rire il lance à un modèle :

— Tu as les fesses en forme de poires... comme la Joconde !

À partir de quoi la gamine va partout, toute fière de montrer ses fesses. Mais attention il ne faut pas que ses demoiselles s'aventurent au moindre commentaire artistique : celle qui remarque un jour qu'il ne lui a pas fait un nez ressemblant se retrouve toute nue sur le palier avec ses vêtements jetés à côté d'elle...

Ses coups de griffes ne s'adressent pas simplement aux peintres, il ne fait pas toujours bon être dans le même salon que lui. Il dit d'une certaine Mme Howland qui a encore « des épaules » :

— Qu'est ce que ça nous fait qu'elles aient des épaules si leur figure est vieille et leur cou fripé ? Les femmes se flanqueraient toutes nues pour faire voir qu'elles ont encore des omoplates et elles se tourneraient de tous les côtés.

Une autre, Mme de Fleury, est assise, fort décolletée, à ses côtés. Il louche un peu vers ses appas et elle minaude :

— Vous me regardez !

Alors Edgar répond, froidement :

— Mon Dieu, madame, je voudrais bien pouvoir faire autrement !

Si l'on invite Degas à une soirée, on sait à quoi on s'attend : il commande toute la société, place les gens, règle les éclairages, fixe la soirée par des photographies, déplace les bouquets de fleurs prévus par la maîtresse de maison, se fâche de les retrouver sur la table et part en claquant la porte. Il transforme la réunion en œuvre d'Edgar Degas...

S'il accepte une invitation à dîner chez Ambroise Vollard, Degas a quelques exigences : il lui faut un plat cuit sans beurre, un dîner à sept heures et demie précises, l'absence totale de chat et de chien. Et les femmes sont priées de venir sans la moindre trace de parfum. Il ne reconnaît qu'un parfum plaisant : celui du pain grillé... Même une fine odeur... de merde serait préférable à celui des senteurs féminines !

Pourtant ses *Danseuses à la barre* mises en vente à Drouot battent un record : celui du prix le plus élevé obtenu pour une peinture moderne. On s'empresse pour lui demander s'il se sent fier de ce résultat :

— À peu près comme le cheval qui vient de remporter le Grand Prix !

Avec les années, la vue de Degas devient de plus en plus mauvaise. Sa mère, dès les premières atteintes, lui expliquait autrefois, contre toute évidence, qu'il devait cela à un coup de froid pris en montant la garde durant le siège de Paris. Degas a de la difficulté à fixer les lignes. Par ailleurs, il est souvent obligé de s'allonger pour reprendre des forces. Il abandonne le dessin et la gravure. Il se consacre alors à des pastels fulgurants et rutilants dont la simplification et la violence sont les prémices du « fauvisme ». Quand la cécité est pratiquement complète, Edgar se consacre à la sculpture. Lui qui, quelques années plus tôt, prétendait que les arceaux en ferraille disposés autour des pelouses dans les jardins publics n'étaient là que pour un seul motif :

— ... arrêter les gens qui vont déposer des statues sur les pelouses !

Il fait des cures au Mont-Dore et dit :

— Tout est long pour un aveugle qui veut faire croire qu'il y voit.

Ses amis, sa sœur Thérèse qui vivait à Naples, disparaissent. L'immeuble de cinq étages qu'il occupe doit être démoli. Ultime tristesse : il écrit des sonnets dont le premier est dédié à José Maria de Hérédia.

Son médecin lui suggère de sortir un peu pour se distraire, mais Degas réplique :

— Mais, mon ami, si cela m'ennuie, moi, de me distraire !

À Forain, il recommande qu'on ne fasse pas de discours sur sa dépouille, puis se ravise :

— Si. Vous en ferez un : vous direz : il aimait bien le dessin !

Il disparaît le 26 septembre 1917 d'une congestion cérébrale, sans souffrir, en plein conflit... Au loin, on entend tonner le canon.

Table

IMPRIMÉ EN ALLEMAGNE CHEZ ELSNERDRUCK

LIBRAIRIE GÉNÉRALE FRANÇAISE - 43, quai de Grenelle - 75015 Paris
Dépôt légal Édit. : 24900-09/2002
ISBN : 2 - 253 - 15343 - 5

31/5343/4